每個午夜都住著一個

詭故事

VII

前世今生

童亮◎著

寫在前面的話——

傳說人死之後化為鬼。

鬼者，歸也，其精氣歸於天，肉歸於地，血歸於水，脈歸於澤，聲歸於雷，動作歸於風，眼歸於日月，骨歸於木，筋歸於山，齒歸於石，油膏歸於露，毛髮歸於草，呼吸之氣化為亡靈而歸於幽冥之間（出於《道經》）。

可見，「鬼」這個字的初始意義，已經與我們現在所理解的相去甚遠了。這本書，講述的雖然是詭異故事，但實際上是想將這個字引回原有的意義上——一切有始，一切也有「歸」。好人好事，自有好報；惡人惡行，自有惡懲。

目錄
Contents

「在《百術驅》裡，借胎鬼又叫『借生鬼』，本性屬土。這類鬼具有強烈的『生』的。這個『生』不僅僅是『生存』的『生』，還包括『生產』、『生育』中『生』的意義。當它的生存受到威脅或者破壞的時候，它會透過各種手段保持生命的延續，其中就包括借人的胚胎使用。」

說到這裡，湖南同學挪動了一下坐得僵硬的身子。

一位同學意猶未盡道：「我小時候吃西瓜特別怕吃進西瓜子，因為媽媽嚇唬我說，西瓜子會在我肚子裡生根發芽，然後從肚臍眼裡長出西瓜藤來。沒想到這個故事裡卻能將棗子播進人的肚子裡，真是匪夷所思啊！」

另一同學做了個鬼臉，說：「最恐怖的是居然還要認那棵棗樹做兒子孫子……」

白衣男子

1

又是一個鬼怪離奇的夜晚，湖南同學詭異的故事再次上演，大家都在陰風呼嘯和陰氣襲人的氛圍裡屏住了呼吸，睜大了雙眼……

老農吃了一驚，他的兒子、兒媳也頓時瞪大了雙眼，面面相覷。我暗暗瞥了爺爺一眼，爺爺倒是神態自若。

老農一個箭步衝到他孫女的閨房門前，用力捶著門問道：「妳在跟誰說話？妳的房間裡還有其他人嗎？」我們隨後跟上。

裡面的人沒有回答，只有窸窸窣窣的腳步聲，如草地裡的一條蛇正蜿蜒地向門口、向我們幾個爬來，令人毛骨悚然。但是，我們只聽到了一個人的腳步聲，雖然聲音怪異，但是比較有節奏，不雜亂，也不顯得慌張。

在短短的不到半分鐘的等待裡，我的腦海裡急速回憶著《百術驅》裡有關借胎鬼的細節。

雖然《百術驅》已經不知去向，但是我腦海裡的記憶不會隨之丟失殆盡。

在《百術驅》裡，借胎鬼又叫「借生鬼」，本性屬土。這類鬼具有強烈的「生」的慾望。

這個「生」不僅僅是「生存」的「生」，還包括「生產」、「生育」中「生」的意義。當

它的生存受到威脅或者破壞的時候，它會透過各種手段保持生命的延續，其中就包括借人的胚胎使用。

就在我這樣思索的時候，老農的孫女打開了她的閨房門，露出一張略顯蒼白的臉來，眉毛往上輕輕一挑，面帶疑問地問道：「爺爺，您這麼用力地敲我的門幹嘛？」她用那種迷惑的目光將我們每個人打量了一下。

聽了老農和爺爺的講述，我心中已經有了幾分眉目，只是還無法肯定。

老農有些哆嗦了，口齒不太利索地問道：「妳……我……我剛聽到妳在屋裡跟什麼人說話。但是妳房間裡不是只有妳一個人嗎？」說完，老農強行將頭伸進閨房的門縫裡，左轉右轉，像條貪吃水田裡莊稼的老水牛。

「是呀，只有我一個人。還找誰呢？」老農的孫女雖然回答得很乾脆，但是她在聽她爺爺問話時，明顯有短暫的思索動作，頭微微側了一側，然後才恢復正常。她自己也許不知道，但是門外的人，包括我都輕而易舉地發覺了她的不自然。

老農將頭縮了回來，很顯然，他在屋裡沒有發現第二個人的存在。老農囁嚅著嘴，輕嘆了一聲。他的目光在孫女身上游移片刻，突然停在了他孫女的腰間。

老農乾嚥了一下，指著孫女的腰間，驚奇道：「妳……妳……妳的褲腰帶怎麼鬆開啦？一個女兒家的，怎麼可以這麼隨便？我平時是怎麼教育妳的？」

經老農這麼一提醒，我們幾人立即將目光投向他孫女的腰間。更奇怪的是，他孫女自己也一副不可置信的模樣，慌慌張張地低下頭去看自己的褲腰帶。

她穿著一條普普通通的藍色棉布褲，這沒有什麼值得驚訝的，可是褲子前同樣藍色的腰帶在兩邊散開著，晃晃蕩蕩。並且，褲子前面的釦子都是鬆開的。這樣，肚子更加顯得圓圓滾滾，一副喜態了。

老農的兒子生氣了，一腳將門踹開，狠狠說道：「妳還裝什麼傻？剛剛是哪個男人來過我們家裡？妳居然敢偷偷摸摸背著我們做出這樣的事來！」老農的兒子眼裡冒出火來，似乎要將看到的一切都燒掉，雙手顫抖著翻箱倒櫃，查找一個男人曾經在這裡待過的蛛絲馬跡。

原本整整齊齊、乾乾淨淨的閨房立刻被他翻得亂七八糟。

老農的兒媳則立即出了大門，嚷嚷道：「恐怕是趁我們不注意翻窗跳走了吧！我出去看看！」說得好像她跟她丈夫曾經就是這麼過來的一樣。出門前她還對著老農翻了一下白眼，憤憤道：「虧您老人家還說孫女是您一手帶大的，原來根本不瞭解您的孫女是什麼樣的人！」

老農急忙拉住爺爺的手，求助道：「您剛才不是說借胎鬼也可以是人嗎？您看能不能幫我把那個讓我孫女懷孕的壞小子找出來？」

「真是氣死我了！」

場面一下子就亂了。

10

閨房的門被撞開後，我一眼就看見了緊鎖著並且釘有防蚊紗布的窗戶。於是，我安慰老農道：「您不要著急，如果有人的話，根本不可能跳窗戶逃走的。您看，窗戶的紗布還好好的呢！怎麼跳得出去？」

老農的兒子將房間翻了個遍，別說人了，連隻老鼠都沒有找到。

爺爺道：「你們看看，是不是錯怪她了？」

老農的孫女這才有機會辯解道：「我屋裡沒有別人。我也不知道為什麼我的腰帶是鬆的，褲子也是開的。我平時很注意的呀。我……我也不知道怎麼回事。剛才我說什麼話了嗎？

我好像沒有說什麼話吧？」

此時，老農的兒媳也氣喘吁吁地跑進來了。不過看她失望的神色，就知道在外面也沒找到跳窗逃跑的人。但是她不甘心，狠聲道：「妳是不是越來越會假裝了？妳明明剛才說過了話。妳在問另外一個人，問外面那位老人是不是從畫眉村來的！妳還狡辯！」然後她對著她丈夫使了一個眼神，意思是詢問她丈夫發現什麼異常沒有，她丈夫搖了搖頭。

「我真這麼問過嗎？」沒料到老農的孫女反問她母親一句。

爺爺揮了揮手，示意大家都不要激動，然後溫和地問這個小女孩：「妳好好想一想，剛才有沒有說過這樣的話。不要急，細細想一下。」

女孩看了爺爺一眼，思索了片刻，改口道：「好像說過。」她的聲音低了很多。

本來以為女孩的父母聽了她的話之後會滿意，但是他們夫婦倆對望一下，臉上的表情比剛才還要失望。

老農的手更加顫抖了，甚至連嘴角都出現了一絲抽動。他像突然之間老了許多似的，腳步蹣跚地走到孫女面前，摸摸她的瘦臉，傷心道：「孩子⋯⋯」後面的話卻怎麼也說不出來了。

2

爺爺左手一揮，打斷老農道：「孩子，妳想一想，妳剛才遇到了什麼？是什麼情況促使妳說出那樣的話來？不要著急，慢慢想一想。」

女孩一臉茫然，搖頭道：「我想不起來。好像剛剛做過一場夢似的，雖然剛才也許真的發生過什麼，但是現在我一點頭緒都沒有。」

女孩的父親怒不可遏道：「哪裡是夢？就是真真實實發生的！妳看看妳的肚子！妳看看！妳還在這裡裝迷糊，妳可知道我現在都沒有臉出去見人了！」

爺爺不惱不火，輕輕拉開女孩的父親，問道：「妳再想一想，妳是不是夢到了跟棗子有關的事情？」爺爺不說剛才的是不是事實了，反而詢問她的「夢」來。

女孩的父親不理解地問道：「馬師傅，您是不是也糊塗了？她根本就不是作夢，誰知道她是不是有意要隱瞞？您還像她爺爺一樣維護她？」

女孩看著爺爺的眼睛，彷彿沒有聽到她父親的話一般，臉寧靜得有幾分可怕。爺爺也對女孩父親的話置之不理，以同樣寧靜的眼神看著女孩，似乎他的目光要穿過女孩透明的眼睛，直抵她的內心最深處。

「想起來沒有？與棗子有關的夢⋯⋯」爺爺拖著聲音詢問道。

「棗子？」女孩的目光仍是一片恍惚與茫然，如同損壞的手電筒一般不能將焦點凝聚到一起。「棗子⋯⋯棗子⋯⋯」她喃喃地反覆說著這兩個字，頭漸漸地低下來，往她自己的肚子上面看。

「妳想起了什麼嗎？」爺爺渾身微微一顫，輕聲問道，彷彿此刻的女孩還在夢中，動作稍大就會將她從睡夢中驚醒。女孩的父母，以及老農都從她的動作中看出了些許隱含的寓

意，他們屏氣斂息，擔憂地看著女孩，看著她那凸出的肚子。

女孩眉頭微微皺起，喃喃道：「我好像又想起了什麼，好像有誰說，他要將棗子種在我的肚子裡面。」她抬起了頭，兩條細細的眉毛往中間擰，擰成一個解不開的結。

「什麼話？」老農看了看他的兒子、兒媳，又慌忙看了看我和爺爺，神情十分緊張，「她說的什麼話？肚子裡面種棗子？」

爺爺輕輕地嘆出一口氣，似乎已經將事情的來龍去脈弄清楚了八九成。爺爺點點頭，鼓勵女孩繼續說下去：「妳接著說，不要慌。說這個話的是誰？是男還是女？他對妳做了什麼？他怎樣將棗子種在妳的肚子裡面？」

女孩又思考了一陣子，嘴裡重複著爺爺的話：「他對我做了什麼？他怎樣將棗子種在我的肚子裡面的？……」

女孩的父親攥緊了拳頭，微微發抖，像一隻待戰的公雞。女孩的母親額頭上則出了一層汗，鼻翼起伏明顯，像中暑前的不適症狀。

女孩的眉頭越擰越緊，臉色越來越難看，她那漸漸回神的眼睛告訴我，那個「誰」對她做過的事情在她腦海裡漸漸浮現出來。那浮現的場面一定讓她十分難受，讓她心跳加速，讓她無法面對面前的親人們。

14

「那個人……他說……他在我家門前站了那麼多年，可是我都從來不認識他，不記得他。」女孩的嘴唇開始顫抖，額頭的汗珠在她的睫毛上凝聚，然後滴落在鼻樑，好像是從她眼角流出的淚水一般。

「嗯？」女孩的爺爺一愣，「他在我們家門前站了很多年，而我們不認識他？」

女孩緊張地點點頭，兩隻手抓住頭髮，用力地撕扯，口氣漸漸變得異常。「是的，他是這麼說的。他……他還把棗子種在我的肚子裡面。他說……他說他給了爺爺幾顆棗子。那麼……

……爺爺……你也不認識他嗎？」她將那雙驚恐的眼睛看向老農。

「你……妳說的是初一給我棗子的那個白衣男子嗎？」老農問道，「他……是他要將棗子種進妳的肚子裡？」

「白衣男子？」女孩從她爺爺的嘴裡得到了更多的資訊，「對……白衣男子……」

女孩的父親不顧一切抓起她的衣襟，眼睛裡幾乎吐出火舌來，搖撼著她道：「妳不是說妳沒有跟別的男子做過那些齷齪的事嗎？妳！妳！妳現在怎麼又多出一個白衣男子來？

妳給我解釋清楚！他跟妳做過什麼？」

女孩看了她父親一眼，驚惶道：「對不起……對不起……是他誘惑了我……」

就在這節骨眼上，爺爺急忙將像發怒雄獅一般的男人從他女兒面前拉開，然後將我們幾

人往外推。女孩的父親本來不聽爺爺的話，還要在他女兒身上發洩憤怒，但是女孩的母親聽到「誘惑」兩字，立即如被抽去了筋骨一般癱軟下來，跌倒在地。

女孩的父親這才返過身來去扶妻子。

老農雖然愣愣的，但是順從著爺爺從門口退出來。我自然是乖乖地聽從了爺爺的命令。

爺爺扶住女孩的肩膀，攙著她在床邊坐下，安慰道：「妳不要想了，我知道了，妳不要想了。妳休息一下。妳爸媽不會責怪妳的。」

女孩坐下，嚶嚶地哭泣。

爺爺忙從屋裡退出來，輕輕掩上房門。

老農見爺爺出來，撲上來哭問道：「您說這該怎麼辦？借胎鬼怎麼會借到我孫女身上來呢？是不是我前世造了什麼孽呀！」

爺爺扶住老農，不停地安慰這位傷心的老人。

女孩的父親一邊摀住妻子的人中，一邊向爺爺央求道：「馬師傅，這可如何是好？您得替我們想想辦法啊！那個白衣男子是什麼來路，能用什麼辦法治好啊？」

爺爺道：「這事情，壞就壞在你們將門前的棗樹燒了！要想你女兒完全沒事，這個比較難了。」爺爺說比較難，那就是特別特別難的意思。要想讓那個女孩的肚子平安無事地恢復

16

到原來的狀態，幾乎是沒有可能了。

3

老農著急道：「您可不能不幫我哇！」

爺爺無奈道：「不是不幫你。現在借胎鬼已經跟您的孫女結合過了。如果再要強求什麼，恐怕會傷到您孫女的身子呀！」

老農愣了一愣，攤開雙手問道：「那您告訴我，我該怎麼辦？女孩子最重要的就是清白。您撒手不管，不是讓我的孫女沒有活路嗎？她爸媽不將她罵死，別人的唾沫星子也會將她淹死。求求您了，無論如何要幫幫忙！」

爺爺深深地吸了一口氣，搖頭道：「那我試試吧！」

老農見爺爺終於鬆了口，急忙詢問道：「您需要什麼東西，儘管說。我盡量幫您找到。要桃木劍嗎？要不要買黃紙來畫符？要不要我去借一身道士服來？」

爺爺搖搖頭，道：「你只給我去搬些草灰來，然後給我一根抽牛的鞭子。」

老農的兒子不解道：「您要草灰和鞭子幹什麼？」

老農罵道：「都這個時候了，你還管它做什麼用？只要快點將東西備齊就是了！」老農揮手頓足，對兒子一副恨鐵不成鋼的樣子。

老農的兒子道：「這些東西倒是不難找。火灶裡多的是草灰，要多少有多少；抽牛的鞭子也不難，家裡就有一根，現在就去找來。」

老農催促道：「快些拿來！」

老農的兒子放下懷抱中的女人，如兔子一樣蹦了出去。

爺爺又道：「您老人家也別歇著，快快給我煮點紅棗茶來。茶中的棗子不要雙數，要單數，三顆、七顆都可以。水不要太多，一茶盅就剛剛好。」

老農得了命令，立即準備紅棗茶去了。那個女孩的閨房裡輕悄悄的，似乎根本沒有注意外面的吵吵鬧鬧，安靜得讓人不由得有些擔心。

我也不知道爺爺要草灰、鞭子和紅棗茶做什麼，更不知道他要如何對付那個還沒有打過照面的借胎鬼。聽他們說到借胎鬼是個白衣男子，我便猜想著那是怎樣一個風度翩翩的模樣。

「亮仔，跟我來踏一踏地。」爺爺也沒有讓我閉著，拉起我便圍著老農的房子一步一步走了起來。每抬起一步，必須緊挨後腳的腳尖放下，如此謹慎而快速地走了一圈。末了，爺爺對我道：「還好，借胎鬼沒有走遠。」

我頓時明白了幾分爺爺為什麼要紅棗茶。我問道：「爺爺，你是想趁著借胎鬼還沒有走遠，要用紅棗茶的氣味將它引誘回來嗎？」

爺爺默默點頭，道：「它會不會來我還不確定。我是第一次碰到借胎鬼，以前只聽你姥爹提到過他是怎麼處理借胎鬼的，依稀記得一些。但是它的習性我不是很熟悉。」

沒過多久，老農的兒子雙手漆黑地抱著一簸箕的草灰來了，因為沒有多餘的手拿鞭子，他便將油膩的鞭子掛在脖子上，那模樣簡直是清末的遺老。雖然剛才他還對自己的女兒大吼大叫，似乎完全沒有半點憐愛之情，但是此刻卻殷勤得不得了，爺爺叫他幹什麼他就幹什麼，絲毫沒有怨言。

爺爺瞥了一眼草灰，道：「這太少了，再弄同樣多的草灰來。」

老農的兒子將草灰與鞭子往地上一擱，二話不說，又跑出去了。

又過了一會兒，老農的兒子又端來一簸箕草灰。而同時，老農的紅棗茶也泡得差不多了。

爺爺指揮老農道：「你將那紅棗茶放在門檻上，對著外面大聲吆喝：棗子紅，紅棗子。

紅事是早早生子，早早生子是紅事嘞！」

爺爺又對老農的兒子道：「你先將你妻子扶到別的房裡去休息。然後你將這些草灰鋪在堂屋裡，每一個角落裡都要鋪到，千萬別遺漏了小地方。」

老農的兒子剛要動手，爺爺又叮囑道：「你自己不要踩著草灰了，草灰朝前撒，步子朝後退，最後歇在側屋的門檻上，知道不？」

老農的兒子點頭道：「您的意思是不是像用牛糞刷地坪一樣？」

那時候鄉村裡很多人家都沒有水泥地坪，都是黃泥土或者紅泥土。農人們將水田裡的稻穀收來之後，要隔三差五地將稻穀鋪在地坪裡曬，以免發霉變質。這也是為什麼我們那邊幾乎每家每戶屋前都有一個地坪的原因。可是稻穀曬完之後，收進屋裡時很容易將地坪的小石子、小泥塊也收進來，這樣，打出的米就有許多沙子，吃飯的時候容易硌牙。我小時候吃飯就經常吃到小石子，將門牙硌破了一個小缺口。有時見誰吃飯時突然吐出一大口來，那不是說他挑食或者菜不對味，而是因為他咬到小石頭渣滓了。

那時很少人家能造起一塊水泥地坪來，所以就有人想出了一個好辦法——將稀牛糞塗抹在地坪上，如給鋼板鍍漆一樣。牛糞有這樣一個好處，就是曬乾之後變得緊密而不容易鬆散，形成一層比較堅固的膜。

牛糞雖然不是讓人喜歡的東西，但是這樣處理地坪之後，曬稻穀的效果非常好。稻穀中幾乎沒有沙粒，在脫殼後經過一種叫「風叉」的裝置濾去糠殼，就不用擔心米粒上面還會黏附不乾淨的東西了。

而給地坪塗牛糞的時候，人們自然會避免自己的腳踩到還是濕軟狀態的牛糞，所以就一邊塗抹，一邊倒退著走。

老農的兒子學著刷地坪一樣的姿勢，將簸箕裡的草灰撒了整整一屋。然後，他雙手揉著痠脹的腰間道：「這下可好了吧？」

老農一面對著外面吆喝，一面側頭來看屋裡的情景。

爺爺站在側屋的門檻上將堂屋裡的每個角落細細看過一遍，回答道：「草灰撒得不錯，但是你還需要做一件事。」

「什麼事？」老農的兒子搓著手問道。

「你給我叫個接生婆來。」爺爺道。

「接生婆？」老農和他的兒子異口同聲驚訝問道。

4

「是的，接生婆。你們村裡應該有吧？有的話就近叫一個來。」爺爺問道。

老農的兒子張大了嘴，愣了半天才結結巴巴說出話來…「難道……難道她就要生產了？」他伸手指著他女兒的房間。

老農也愣了一愣，但是他立即恢復了神志，用肘捅了捅兒子，吩咐道：「叫你去你就只管去，問這麼多幹什麼？」說完又接著對外面吆喝爺爺交代的那幾句口訣。

老農的兒子嘟囔了幾句，很不情願地起身繞後門離去。

老農的兒子離去不久，擺在門檻上的紅棗茶突然有了異常的動靜。茶盅裡的水面本來是平的，可是此刻在挨著把手一處的茶水居然漸漸鼓起，然後順著茶盅的內壁往上「流」。雖然茶盅裡的茶水未見流失，但是水平面卻漸漸下降。顯然，有個看不見的「人」正伏在門檻上喝茶盅裡的紅棗茶！

發現這一突發狀況的不僅僅有我，爺爺和老農都發現了。老農嘴裡的口訣突然停住了，兩眼瞪得像燈籠一樣看著面前的奇怪現象。

爺爺見狀，急忙拾起早已準備好的鞭子，在空中用力一甩，「啪」的一聲驚動了我和老

農，自然也驚動了那個看不見的「人」，附在茶盅內壁的水流立即跌落回來，茶盅裡波紋蕩漾。我猜想著那個「人」已經抬起頭來尋找這突如其來的甩鞭聲。

說到甩鞭，方圓百里可沒有一個人能比得上爺爺。每到耕耘的季節，便是牛最為辛苦的時候。偷懶的牛喜歡在田地裡哼哼唧唧的不出力，腳步走得慢，渾身不使勁。這樣，耕田的速度就慢了。這時，農人便揮動鞭子抽打偷懶的牛。但是，農人跟牛一般都是有些感情的，在抽打的時候並不使全力，頗有裝腔作勢的意味。

而爺爺更甚，他從來不將鞭子抽到牛的身上，而是揚起手來在空中畫一個圈，然後狠狠地一縮手，鞭子就糾結在一起，不打任何東西卻發出響亮的一聲來。牛聽得爺爺的甩鞭聲，便知道這是警告牠了，便聽話地賣力幹活。

一般人甩不出響鞭來，光口頭上吆喝沒有什麼實際效果，所以即使心疼牛也要抽打。那個看不見的「人」顯然沒有被這聲鞭響嚇到，因為堂屋裡的草灰上顯出兩個淺淺的腳印來。如果是實實在在的人踩在那個地方，草灰就不會陷得那麼淺，恐怕草灰還會黏在腳上，只是彷彿被人輕輕吹去了一層那樣。看來那個「人」是要進來看看聲音到底是從哪裡發出來的。

我明白了爺爺要草灰看看聲音到底是從哪裡發出來的原因了。清明節給已故之人燒紙時，第二天早晨起來很容易就看

見紙灰上落有淺淺的腳印，那是前來收錢的先人們留下的。爺爺是要仿效這種情況從而知道這個借胎鬼站在哪個位置。

此時要紙灰當然是不可能，所以爺爺想到了效果差不多的草灰。

爺爺用手中的鞭子指著出現腳印的地方，喝道：「這戶人家雖然砍了你的樹幹，挖了你的樹根，可是你也在他家的地面上吸水喝露。既然你是樹，那就遵循樹的命，活著的時候給人果實，死了給人當柴燒。你有什麼不服的？」爺爺氣勢凌人，但是從他的眼睛裡我能看出，他對自己說的話並不是那麼自信。因為換了是他自己的話，他絕不會將門前的棗樹砍倒劈開，然後求得一團取暖的火。即使上山砍柴，他也絕不像有些人那樣將整棵樹扛回來，他只找些已乾枯的枝幹掰下，只要是還有青色的，他便不碰觸。

每次舅舅責怪他，他便說青濕的柴燒的時候煙薰眼睛。可是其他人都知道將青濕的樹枝、樹葉取回來後攤開在地坪裡曝曬照樣能用。

「我有什麼不服？我給了他們果實，給了他們庇蔭，他們卻將我置於死地？我不願這樣死去，我要活下來！」這次我真實地見證了「未見其人先聞其聲」，當然了，我最後也「未見其人」。

爺爺指著房頂，怒道：「屋頂的那個房樑不是跟你一樣？你有什麼特殊？如果你知錯就

24

改，我不追究；倘若你悔意不改，那我就對不住了。」

爺爺的話剛剛說完，突然一陣風起，將堂屋裡的草灰捲起。

「別跑！」爺爺大喝一聲，揚起手中鞭朝剛才有腳印的地方抽去。未料一鞭抽空。此時風將地面的草灰吹亂，再也看不清借胎鬼站在哪個地方了。

但是爺爺的目光仍在飛揚的草灰中搜索。老農急忙兩手平伸開來，攔住門口，以防借胎鬼從門口逃脫。

這時，老農的兒子帶著滿臉皺紋的接生婆氣喘吁吁地趕來了。他跑到門口就雙手撐在膝蓋上費力地喘息。接生婆額頭也出了些汗，但是不見得怎麼累，她見老農雙手攔住門口，沒好氣道：「你這老頭子！叫我來了又不讓我進屋嗎？」

接生婆肩膀上挽著一個紅布包，手裡拿一把繫了紅布條的剪刀。剪刀是新的，剪刀口鋥亮。腳是典型的「三寸金蓮」，看來也是深受封建社會裹腳的苦難。稀少銀亮的頭髮齊肩，臉是不健康的蒼白上襯著劣質漆一樣的粉紅。

老農急忙辯解道：「月婆婆，我不是攔妳，我是攔屋裡的借胎鬼呢！」說完，老農接著左顧右盼，期待能幫上爺爺一把。

原來接生婆叫月婆婆。

一般人聽見人家屋裡鬧鬼會立即嚇得拔腿就跑，哪裡還顧得上接生不接生！可是這個月婆婆踮起小腳來朝老農背後望，她見屋裡草灰瀰漫，竟然十分在行地詢問道：「裡面的道士正用草灰找借胎鬼的位置吧？可是光靠草灰這樣捉鬼可不行！」

5

老農聽了月婆婆的話，大吃一驚，瞪圓了眼睛問道：「月婆婆，看來您對借胎鬼非常瞭解？」老農雖然在跟月婆婆說話，但是雙手還在舞動，生怕裡面的借胎鬼趁機溜走。

月婆婆斜睨了眼看了看老農，一副被人瞧不起但是心有不甘的模樣，嗔怪道：「你不知道我是接生婆嗎？別說借胎鬼了，就是簸箕鬼我都見過。」然後，她舉起手中的剪子「哼嚓哼嚓」剪了兩下，得意洋洋道：「可別小看了我接生婆。道士是跟死打交道呢！生和死，都是大事！要不怎麼有生死大事這種說法呢？你說是不是？」

除了屋裡捉鬼的那個人不是道士之外，月婆婆說得都沒有錯。因為一般的道士只有在人

26

們送葬的時候吹吹打打，唸經超渡亡魂。這是與「死」相關的事情。接生婆雖然沒有道士那

麼多玄乎的道具，只有一剪刀、一臉盆、一毛巾、一把草灰而已，但是她所做的事情確確實

實與「生」有著莫大的關係。既然她與「生」有著莫大的關係，那麼遇到借胎鬼、簸箕鬼也

是情理之中的事。

老農見月婆婆這麼說，不由得一喜，連忙揮手叫月婆婆進屋，嚷嚷道：「妳既然知道，

那就麻煩妳幫幫屋裡人吧！他可不是道士，是我從畫眉村請來的馬師傅。」

月婆婆聽老農說出屋裡人是馬師傅，身子微微朝後一仰，將剪刀塞進衣兜裡，拍著巴掌

道：「原來是畫眉村來的馬師傅啊！早就聽說他的方術很厲害了。等他幫您忙完了，可得叫

他給我家外孫算算姻緣。」

老農不耐煩道：「妳就先忙完我家的事再說吧！」

月婆婆哈哈大笑，道：「我可算是來對了。對於借胎鬼，我比任何人都要熟悉。」然後，

她轉頭朝老農的兒子喊道：「你別閒著，快給我弄一臉盆的水來！」

老農的兒子不能進屋取水，慌忙跑到鄰居家端了一臉盆井水來。

月婆婆接過井水，又吩咐老農的兒子道：「你再去給我折一根清明柳的枝葉來。」

老農的兒子為難道：「柳樹倒是常見，可是我從哪裡給妳弄清明柳來？」

老農焦躁道：「你怎麼這麼笨呢？前面不遠的水塘岸邊長著的就是清明柳，你快去快回！」老農一邊說話一邊跺腳。爺爺在屋裡將鞭子甩得「劈啪」作響。

很快，老農的兒子又將一根臂長的柳枝送來。

月婆婆接過柳枝，又叫老農的兒子將井水端到大門前，然後將柳枝浸潤在臉盆裡。老農的兒子在一旁看不明白，想問又不敢問，只拿眼往他父親臉上瞟。老農雖知道清明柳，但是也弄不清月婆婆到底在做什麼。偶爾一陣風捲起草灰掠過，嗆得他連打噴嚏。

月婆婆將柳枝浸了一會兒，然後提出水面，朝堂屋裡揮去。水被甩開來，沾上飛揚的草灰，草灰增加了濕重，沉甸甸地跌回地面。

如此忙活了一陣，堂屋裡空氣中的草灰漸漸減少，最後變得跟先前一樣。

爺爺已經出了一身汗。他抹了抹額頭，向月婆婆微笑示意，表示感謝。

月婆婆回以微笑，正要說話，卻「啊」的一聲身體失去平衡，手在空氣中拼命地揮舞。

老農連忙上前扶住，可是月婆婆仍要往下倒。月婆婆大喊：「快！快！借胎鬼在我旁邊呢！」

說完，她張開兩臂朝左邊的虛無抱過去。

同時，我和爺爺都看見了月婆婆左側的草灰有些異常。風已經停了，但是草灰還有挪動的痕跡。爺爺迅速將鞭子甩出，「啪」的一聲擊在月婆婆的左側。

28

這次揮出去的鞭子是直的，沒有相互撞擊，顯然是抽打在別的東西上才發出的擊打聲。

緊接著，我們就聽到微弱的一聲「哎喲」。

叫喚聲雖小，肯定是咬著嘴唇發出的，可是我們每一個人都清清楚楚地聽見了。還沒有等我們反應過來，爺爺又揮出了第二鞭。這次「哎喲」聲叫得響亮多了，顯然是被擊中的那個「人」痛得咬不住牙了。

月婆婆仍舊抱著左側的虛無，齜牙咧嘴地喊道：「它還在這裡呢！我抱住了。」馬師傅您看清楚一點，別打在我身上了。我這把老骨頭可受不了這樣的苦。」老農見月婆婆自己都歪歪扭扭，幾乎要跌倒，急忙要上前幫忙。

爺爺喝道：「您就別上去了，你們把它夾在中間，我就不好抽打它了！」說完，爺爺的第三鞭已經揮出。鞭子的力度也更大了，鞭子割裂了空氣，發出令人害怕的「忽忽」聲。鞭子的上部分準確無誤地朝月婆婆左側奔去。

「啊——」

這次不再是「哎喲」了。

「我看你躲到什麼時候！快快顯出形來！」爺爺將鞭子收回，做出蓄勢發出第四鞭的樣子，口齒嚴厲地喝道。

月婆婆的左側果然顯出一個白衣飄飄的男子來。背上的衣服有三道抽打的痕跡。最下面那道已經將衣服抽破，看來是爺爺的第三鞭抽打的。男子的面容俊秀，但是臉色略顯紅腫，如三國中的關公一般，不像是青年人應該有的膚色。

月婆婆見它已經現形，急忙放開雙臂。沒想到她的雙臂居然可以抱住一個年輕力壯的年輕「人」。

就在這時，閨房裡突然傳出女孩淒厲的叫聲。

月婆婆愣了一下，立即從衣兜裡拿出剪刀，看了看我們，最後目光落在老農的兒子身上，道：「你，跟我進去。你閨女快要生了！」

「快要生了?!」老農和他兒子同時叫嚷道。

月婆婆點點頭：「我從聲音裡就可以聽出來。」她指著老農的兒子道：「堂屋裡的草灰哪裡弄來的？你再弄一些來。」最後，她又對老農道：「你把剛才裝水的臉盆拿進來。」然後，她對那個白衣男子道：「你就等著做爸爸吧！可是誰知道會生出個什麼玩意兒來！」

30

6

白衣男子一愣，彷彿聽不懂月婆婆說的話。

老農弄草灰去了。月婆婆領著老農的兒子進了房，又關了門。

我們在外面等了許久，也沒有等到期待中的哇哇的哭聲。

過了幾分鐘，老農用簸箕提著草灰進來了，拉住爺爺問道：「我孫女生了沒有？我怎麼

還沒有聽到小孩子的哭聲？」

白衣男子站在一旁，默不作聲。但是可以看出，他也有幾分緊張，眼睛濕濕的，如被煙

燻了一樣。

屋裡的月婆婆聽見我們說話，喊道：「草灰來了，是吧？」

老農答應了一聲。

月婆婆大聲道：「你把草灰交給你兒子。」話剛說完，老農的兒子就打開門走了出來。

老農連忙將草灰交給兒子，又忍不住怯怯地問道：「女兒還好吧？生了沒有？」

老農的兒子鐵青著臉，一句話也不說，從老農的手裡拿過草灰就轉身回去了。老農在原

地呆成了一尊雕塑。那隻提過草灰的手垂在半空，遲遲沒有放下來。遲疑了好一會兒，他才

喃喃道：「這麼久沒有聽到孩子的哭聲，是不是生下來的是死孩子啊？」末了，他將一雙分不清是傷心還是擔憂的眼神投向爺爺。爺爺沒有任何回應。

我隱隱聽見爺爺口裡唸叨著什麼，但是具體的內容聽不清楚。

這時，借胎鬼做出了一個令我驚異的舉動。借胎鬼居然朝爺爺走了過來，然後附在爺爺的耳邊說了幾句什麼話。爺爺居然沒有反常的舉動，腦袋微微側向借胎鬼一邊，聽得非常認真，還不時地點點頭。

老農見借胎鬼跟爺爺態度親暱，自然也是驚訝不已，張大了嘴指著爺爺，牙齒一張一合，說不出話來。

借胎鬼在爺爺的耳邊說完悄悄話，朝老農瞥了一眼，彷彿是告別，又彷彿是挑釁，然後朝大門口走去。

老農害怕了，後來才知道，原來借胎鬼定住了他的腳，讓他動彈不得。而老農試圖抬起腳來阻止借胎鬼出門，可是腳下如負了千萬斤的鐵球一般移動不了半分。所以在我看來還以為是老農在打顫。

老農驚慌地看了看孫女的房間，又看了看借胎鬼，雙腿不住地打顫。我一開始還以為是老農在打顫。

我焦急地拉了拉爺爺的手，道：「你再不阻止它，它就逃走了。」

32

爺爺嘆了一口氣，道：「讓它走吧！它的心願已了，不會再來煩擾老農他們一家了。我又何必一定要留下它呢？」

爺爺的話說完，閨房的門再次打開來。月婆婆大汗淋漓地走了出來，後面跟著老農的兒子。

而在同時，借胎鬼消失得無影無蹤。我是看著它從門口出去的，可是一出門便消失了，好像剛才那白衣飄飄的模樣來自於我的眼花。

老農的兒子垂頭喪氣，根本沒有精力去看看那個侵犯他女兒的人還在不在，垂低著頭就著門檻坐下，雙手抱住頭。

月婆婆雖也是筋疲力盡，但是沒有像老農的兒子一樣失魂落魄，她見了老農便搖頭道：「我從來沒有這樣接生過。我的剪刀和草灰根本沒有派上用場。」她從衣兜裡掏出剪刀，剪口鋥亮依舊。

老農嘴巴抖著，還是說不出話。

爺爺走上前，輕輕地拍了拍老農的後背。老農一陣劇烈的咳嗽，埋怨爺爺道：「你怎麼就放它走了呢！」說完也不聽爺爺的解釋，緊接著詢問月婆婆：「剪刀、草灰沒派上用場？是不是我孫女肚子裡的胎兒已經死了？」

老農又不等月婆婆的回答，一邊搖頭一邊唸叨道：「死了好，死了好！要是不死，我孫女以後可怎麼辦啊？」末了，他用一雙粗糙的手去擦拭眼角。

月婆婆瞇著眼睛問老農道：「你說什麼死了？」

老農擦著眼睛道：「妳不是說剪刀什麼的都沒有用上嗎？難道不是我孫女生下的孩子是個死嬰？」

月婆婆一巴掌拍在老農的肩膀上，道：「誰說你孫女生下的是死嬰？你孫女生下的根本就不是孩子，她生下了一棵樹苗！」

「生下了一棵樹苗？」老農驚訝不已。

月婆婆搖頭道：「真是搞不清楚了。居然生下一棵樹苗來！我原來聽別的接生婆說過接生蛇的，但是從來沒有聽說接生樹苗的。哪裡想到居然就在我眼前發生了！怪事！真是怪事！」看來月婆婆雖經歷過借胎鬼和簸箕鬼，但是從來沒有接生過怪胎。

我終於理解為什麼剛才沒有聽見孩子的哭泣聲了。

坐在門檻上的老農的兒子插嘴道：「真是醜事！真是醜事！我要把那棵小樹苗劈成柴燒掉！」

爺爺厲聲道：「這可萬萬使不得！你既然欠下了孽債，就要還。不然它還會來找你的。」

34

老農的態度則比他兒子好多了。他聽了月婆婆的話，甚至有幾分欣喜，剛才臉上的陰霾一掃而空，對著空中作揖道：「這可好多了！比生下一個活孩子或者死孩子都要好！老天有眼，對得起我這個老頭子！」

老農的兒子不滿地問道：「好什麼好？」

老農道：「生活孩子的話，連累了我家孫女；生個死孩子的話，雖然不拖累，但是畢竟名聲不好？現在生了樹苗，一不連累孫女，二不會壞了名聲，可不是好事嗎？」

老農的兒子大手一揮，帶著怒意道：「爹，我看你是老糊塗了。生個樹苗有什麼好的？生個孩子，不管死活，這是命中註定。但是生個樹苗算什麼？妖怪？怪胎？人家哪個不會在我們背後指指點點？生個孩子的話，死活都算是我的孫子，如今生了這植物，我該叫它什麼呢？難道叫我要認一棵樹做孫子不成？」

爺爺接過話頭，大聲道：「你說得不錯！它就是你的孫子！你不但不可以劈了它，你還得養著它，叫它一聲『孫兒』。你……」

「我的孩子呢？」爺爺的話還沒有說完，閨房裡爬出一個披頭散髮的人來。

7

老農見孫女出來，急忙攔住，勸道：「孩子，妳剛剛生產完，吹不得風的，快回屋裡去歇著吧！」

「我生下的是一棵樹苗？」女孩抬起疲憊的眼皮，看著她的爺爺。

老農心酸道：「都是我們不對，不該把棗樹砍倒燒掉。」

女孩道：「爺爺，您別說了。我都想起來了，以前的事情我都想起來了。既然發生了，那就沒有必要這樣。」然後她緊緊抓住老農的袖子，央求道：「求求您，別讓爸爸把樹苗劈了。我們要種下它，並且養活它！」

老農用力地點了點頭，將女孩攙扶回到屋裡去。老農的兒子呆呆地看著女孩返身進屋，拳頭攥得死緊死緊。可是等老農一個人出門來的時候，老農的兒子忽然沒了力氣似的鬆開了拳頭，語氣低沉地問道：「她還好嗎？」

老農低吼道：「你還知道關心她？我以為你只關心自己的面子呢！」

然後，老農走到爺爺身邊，溫和地問道：「馬師傅，真是麻煩您啦！耽誤您的時間太多了，真是不好意思。您老伴在家肯定等得不耐煩了。後面的事情就交給我來辦吧！您可以早

些回去。」

老農這麼一說，我們才發現時候確實不早了。爺爺咳嗽了兩聲，朝我揮揮手道：「亮仔，我們回去吧！」

於是，我們跟著月婆婆的身後走了出來。

走出不遠，月婆婆朝我們嘟嘟囔囔道：「這家人不會做人呢！大年初五的，我們過來給他們幫忙，臨走的時候也不知給我們送點禮，真是！」

我正要替老農辯解說他們被目前的狀況搞昏了頭，沒有時間顧及這些小的方面。未料背後響起了老農的兒子的聲音：「馬師傅、月婆婆，還有那個小外孫，都等一下！都等一下！哎喲，你們怎麼走得這麼快！追得我累死了。」

回頭一見他的手裡拿著幾盒香菸，我們就明白了是怎麼一回事。

老農的兒子喘著粗氣，將手裡的香菸一盒一盒地分給我們。雖然他知道我是學生，但是還是塞了一包香菸在我手裡，然後拍著我的手道：「對不起，實在對不起，剛剛的情況實在是太混亂了，我到現在都還沒有理出個頭緒，請你們不要見怪。家裡沒什麼好東西，只有些菸了。小小意思，還請你們莫要見笑。」

月婆婆雖然是不抽菸的，但也喜孜孜地將香菸往衣兜裡塞，客氣道：「你這人也真是的，

都是一個村的人，何必這麼講究呢？助人為樂嘛，哪裡會在意這些小事情？你快回去吧！家裡還有好多事等著你跟你爹商量呢！」

我對月婆婆先前保有的那麼一點點好感，就在此刻分崩離析。

老農的兒子聽了月婆婆的話，感激道：「您能這麼想就好。那我先回去啦！馬師傅和那個小外孫，你們路途比較遠，路上好走啊！」

爺爺「哎」了一聲。

老農的兒子後退了兩步，然後轉身離去。月婆婆撫摸著鼓鼓的口袋，一張核桃小嘴唸叨道：「虧得你想起來，不然看我以後還去你家？哎，不過是菸，我又抽不了，只好去小商店去折價兌換點糖、鹽了。」

爺爺「哎」了一聲。

月婆婆眼珠子一轉，對爺爺謅笑道：「您是畫眉來的那個非常厲害的馬師傅吧！您能不能給我算一個人的姻緣？我外孫都快三十歲了，年年過年都不見他帶個女人回來，我都心急死了。我記得他的生辰八字，您給我看看他的婚姻在什麼時候動，好嗎？」

我怕爺爺答應，急忙搶先回答道：「不行啦，我們還要走很遠的路才能回家呢！時候不早了，下回有機會再說吧！」說完，我急忙拉住爺爺加速往前走。

爺爺是一般不會拒絕人家的，但是此時他的臉上明顯出現了疲態。他不好意思地朝月婆婆揮揮手，道：「下次吧！」

月婆婆像隻蒼蠅一樣黏上了我們，她眼珠子又滴溜溜轉了幾圈，然後從衣兜裡掏出了剛才接到手的香菸，拼死拼活往爺爺口袋裡塞，嘴上說道：「您就幫我掐算一下嘛，又不是什麼麻煩事。這包香菸給您了，就當是一點辛苦費。您幫我算算吧！反正時候不早了，也不在乎這一點時間……還可以換包香菸嘛，多好！」

爺爺尷尬道：「呵呵，我現在很少抽菸了，肺不好。」

月婆婆沒想到食指與中指枯黃、渾身散發著淡淡菸味的爺爺居然是很少抽菸的人，她愣了一愣，接著又無比執著地說道：「很少抽菸也沒事，您就收著吧！」此話剛剛說完，她就立即報出了外孫的生辰八字。

讓我意想不到的是，當爺爺聽月婆婆說出她外孫的生辰八字之後，態度立即發生了一百八十度的轉變，不但不阻止月婆婆將香菸塞到衣兜裡，反而有些迎合似的問道：「妳外孫姓什麼？」

我更是驚訝了，人家姓什麼跟生辰八字有什麼關係？以前從未見爺爺還往問報出生辰八字的人要姓氏。

月婆婆顯然也被爺爺突如其來的一問弄得有些傻，但是她很快恢復了原樣，回答道：

「我外孫姓栗。」

當時我沒有聽明白，急問道：「這裡是姓李的村子，您的外孫怎麼也姓李呢？」

月婆婆擺了擺手，解釋道：「我外孫姓的栗不是李樹村的李，是西字下面寫一個木字的栗。」

爺爺聽了，胸有成竹地問道：「那麼我再問問，您的外孫大腿內側是不是有很大一塊紅色的胎記？」

這回月婆婆無論如何也保持不了平靜了。她雙手一顫，臉上血色全無。「他一直不願意讓別人知道他有胎記，這事只有他爸媽、我，還有他自己知道。您……您是怎麼知道他有一塊胎記的？」

8

我也對爺爺說的話備感驚奇，不過我立即找到了一個自以為很合理的解釋，我問道：

「難道你見過月婆婆的外孫？」

我之所以這樣問，是因為知道爺爺不可能根據人家報出的生辰八字和姓氏就能推算出人家的大腿內側是不是長有紅色的胎記的。那麼合理的解釋只能是爺爺曾經認識過一個說出過自己的生辰八字，並且告訴過爺爺他姓栗的人。無巧不成書，而那個人恰好就是月婆婆的外孫。但是我忽略了一個問題，那就是月婆婆剛剛說過的，她的外孫對別人很忌諱說起自己難看的胎記，這件事情只有為數不多的幾個人知道——她、外孫的父母、外孫自己。既然他如此忌諱，自然不可能撩起褲子來告訴爺爺他的胎記。

果然，爺爺搖頭表示他不曾見過月婆婆的外孫。

「我不認識她的外孫。」爺爺道，眉頭擰得很緊。

我還在百思不得其解的時候，月婆婆卻由驚轉為喜，她樂孜孜道：「馬師傅，您真是太厲害了！根據我報的生辰八字和姓氏就能算出我外孫的胎記來！真是神了！哎呀哎呀，那您算出的姻緣就更加了不得啦！看來我那包袱沒有白送。」月婆婆搓著雙手羨慕又欣喜地看著

爺爺，彷彿只要爺爺一點頭，她牽腸掛肚的外孫下次過年就一定能帶個如意的好孫媳婦回來。

可是爺爺的回答讓她涼了半截。爺爺道：「不好意思，我不是根據生辰八字或者姓氏來推斷的。」

月婆婆呆了一下，半是自我安慰半是懷疑地問道：「您既不認識我外孫，又不是算出來的，那您是怎麼知道胎記的事情的呢？」她那焦急而又小心翼翼的神情，彷彿是一個希望的肥皂泡飄浮在她面前，她害怕它破滅，又害怕自己的手碰碎了它。

爺爺突然冒出一句像是回答又不是回答的話來：「也許妳外孫在前世經歷過什麼重要的事情吧！」

「前世？」我和月婆婆異口同聲驚問道。

爺爺自覺有些失言，於是敷衍月婆婆道：「時間真的不早了，我和我外孫急著要回去。這菸還給妳。」爺爺從衣兜裡將香菸掏了出來，塞回給月婆婆。

妳外孫的姻緣，要看他自己，我是算不出來的。

不知道是月婆婆驚愕過度，還是眼見得不到想要的結果所以收回禮物，她癡癡地接住了爺爺遞回的香菸，嘴裡還在重複著兩個字⋯⋯「前世⋯⋯前世⋯⋯前世⋯⋯」

爺爺見我呆呆地看著月婆婆，偷偷扯了一把我的衣服，低聲道：「快走吧！要不她又要

拉住我不放了。」

我反應過來，急忙跟上爺爺的腳步。

月婆婆目光雖然有些癡呆，但是兩個人在她眼前移動她還是看得見的。不過她知道自己不好再硬生生拉住爺爺，便兀自嘀咕道：「你們算命人就是這樣！什麼都只挑好的說，一遇到什麼不好的，就敷衍說事情都要靠自己，或者天機不可洩露。」說話聲音不大不小，假裝是自言自語，但是剛好讓她想要聽見的人聽到。

爺爺臉色一陣尷尬，但是這次出乎我意料的沒有回頭，直朝回去的方向奔走，彷彿是要甩掉背後的影子。

這時天空已經出現了一輪淡月。我在後面，看著爺爺的影子如煙一般淡薄，似乎一陣微風就可以將他的影子吹散。我立即用力地甩了甩頭，想把不好的寓意甩出去。剛才在老農家裡聽見爺爺咳嗽了兩聲，我就有些擔心爺爺的健康了。

似乎是我的預感靈驗了，這時爺爺又咳嗽了兩下。

我回頭看見月婆婆失望地走了，又不免感覺有些對不住她。她的影子也如爺爺的一樣，淡薄而容易吹散。

但是見了爺爺疲憊的模樣，對月婆婆的愧疚便消失殆盡。畢竟爺爺太累了，他需要休息。

不但我應該阻止他給人掐這算那，他自己更應該主動拒絕，為他自己爭取一些休息的時間。

春節一過，他還要下水田裡幹農活。舅舅長年在外，只能在秋收的時候回來幫幫忙，家裡的田地夠他耕種的了。

當時我的腦子非常亂，一方面擔心爺爺的身體，一方面想著《百術驅》的去向，一方面擔心月季的變化，還有新的琢磨不透的事情——爺爺怎麼知道月婆婆的外孫有著一大塊紅色的胎記呢？

就這樣，我帶著千萬思緒離開了李樹村，離開了那位可憐的老農。那位老農事後是不是讓兒子劈斷了樹苗，抑或是不是聽從孫女的話把它養活了，我都不得而知。過完年，回到學校之後，一次我在去食堂的路上偶然聽得有人說李樹村出了件怪事，一個年輕的少女在家門前種了一棵小棗樹，經常在澆灌的時候喊小棗樹「兒子」。

我急忙拉住那位同學詢問更具體的細節，可是那位同學說他不是李樹村的人，他是聽一個居住在李樹村的親戚說的，知道的也就這麼多。

其實，在從李樹村回到畫眉村的路上，我還想問爺爺借胎鬼在他耳邊說了些什麼。但是爺爺見我對胎記的事情感興趣，便先給我講了些有關胎記的事情。我一邊聽著胎記的事情，一邊想著回家後再問借胎鬼說了些什麼話。

「你是不是想知道我是怎麼知道月婆婆的外孫有胎記的？」爺爺踩著淡煙一般的影子，忽然打斷了我亂麻一樣的思緒。

「嗯？」我一時想著亂七八糟的東西，沒來得及聽清爺爺的話。

爺爺笑了笑，將剛才說過的話重複了一遍。

「那當然了。」我點頭道。

「月婆婆認為我是根據生辰八字和姓氏算出來的，你肯定不相信吧？」爺爺問道。這句話顯得有些不符合爺爺的性格，但是足見爺爺對此事的謹慎態度。

「當然不相信。」我簡短地回答道。

「好啦，今晚先到這裡。」湖南同學挪動了一下坐得僵硬的身子。

一位同學意猶未盡道：「我小時候吃西瓜特別怕吃進西瓜子，因為媽媽嚇唬我說，西瓜子會在我肚子裡生根發芽，然後從肚臍眼裡長出西瓜藤來。沒想到這個故事裡卻能將棗子播進人的肚子裡，真是匪夷所思啊！」

另一同學做了個鬼臉，說：「最恐怖的是居然還要認那棵棗樹做兒子、孫子……」

胎生書記

9

零點。

「你們或多或少身上帶有一點胎記吧？」湖南同學問道。

前來聽故事的同學們紛紛點頭，居然沒有一個說自己沒有胎記的。不知道是他們所有人

真的都有胎記，還是急於聽詭故事。

「據說，胎記是人前世的記憶。」湖南同學神秘秘地說道。

一位同學急忙道：「我的胸口有一個硬幣大小的紅色胎記，有人曾經開玩笑說，也許我

上輩子是一個士兵，被敵人用槍射死了。這是真的嗎？」

湖南同學擺擺手：「是真是假，聽完我後面的故事再說吧！」

「你相信胎記是前世的記憶嗎？」爺爺的話如古寺深夜的鐘聲，清越而神秘。

「前世的記憶？」

「嗯，前世的記憶。」爺爺中肯地回答道，「胎記又叫『胎生青記』，常發生在腰部、

胸背部、臀部和四肢，顏色多為青色或藍色，不影響嬰兒健康，不需治療，出生後數年內自

48

行消失。但是少數人的胎記在顏色和形狀上會比較特別，消失得很慢，甚至不會消失。

「哦！」我點點頭。爺爺說的我能理解，因為胎記並不是少到鳳毛麟角，我自己的左手上就有少許的淺灰色胎記。而我們村裡我的一個玩伴有一身的蛇鱗狀胎記。只是我沒有見過大塊的紅色胎記。

爺爺又道：「那些胎記都是人前世的記憶，或許是前世摔傷留下的疤痕，或許是燙傷的，或許是刺傷的。如果那些傷不是很嚴重，轉世投胎後不久就會消失，一般的胎生青記都會消失。但是如果前世受的傷特別嚴重，或者那個傷給前世留下了深刻的記憶，比如家仇、情殺等等，那麼轉世投胎後，那個胎記還會伴隨那個人很久，甚至是一生。」

我若有所悟，邊走邊說道：「爺爺，你的意思是，月婆婆的外孫那個胎記就是前世受的很嚴重的傷？或者說，那個胎記是他上輩子記憶深刻的傷口？」嘴上雖然這麼說，但是我心裡還是有疑問：月婆婆說的是她外孫這輩子的生辰八字，自然要爺爺招算的也是這輩子的事情，那麼爺爺為什麼要算到人家上輩子去呢？就算爺爺多此一舉算了人家上輩子的事情，那又為什麼要諱莫如深地拒絕月婆婆呢？

爺爺躍過一個小坎，提醒我小心腳下，然後回答道：「我也這麼想，但是不確定。」

爺爺模稜兩可的回答讓我更加迷惑。他沒有說「對」或者點頭，卻說他也是這麼想的。

既然是「想」的，自然沒有經過掐算。

月婆婆說出了她外孫的生辰八字，但是爺爺居然沒有掐算，只是「想」了一「想」！這完全不是爺爺的所作所為嘛！

「想？不確定？」我故意提高了聲調詢問爺爺。

爺爺朝我一笑，轉移話題道：「快些走吧！奶奶肯定還在家裡等我們呢！你是跟我一起去畫眉村呢？還是半途回自己家裡睡覺？」

「那你和我一起留在我家住好了。」我建議道。

爺爺搖頭道：「這可不行。我不回去的話，奶奶會擔心我們是不是路上遇到了什麼麻煩，總要一個人回去才好。」他朝我揮揮手，補充道，「這樣吧！你就半途回自己家，我還是直接回到畫眉村。」

本來我有了一些睏意，想早些躺下休息，但是想到爺爺一個人翻山越嶺，便有些不放心。

「我跟你一起回畫眉村。」我幾乎是跳躍著避免踩到爺爺的影子。在平時，我在爺爺面前從不避諱這些的，但是今晚見爺爺的影子淡到幾乎沒有，生怕踩到後會讓他連這點殘餘的影子都丟在昏暗的羊腸小徑上。

爺爺見我如此小心，開朗地笑出聲來，道：「亮仔，不用怕。你是我外孫，拼命地踩也

50

「不會對爺爺怎樣的。」

我微笑點頭，但是腳步還是小心翼翼地避開爺爺的影子。

這時候，前面的路愈加虛幻，兩旁的山開始虛幻，不知在何處的小溪的流水聲開始虛幻，連躲藏在樹林草叢的蟋蟀聲也開始虛幻。一切都變得虛幻，彷彿這裡的夜間不再屬於人世，我和爺爺正踏在一條異界的小道上。因為爺爺在，所以讓我覺得此時是爺爺領著我慢慢從一個世界走向另一個世界。我們要前往的世界才是我們真真實實生活的世界。

走了一會兒，來到一條夾在兩座光禿禿的山之間的小路上，爺爺突然將手攔在我的胸口，壓低聲音道：「等一會兒，讓讓道。」

我不禁一驚。除了腳下的路虛幻得如一條隨風飄浮的白布條，走起來都沒有一點踏實感，前面的山山水水更是模糊不清了。爺爺的眼睛雖然比我看得清，但是總不能他看見有人走過，而我卻連個人影都看不見吧？

心中雖有疑問，但是爺爺叫我停下，我便乖乖停下。

果然，很快一陣清涼的風從我們的前面掠過，嗚嗚的風聲如人在哭泣。我的臉上感到一陣擦了清涼油一般颼颼的涼意。兩邊的山上枝葉搖動，發出沙沙的聲響。

這陣風過後，我輕聲問爺爺道：「剛才過去的是什麼？」

「看山鬼。」爺爺道，「原來人們窮，家裡的柴火都要到山上去弄，有的人撿一些枯草乾柴也就罷了，但是貪心的人會掰樹枝、砍小樹，更貪心的半夜上山來偷樹。所以那時候每個村裡都有一個看山人。看山人手裡拿一個銅鑼，每到晚上就出來巡邏，看見有人偷樹就拼命敲鑼，叫村裡人來抓賊。」

爺爺說得不假，不僅僅是山裡有看山人，連池塘邊都有看塘人，為的是防止別人釣魚。那時候稍大一點的池塘都是公家的，魚自然也是公家的，所以釣魚是不被允許的。

「看山人巡邏慣了，死後仍擔心自己守衛的樹木被偷，化成鬼了還要來守山。現在人們富裕了，村裡都取消看山人了，但是有人還聽到過看山人的銅鑼聲。」爺爺道，「不過，最近幾年倒是沒有聽人說起過銅鑼聲了。」

「是因為現在沒有人半夜出來偷樹了吧？」我問道。

爺爺笑道：「應該說是人們的生活好了。那時候我也出來偷樹呢！怪不得人，大雪天要凍死人，又沒有買炭的錢，不偷怎麼行？我們村裡很多青年就跟著我出來偷樹，因為他們知道我不怕看山鬼。」

我打趣道：「以前不怕，現在卻主動給看山鬼讓路了。」

爺爺呵呵笑道：「是啊！對比鬼來說，人更怕窮。窮急了，就連鬼也不怕了。」

52

10

我跟爺爺就這樣且行且聊，不知不覺中已經走到了常山村與畫眉村之間的山路上。爺爺又咳嗽了兩聲，我不由得擔心地問道：「爺爺，你應該好好休息了，這幾天不管誰叫你幫忙，你都要拒絕，不然身體吃不消的。」

爺爺居然停下來，一手扶住路邊的桐樹，一手反過來輕捶後背，胸膛裡發出「咚咚」的迴響，彷彿他的身體裡是空的。

我急忙上前扶住爺爺，幫他拍打後背。

「幫我點根菸。」爺爺抬起頭來，臉色非常難看。

他一直都知道我反對他吸菸，在我面前犯了菸癮也只將香菸在鼻子前滾動一番又放回衣兜，可是，現在他卻叫我幫他點上香菸。

正在我猶疑間，爺爺扶住桐樹的手放到了我的胳膊上，我感覺到一陣寒意透過他的手掌傳到了我的肌膚之上，如同堅硬的松樹針葉穿透衣服。爺爺的手在微微顫抖，搖得我心中發慌。我感覺到爺爺好像一棵被齊地面砍斷的桐樹，正「吱呀吱呀」地要往下倒。

「嗯，你的菸放在哪個口袋？」我決定這次不阻止他吸菸。我的手直接往他經常放菸的

衣兜摸去。他在哪個口袋放菸，哪個口袋放火柴，哪個口袋放錢，我都一清二楚。我這樣問只是為了讓他轉移注意力，也許可以緩解他的難受。

「在左邊靠下面那個口袋。」爺爺能感覺到我的手已經摸到了香菸，但是他仍努力回答我的問話。

我將香菸塞在他的嘴上，然後去掏火柴。

當菸與他的嘴唇接觸時，我聽見他的鼻孔裡長長地呼出一口氣，如耕種了一整天的老水牛終於在舖滿了金黃色稻草的牛棚裡躺下來一樣。

可惜我很少用火柴了，爺爺的火柴一連劃斷了三、四根，也沒有一根能冒出火星來。我越用力，那火柴倒跟我作對似的越沉寂，讓我聽不到「刺啦」的爽快聲。火柴盒的一個磷面被我劃爛了。

爺爺輕嘆一聲，道：「你別太用力，將火柴頭挨在磷面上，輕輕一拉就可以了。」

我立刻沉下心來，按照爺爺說的做了。

「刺啦──」火柴燃了。如果對面有張鏡子，我肯定可以看見一張自嘲的臉。沒想到情急之下的我連根火柴都劃不燃。

我小心地將燃著的火苗送到爺爺的嘴邊。爺爺將菸頭對準了火苗，用力地吸了一口，他

54

的手立刻就不抖了，臉上緊密的皺紋也如春天融化的冰一般化解開來。

「亮仔，爺爺我真的不行啦！」爺爺看著猩紅的菸頭和嬝嬝升起的煙，忽然對我說出這麼一句話來。那升騰起來的煙似乎聽懂了爺爺的話，忽然一震，歪歪扭扭地升入無盡的黑暗之中，由於天色較暗，我看不到它們散去的樣子。

「如果你不吸菸的話，可以活到一百歲。」我盯著煙，看著它升入未知命運的黑暗中去。

爺爺淡然一笑，道：「我活那麼久幹什麼呢？到時候走不了，動不了，還要拖累你爸媽和你舅舅呢！該放手的時候就要放手，我不活那麼久。」

「你們養大媽媽和舅舅不知費了多少心血，等你老了，他們自然會好好照顧你的。」我辯解道。

「孩子，你不懂的。」爺爺摸了摸我的頭，慈祥無比。自從我上高中以後，爺爺從來沒有摸過我的腦袋了。這次雖然是爺爺情到深處所致，但是我仍然不免感覺到一絲尷尬。為什麼會有尷尬，我卻說不清。

菸吸到一半，爺爺將菸丟到腳下踩滅，道：「走吧！我好多了。以前我可捨不得將還沒有吸完的菸扔掉呢！」說完，爺爺眷戀的眼神朝腳下的黑暗裡瞟了一下。

本來我想接著詢問爺爺有關胎記的事情，可是見爺爺身體狀況不樂觀，便將疑問嚥進了

肚子裡。

剛從山上下來，爺爺家裡那扇亮著的窗便出現在眼前。奶奶果然還在等著我們回來。

我們立即精神一抖擻，加快了腳步。

跨進家門，我連忙喊了兩聲「奶奶」，可是沒有聽到回應。我心下生疑，照往常的習慣，

一般是奶奶站在門前或者地坪裡探頭探腦地望我們回來，即使她在屋裡忙其他的事情，只要我喊出兩聲，她便會連連回應著走出來。對於這種場景，我在未進門前就可以想像得到，年年如此，歲歲如此，就像學校裡學到的數學公式一樣不容置疑。

我當下感覺很不適應，差點懷疑我跟爺爺是不是走錯了門，但是沒有任何不祥的預兆。

我已經習慣這種場景十多年了，不會相信任何外力可以破壞它。可是往往就是我們認定的東西，隨著時光的推移正以看不見的速度離開我們。你已經習慣了的既定生活，也許會就在第二個太陽升起的早晨發生翻天覆地的變化。但是在改變之前，你是萬萬想不到這種改變的。

自然，我也想不到。

「你奶奶是不是犯睏先睡了？」爺爺這樣寬慰我道。但是他的口氣透露出他自己也不相信這樣的說法，並且爺爺先於我急急地跨進了裡屋的門。我急忙跟上。

跨進裡屋的門，我們一眼就看見了垂頭坐在火堆旁的奶奶。

「奶奶，奶奶！」我不敢走過去，站在離她四、五尺遠的地方叫喚。我感覺腳下沉重無比，似乎被數千斤的重量拖曳著。

爺爺也頓了一頓，輕聲問了句：「您老人家是不是睡著了？等不了就不要等嘛。」

奶奶還是沒有動。火堆裡的乾柴燒得只剩下了短短一截，火也已經熄滅了，只有暗紅的炭在一層白色的灰下一深一淺地亮著，彷彿它們也有呼吸一般。

奶奶的臉就這樣被不甚明亮的炭火映照著，像被均勻地塗上了一層紅色顏料。奶奶的腦袋垂著，像一朵委靡的、不堪頭顱重負的向日葵。

11

爺爺見奶奶半天沒有動靜，便躡手躡腳地走了過去，像個盜墓賊偷取墓中的寶物一般小心翼翼地伸出手，在奶奶的肩頭輕輕地觸碰了一下。

「嗯？」奶奶終於扭轉了頭，睡眼惺忪地看了看爺爺。

我和爺爺都暗暗吁了一口氣。未料奶奶接下來的話卻讓我們驚奇不已，奶奶囁嚅道：

「老伴啊，我恐怕是不行了。」她那一句話拖得很長很長，彷彿說話時沒有辦法保持呼吸，得抑制住呼吸才能慢慢說出來。

我心裡一個「咯噔」。

爺爺自然是被她的話嚇了一跳，但是隨即穩定了情緒，勸慰奶奶道：「看妳說的什麼話！快睡吧！快睡吧！」

奶奶長嘆了一口氣，在爺爺的扶持下巍巍顫顫地走向床邊。爺爺回頭朝我使了個眼色，我便拿了濕手巾在臉上胡亂抹了一通就睡覺去了。

第二天，正月初六，爸爸媽媽還有弟弟都來了。爺爺要嘛是在初二接我們一家四口來，要嘛是在初六。過年的時候，外嫁的閨女都會挑個日子回一趟娘家，送點年禮，吃一餐飯。

我開始還有些擔心奶奶第二天做不了這麼多人的飯菜，但是早上起來見奶奶紅光滿面，精神抖擻，與昨晚的那個狀態完全不一樣，我心裡的一顆石頭才落了地。但是昨晚她說的那句莫名其妙的話，仍讓我隱隱地擔憂。我偷偷看了看爺爺的神色，他的每一條皺紋都是舒展的。應該沒有什麼事，我心裡這樣想著。

而後來我才知道，那段時間爺爺確實太累太忙了，一點空閒都被別人借去了，根本無暇

顧及自己身邊的人。

直到中午我們一起吃完了團圓飯，奶奶還是一如既往，笑顏逐開。

外嫁的閨女在回娘家的那天，按禮數還要到墳山上去拜祭祖先。每個祖先的墳墓前插三炷香，放一掛炮。然後由外嫁的媳婦帶著外孫在墓碑前行禮磕頭，求得先人們的保佑和庇護。

那天的天氣還不錯，陽光不甚強烈，曬得人身上暖暖的。因為前些天下了一場雨，路面還是有些濕滑，來來往往的人將路中央踩得稀爛。

吃完飯，喝了茶，我們便提著一袋鞭炮往墳山上走。

一路上，奶奶和爺爺還給我們說了些先人的事蹟，說日本鬼子在常山上駐紮的時候，姥爹被抓去挖過金子，後來他憑著一根扁擔半夜逃了出來。又說姥爹的原配死得很早，我和弟弟知道的姥姥是後繼的。

從村子裡穿出去，爬上一個兩邊都是陡崖的小坡，進入一個兩邊長滿了雜草長刺的小道，被不知名的刺掛了好幾次衣服，我們終於來到了先人的墳前。墳頭的雜草和小樹顯然早被爺爺整理過，雜草被拔了去，小樹被砍成短短一截，樹枝還在不遠處躺著。

爺爺道：「這是你們姥爹的墳。」然後指著另一個山頭，又道：「你們姥姥的墳在那邊。」

由於後繼姥姥比姥爹年紀小很多，所以他們去世的時間間隔很大。埋葬姥爹姥姥之後，原先留的「雙金洞」塌了一半，等後繼姥姥去世的時候已經不能用了。所以姥爹和姥姥的墳墓沒有做在一起。

爺爺笑道：「你姥爹肯定要怪我沒有將他們倆埋在一起的，等我去了那邊還要向他老人家解釋。」

媽媽在旁不悅道：「大過年的，看你說的什麼話！」

爺爺呵呵一笑，將鞭炮在墳頭攤開，用菸將引線點了。劈劈啪啪的鞭炮聲響徹山谷，回音震盪。然後爺爺大聲道：「您看看，曾外孫都來給您拜年了，您在天之靈多多保佑他們啊！」說完，爺爺恭恭敬敬地給墳頭插上三炷香。

拜完了姥爹的墳，接下來去姥姥的墳。程序差不多，就不贅述了。

問題就出在回來的路上。

當走到山腳下的時候，奶奶的身子突然一停，然後像被抽了骨頭似的往地下倒去。離她最近的媽媽想過去扶她，但是已經遲了。奶奶癱倒在地，兩眼翻白，口吐泡沫，渾身痙攣。

這一幕來得太突然，我們全都大吃一驚，立即抬著奶奶往附近的醫院趕。

醫院診斷出來，說是高血壓。

60

從此以後，奶奶的手腳就不怎麼聽使喚了，走路都要靠著椅子一點一點地挪動。奶奶的病拖了不久就去世了。

奶奶出事後，親家潘爺爺就開始笑話爺爺，說他的掐算沒有用，到頭來還沒有防著最親近的人出事。爺爺反駁道：「就算是諸葛亮，也是碰巧看到了星象才知道自己陽壽不久了嘛。」

就算他擺了七星燈，也沒有算到會被魏延踏滅本命燈嘛！」

後來在奶奶彌留之際，潘爺爺跟爺爺都算了燈滅的日子，潘爺爺這才信服爺爺的掐算。

奶奶離去之後，爺爺一個人的時候經常嘆息不已。我在隔壁房裡聽到爺爺嘆氣，心裡也跟著難受，但是沒有合適的勸慰語言可以說。

之後的很長一段時間裡，爺爺沒有幫人掐算或者做法事。別人有事上門來找他，他只是木然地呆坐著。等人家說完了，他呆呆回答一聲，「噢」，然後就不再說話。到了這個時候，他還是不懂得拒絕別人。但是人家看見他這副模樣，也只能無可奈何。

這段時間裡，爺爺迅速蒼老，皺紋比以前多了許多，白頭髮開始大面積地出現。那個月季的情緒似乎受了爺爺的影響，每次來到我的夢裡時都不說一句話，只是神情木然地看著我，看得我心裡害怕。

每次夢到月季之後醒來，我都輕輕悄悄地走近它，摸摸它的枝葉，感覺它的枝葉軟綿綿

的，像是橡皮泥捏成的一樣。於是我睡不安穩了，擔心它斷掉或者枯死，半夜趿著拖鞋去水缸裡勺一些水給它澆上。

12

一個晚上，我已記不清是第幾次半夜起來給月季澆水了。當我捧著一茶盅清涼的淅水走回房裡的時候，忽然被一個女子攔住。她低著頭，面容上有幾分悲戚。

我吃了一驚，差點將手中的水灑了。

定神一看，那個女子就是我見過的依附在月季上的剋孢鬼。不過她變得更加好看了，令我出乎意料的是她的氣色也很好，完全不是我想像中病懨懨的模樣。看來我先前的擔心是多餘了。

「妳好！」我慌忙放下手中的東西，跟她打招呼。不知道為什麼，我突然多了一分尷尬和不適。如果是先前那樣，即使長得恐怖一點，我心中也沒有這麼疙疙瘩瘩

62

「呵呵。」她笑了一下。好久都沒有見她的嘴巴動過了。這次見她發出聲音來，我反而覺得有什麼事情要發生。「這些天真是讓你費心了，不過這水以後不用澆灌了。」她瞥了一眼微波蕩漾的水面，說話的語氣不是很高興。

我心裡一緊，慌忙看了看放在窗臺上的月季，它仍是一副病懨懨的模樣，像失了水的蘿蔔條一樣打不起精神。她的意思是這個月季活不久了？我再怎麼澆水也起不了作用？頓時，我的腦袋裡浮現出那個找我要月季的乞丐的模樣，那個乞丐的話也在耳邊響起：「這個月季你不適合養……」

我乾嚥了一口，怯怯地問道：「為什麼不用澆了？難道月季要死了嗎？可是，月季死了的話，妳該怎麼辦？跟著月季一起消失？」

她點點頭，道：「是的。月季快要死了。你再怎麼澆灌也沒有用了。我也確確實實要消失了。」說這話的時候，她低下頭去看自己的腳尖。她的腳上穿著一雙繡花鞋，鞋面上繡著一朵藍色的月季花。繡工極好，月季花活靈活現，似乎要從鞋面上長出來。

「哎，早知道這樣，我應該把月季送給那個乞丐的。他說得對，也許我真的不適合養這個月季。」那個乞丐的模樣再次在我眼前浮現。

「你說的那個乞丐，是不是那次在學校前面追趕你的那個？」剜抱鬼抬起頭來，眨著眼

問道。她的黑眸彷彿是從夜空落下的兩顆星星。

「是啊！妳也知道？」我有些驚奇，原來她也注意到了那個乞丐。

剐孢鬼皺了一下眉頭，道：「我當然知道那個乞丐。我沒有被你爺爺制伏之前，有一次差點就被他捉了去呢！」

「被他捉去？」我更加驚訝了，難道那個乞丐也是個會捉鬼的方術之士？隨即，我將這個疑問說給剐孢鬼聽了。

「嗯。我原來的好幾個同伴就是被他捉去了。」剐孢鬼回答道。

我心中釋然。難怪他找我要這個月季的，原來他早看出了月季上依附著一個性子非常惡的剐孢鬼呢！他說這個月季不適合我來養，也許就是擔心我被剐孢鬼害了吧！

剐孢鬼打斷我的思維道：「可是他捉鬼的目的跟你爺爺很不一樣。」

「為什麼？」我立即問道。

「他捉鬼是為了用鬼。」剐孢鬼道，「我幾個被他捉去的同伴就被他折磨得欲生不得，欲死不能。鬼被他折磨怕了，就都很聽他的話，他叫它們去害誰，它們就去害誰。」

「他捉鬼、養鬼就是為了害人？」我倒吸一口冷氣。

「當然。他白天去乞討，如果哪個人施捨的東西太少了，或者哪戶人家對他的態度不好，

他就唆使被捉來的鬼晚上去騷擾那個人或者那家人。」剋孢鬼道，「被捉的鬼早領教了他折磨的手段，都怕他，只好乖乖地按照他的要求去做。」

聽了她的話，我想起爺爺曾經講過的一件事。一個窮渴鬼化成乞丐的模樣來找姥爹要三十座金山、銀山，最後被姥爹的一根稻草驅趕走了。那次會不會也是一個心懷怨恨的乞丐唆使的呢？

「哦。那月季死後妳要到哪裡去呢？」我將話題轉移到目前的疑問上來。外面的月亮緩慢地移動，月季的影子就如鐘錶的指標一樣繞走。

「我身上的邪氣被月季洗得差不多啦，所以就要轉世投胎了，去尋一戶好人家落下。」剋孢鬼的語氣變得輕快了一些。

「哦！那是值得慶賀的好事啊！妳應該高興才是。」我強顏歡笑道。

她長長地嘆了一口氣，來回踱了幾步，道：「是的。我應該感到高興才是。可是現在你爺爺狀態不太好，《百術驅》又不見了，簸箕鬼的問題還沒有解決，它還會來找你爺爺麻煩的……並且……你已經養了我這麼久了……」剋孢鬼的聲音有些哽咽。

我沉默了片刻，安慰她道：「妳的邪氣被月季洗淨了，可以擺脫符咒的禁錮了，這不是妳和我爺爺都希望達到的目的嗎？妳放心吧！如果爺爺知道了，他一定會為妳高興的。而我

……我當然也會為之高興。」

《百術驅》裡面講述了剋孢鬼形成的原因。由於很多地方的封建思想作祟，重男輕女的現象很明顯。有的家庭不生出一個兒子就會被村裡的所有人看低，而做媳婦的在家裡也沒有地位，要受丈夫和婆婆的氣。於是有些狠心的爹娘見生下來的是女嬰，便丟進床下的尿盆裡溺死。有的溺死了七、八個女嬰才得一個兒子，而被溺死的女嬰就成了剋孢鬼。它拉走小孩子的靈魂是因為它的嫉妒。

於是，我開玩笑道：「這次妳可要看好了人家再投胎，別再去那些狠心男女的家庭了。」

她彷彿被針狠狠地刺了一下，臉上一陣扭曲痙攣，不過很快便恢復了原樣。看來她對前世的死因還銘記在心，不過與以前相比，她現在顯得坦然多了。「那樣也好，我就再做一次剋孢鬼，然後等著你和你爺爺去將我收回來繼續養。」她居然也學會了開玩笑。

13

不過，這時提到爺爺，我就沒有心思跟她開玩笑了。我憂慮地說道：「爺爺的身體狀況很差了，而奶奶又發生那樣的事情，唉……」

剋孢鬼見我不高興了，一隻手搭在我的肩膀上，寬慰道：「好人自有好報，你就放心吧！」令我意外的是，她的手不是冰涼的，帶著少有的一絲絲溫熱。

我苦笑道：「如果他還像以前那樣有求必應的話，恐怕身體會受不了的。他不是一個懂得拒絕人家的人。雖然這一段時間對人家的要求不答理，但是過一段時間後難保又不像以前一樣。」我一面說一面想到爺爺的皺紋像乾裂土地的模樣，不禁更加放心不下。我甚至想到不出兩年，爺爺被反噬作用和香菸榨乾身體，變得像煙絲一樣的情景。

剋孢鬼點點頭，學著我的樣子苦笑道：「是啊！以前我不知道他，把他當作像那個乞丐一樣的人，現在才知道讓他為難的不是鬼，而是那些前來求助的人。」

「那也不能這麼說。如果沒有那些害人的鬼，人家也不會被逼到走投無路了來求爺爺幫忙。」我反駁道。

「那倒也是。好了，不打擾你睡覺了。我要走了。」她擠出一個笑，朝我揮揮手，影子

漸漸淡去。

我急忙喊住她，問道：「問妳一個事情，妳相信胎記是人前世留下的記憶嗎？」

她沒有回答我，卻自言自語道：「如果是這樣的話，我轉世投胎之後，會因為跟你和你爺爺的這段故事留下什麼痕跡呢？」

她的話還在我的耳邊縈繞，但是身影已經消失得無跡可尋了。就在剋孢鬼消失的時候，我眼睛的餘光瞥見窗臺上的月季瞬間枯萎、凋謝，藍色的花瓣短時間內變得枯皺，然後像撲火的飛蛾一般從枝頭落下。

我知道，這是我跟剋孢鬼的最後一次見面。她再也不會在我眼前出現了。當然了，即使她就投胎在離這裡不遠的人家，再次見面她也不會再記得我。

生和死，是不是一個道理呢？奶奶去世了，曾經那麼多美好的回憶都只能存在於我的腦子裡，奶奶再也不會出現了。好像有人這麼說過，一個人還活著的時候，他可以稱之為人；但是一個人死後，他只能稱之為事。死去的奶奶對我來說，只能是一件過去的往事了。月季枯萎了、凋謝了，她對我來說也成為一件過去的事。

我想了半天，參不透生與死，卻把心情弄得糟透了。

果不其然，在爺爺的心情和身體稍稍恢復了一些之後，原來被拒絕的人們又紛紛找上門

68

來，而來的次數最多的居然是月婆婆。

高中的補課越來越多，假期越來越短，也越來越少。可是我還是一有空就往爺爺家跑。

往往是早上剛剛乘公車回家，中午就到了畫眉村。每一次從文天村與畫眉村之間的山路上下

來，看見爺爺的老房子如一隻熟睡的老水牛臥在那裡，我的心裡便湧上一股激動。

我能陪爺爺的時間越來越少了，但是從媽媽的嘴裡，從爺爺周圍鄰居的嘴裡，我能得到

所有與爺爺有關的消息，能從中知道我不在這裡的時候爺爺身邊發生了些什麼事情。由於周

圍的鄰居或多或少都受過爺爺的幫助，當我問起的時候，他們也樂於向我講述。雖然他們也

間或提醒我，爺爺的身體狀況大不如以前了，但是每當家裡的養畜走失，他們仍然會來找爺

爺，請他指明走失的方向。

從他們的敘述裡，我得知月婆婆來的次數不下於二十次，但是每次都是帶著失望的表情

出來的。畫眉村的很多大人和小孩都看見月婆婆愁容滿面地走在水田邊的田埂上，整個人如

蒙著一層淺淺的灰。

不只是我，他們也非常詫異。相對於爺爺對待常人的有求必應來說，二十多次拒絕月婆

婆的求助對爺爺這樣性格的人來說無異於是「冷血無情」。

「也許是月婆婆的人品不好吧！聽說她是個很摳門的人，一雙手只往自己家裡搬東西，

從來捨不得借一針一線給人家的。」

「我們找馬師傅幫過多少忙，馬師傅可是連盒菸都不接的人，哪裡就貪圖了月婆婆一點禮品？沒有的事。」立刻有人反駁。

「那就是月婆婆要求的幫忙太難了吧？所謂天機不可洩露。有些事情說出來會對說話的人不好。聽說反噬作用害得馬師傅身體不好，再說一些不好說的，對馬師傅的傷害更大。」

又有人這樣猜想。

「不是吧！我聽說月婆婆求的是她外孫的姻緣狀況，馬師傅給很多人都算過呢！不會因為這個有所顧慮的。」這個猜想自然又被人反駁了。

眾人胡亂猜測一番，最終沒有討論出任何結果。

我見爺爺漸漸從奶奶去世的陰影中走了出來，便心有戚戚地詢問了月婆婆的事情。爺爺總以「姻緣是上天註定的」為藉口搪塞。問的次數過多了，爺爺便說：「亮仔，你就讓爺爺歇一歇吧！我暫時不想碰那些東西。」

我知道，對於奶奶的突遭不幸，爺爺還懷有深深的自責。爺爺雖然漸漸從悲傷中走了出來，但是自責一直如影子般追隨著他。如果還要苦苦追問，對爺爺恐怕是有百害而無一利的。

我便主動將話題轉移到輕鬆的方面，跟他聊些開心的事。

可是後來無論我怎麼努力，爺爺的興致也不會高昂起來。

雖然如此，對於爺爺拒絕月婆婆的原因，我一直很好奇。這個問題就如一顆豆芽長在了我的心臟裡，並且抽芽生長。學校的學業再繁忙，我也無法將它忘記。

一次偶然的機會，媽媽居然從爺爺口中得知了其中的緣由。那次，媽媽去爺爺家幫爺爺洗被子，剛好碰到月婆婆在門口抱怨。

14

「給別人家的兒女算姻緣您很少拒絕，即使有不好的事情，多跑兩次您也一定會鬆口。很多人都這麼說。可是我跑了這麼多次，您怎麼就一點變化也沒有呢？」月婆婆在門口搔首跺腳，好不焦躁，「您越是不說，我這心裡就越是不踏實，總覺得我外孫要出什麼大事，您才不肯跟我說。」

月婆婆的猜測不無道理。占卜的人預測到越嚴重的事情時越不願告訴被占卜者，在這塊

地方，這是眾所周知的道理。

媽媽見一個陌生的老太太在門口嘀嘀咕咕，自然聯想到她肯定是周圍人都談到過的月婆婆。媽媽正想上前去跟月婆婆解釋一番，不料月婆婆見了媽媽，卻主動搭訕道：「妳別去找他了！他是個小氣得要命的人。別人都說他愛幫人，我看不是呢！」

原來月婆婆沒有認出面前的人正是馬師傅的女兒，卻把她當成了同樣是來求爺爺幫忙的人。

於是，媽媽故意將錯就錯，對月婆婆說道：「不像您說的那樣吧？我聽別人說他一般不拒絕人家的呀！是不是您的要求太高了？」

月婆婆拍著巴掌道：「我的要求高？我不要他算我還有多少陽壽，什麼時候見到牛頭馬面，也不要他幫我做水陸道場，我只是求他幫我算算外孫的姻緣。別人問這個多得很，怎麼偏偏我的忙就不肯幫呢？」

媽媽正要插幾句話，又被月婆婆打斷。她滔滔不絕道：「我不是糾纏不清的人。只是他越是不說，我心裡越是不踏實。前前後後來了二十多次了，他老人家就是不說。」

媽媽正準備說她去幫忙說說情，那個月婆婆甩了手就走，不再答理媽媽。

媽媽心想爺爺的身體還沒有完全康復，便乾脆打消了這個念頭，任由月婆婆一路牢騷地

72

走向了狹窄的田埂。

跨進門，媽媽發現爺爺正低著頭坐在火灶邊上吸菸。屋裡的煙很濃，爺爺根本沒有用心燒火，柴堆在一起燃燒不充分。

媽媽說，她一眼就看出了爺爺拒絕人家之後內疚的心情。

媽媽被煙嗆得咳嗽了兩聲。爺爺這才發現媽媽來了，連忙將手中的菸扔到火灶裡，起身叫媽媽坐在旁邊。

媽媽一坐下便詢問爺爺為什麼拒絕月婆婆。

爺爺的話讓媽媽大吃一驚：「月婆婆的外孫是個殺人犯。」

媽媽的腦袋裡「嗡」的一聲，差點從椅子上跌下來。「什麼？她外孫是個殺人犯？你是怎麼知道的？」

「第一次要我給她外孫算姻緣的時候，她就告訴了我她外孫的姓氏和生辰八字。」爺爺拾起一根枯柴，在散發濃煙的柴堆裡撥弄了兩下，火苗「撲撲」地升了起來。爺爺和媽媽的臉立即被火焰映得通紅。

「你就憑姓氏和生辰八字算出她外孫是殺人犯？這個也能算到？」在姥爹和爺爺的耳濡目染之下，媽媽對掐算還是有一定的瞭解的，她雖然猜想爺爺是透過這個方法得知月婆婆的

外孫是殺人犯，但是她對這個結論不是那麼相信。

「當然不是！」爺爺擺手道，「我沒亮仔他姥爹那麼厲害，就算能算到她外孫有劫難，也絕對算不到是殺人放火。」爺爺在媽媽面前提到姥爹時，很多時候都說「亮仔他姥爹」。

「我也想這東西是算不了這麼準確的。」媽媽道，「可是你怎麼知道她外孫是殺人犯呢？我聽別人說，你還算到了她外孫的大腿上有一塊紅色的胎記？」

「別人告訴我的。」爺爺簡短地回答道。

媽媽瞪大了眼睛看著爺爺，希望他後面還有話要說，但是爺爺嗑住了嘴。

媽媽似有所悟，問道：「是不是那個告訴你的人有更厲害的掐算方法？不對，就算有人告訴你，但是那個人怎麼會告訴你這些？難道他還算到了月婆婆會找你給她外孫算姻緣？他有這麼神奇的掐算方法？」

爺爺搖頭道：「不是的。告訴我的那個人很普通很平凡，她沒有事先猜到月婆婆會找我，更不懂什麼掐算之術。」

「那個人很普通？我怎麼越聽越糊塗了？到底是怎麼一回事？」

「說起來很複雜。要想清楚地知道其中的緣由，還得從一個夢說起。」爺爺的眼睛看著

媽媽沒有因為爺爺的解釋而理清思路，反而因為這番話弄得一頭霧水。「那個人很普通

74

跳躍的火焰，陷入了久遠的回憶中。

「夢？」媽媽眨了眨眼睛，靜靜地聽爺爺回憶三年前的一件怪事。

那是三年前的一個冬天，爺爺也是這樣坐在一堆火前面，通紅的火光映著爺爺的臉，暖得有些發癢。

爺爺一個人在火邊坐著坐著便開始犯睏了，眼皮重得很。為了提一提精神，爺爺決定點根菸。

爺爺的手剛剛伸進菸盒，門外便有人在喊了……「岳雲哥在家嗎？」

爺爺聽見叫聲就知道門外的人是誰了。那是小時候玩得很好、後來嫁到遠地的馬老太太。

我只見過那個馬老太太一次，精瘦、有些駝背。雖然一眼就可以看出她跟爺爺是同一輩的人，但我看不出來她跟爺爺誰的年紀稍大一些。小時候的爺爺經常和她一起去老河捉魚捉蝦。我跟馬老太太的唯一一次見面，爺爺便要我叫她為「姑奶」，可見爺爺和她情同兄妹或者姐弟。

「在家呢！快進來吧！」爺爺笑呵呵地回應道。

馬老太太在門口跺了跺腳，將衣領上的雪花抖掉，然後走了進來。爺爺聽到了兩個人的腳步聲。

迎出門來，爺爺看見馬老太太的背後還跟著一個年輕女子。那個女子長得清秀，頭髮黑

得發亮，但是臉色蒼白，一副睡眠不足缺少精神的樣子。她偷偷覷了爺爺一眼，然後飛快地收回了眼神，彷彿做了什麼虧心事怕人看、怕人說一般。

15

「這是我外孫女。」馬老太太介紹道，「姓姚，叫姚小娟。」

爺爺說，事情就是這麼巧。那個叫姚小娟的女孩也就是馬老太太的外孫女。至於巧在哪裡，後面再說。

姚小娟乖巧地叫了一聲：「馬爺爺！」

爺爺連忙邀請她們兩人進屋烤火。爺爺和馬老太太免不了要說些童年的事情，又感嘆一番時光過得真快，轉眼自己的孫輩長得都比自己高了。在爺爺和馬老太太聊天的時候，姚小娟一心一意地撥弄著火灶裡的火苗，讓枯枝柴棒一直保持著燃燒。

馬老太太突然話鋒一轉，對爺爺道：「我這次來，是要請您幫個忙。」說這話時，馬老

太太對旁邊的姚小娟使了個眼色。姚小娟心領神會，放下撥弄火苗的棍子，端端正正地坐好，認真得彷彿是被老師點到名字的小學生。

爺爺笑道：「您的忙我當然要幫了。不用這麼謹慎，您就直說吧！」其實爺爺見馬老太太帶著這個女子出現時，他就已經猜到了七八分。他從姚小娟清秀的臉上隱約看到了幾分憂鬱之色。再說了，馬老太太以前從不見帶人來這裡拜訪，今天突然帶了外孫女，自然不是帶來認識爺爺這麼簡單。

「我們都是熟人了，那我說話就不繞彎子了。我這外孫女遇到了麻煩事。」馬老太太瞥了一眼姚小娟，姚小娟立即點點頭，「這麻煩事說來奇怪……當然了，如果不奇怪的話，也就不會來麻煩您了。」

「什麼麻煩事？文怎麼奇怪了？」爺爺問道。

「自從她滿了十二歲以後，每年的固定一個日期都會做一個同樣的夢。並且這個夢也很奇怪。」馬老太太又朝姚小娟看了看，姚小娟立即朝爺爺點點頭，表示她外婆說的話沒有錯。

「滿十二歲以後？」爺爺皺眉問道。

「那麼，」爺爺摸了摸下巴，轉過頭去看姚小娟，「妳都夢到了什麼奇怪的事情呢？」

馬老太太看了看姚小娟，姚小娟點頭，她也點頭。

姚小娟回答道：「我夢到殺人了！」說完，她打了一個冷顫。很顯然，這個夢非常恐怖，讓坐在火堆旁邊的她都忍不住心寒。

「殺人？是妳殺人嗎？」爺爺問道，「妳不要怕，再怎麼恐怖，那也只是在夢裡發生的事情，現在什麼事也沒有。」

「嗯。不是我殺人。是我看見別人殺了人。」姚小娟答道。

爺爺想了一想，道：「那麼，妳跟我形容一下夢裡面的情景，越詳細越好，可以嗎？」

爺爺擔心姚小娟害怕回憶夢裡的情景，故意將聲音壓得很低，聽起來跟火灶裡的火苗一樣有溫度，能舒緩緊張的神經。

姚小娟乾嚥了一口，又做了一個深呼吸，這才說道：「我夢見自己躺在一個很大很大的床上，身上蓋著很大很大的綢緞被子，被子上繡著兩隻戲水的鴛鴦。不過我可以確定，這不是新婚用的被子，因為被子的邊口有磨損的痕跡，還有一股男人的氣味。我感覺渾身懶洋洋的，好像剛剛經過了一場劇烈的運動。我抬起頭來，看見床邊居然站著一個男人，雖然我不認識這個男人，但是他轉過臉來看我的時候，我居然有幾分似曾相識的感覺。」

「似曾相識？」爺爺問道。

「是的，似曾相識。腦袋裡有這個人的影子，但是這個影子模模糊糊。他赤著上身，兩

78

手放在腰間。我不確定他是在解腰帶還是在繫腰帶。因為我剛看見他，門外便闖進一個老頭。

那個老頭也給我一種似曾相識的感覺。」姚小娟蹙眉道。

火光在三個人的臉上跳躍。

「老頭手裡拿著一根柺杖，穿的衣服是清朝末年大地主那種，手指上還戴著一個鑲著寶石的戒指，好像是有身分的人。而在我床邊穿褲子的那個男人應該是個身分低微的人，他穿的是大腳褲，腰帶是一條簡單的布條。我正這麼想呢！那個老頭就舉著柺杖朝那個男人打過來。那個男人眼明手快，急忙朝後退了幾步，老頭沒有打著，自己倒一個趔趄，幾乎倒地。

我心裡就納悶了，他們為什麼要打架？」

姚小娟舔了舔嘴唇，又道：「這時我還沒有起來的意思，偷偷關注了這屋裡的擺設。床的對面有個梳粧檯，鏡子模模糊糊印著梳粧檯上的瓶瓶罐罐。我猜想瓶瓶罐罐裡裝的都是化妝品。梳粧檯的鏡子是按照仙桃的模樣做的，上面的刻紋都非常精細。梳妝鏡的旁邊有一個小爐子，爐子上面擱著一個正在突突地冒熱氣的水壺。水開了。」

「我正看著那水壺呢！那個老頭順手拎起了水壺，朝那個男人甩了過去。我嚇了一跳，這開水潑在人的身上，還不將人脫了一層皮？」姚小娟的臉上顯出慌張來，彷彿此時她眼前也有這樣一壺開水即將潑在誰的身上。

「我急忙掀開被子要起來阻攔，這才發現自己身上光溜溜的，什麼都沒有穿。我急忙將掀開的被子掩上，心想睡前的衣服都到哪裡去了。緊接著聽見『刺啦』一聲，開水潑在了那個男人的身上。男人痛得哇哇大叫。而那個老頭則得意洋洋地笑了。老頭罵道，『我家的紅杏就算趴在牆頭了，也沒有你來採摘的份！』我心中更是迷惑，這個老頭說的什麼話呢？」

「我看見那個男人的褲襠處和大腿處濕了一片，虛白的蒸氣正從濕的地方升起來。我心想，完了完了，這個男人恐怕以後都沒有用了。那個男人齜牙咧嘴，卻還抽空朝我這邊看了兩眼。我急忙抱緊被子，生怕他知道我身上什麼也沒有穿。可是他好像已經知道了似的，朝我露出一個淫邪的笑。他一那樣看我，我心裡就發虛，好像我跟他做過什麼見不得人的事。」

16

「我再往下看，他的兩條腿像篩糠似的抖。很快，他的全身都跟著抖了起來。他突然如一頭發了狂的豹子，猛地朝老頭撲過去。老頭見他撲來，得意的神情頓時消失了，轉身就要

80

往外走。那個男子情急之下，拾起老頭扔下的枴杖，朝老頭揮打過去。」姚小娟繪聲繪色，還模仿出夢中的男人揮打枴杖的姿勢。

馬老太太嘴角一陣抽搐。後來聽姚小娟說，馬老太太不只聽她講過一次了，但是每次聽到這裡，馬老太太都要嘴角抽搐，彷彿那枴杖打在她身上。

「我只聽得『嘣咚』一聲，如聽見廟裡的和尚敲打木魚一般，然後被枴杖打中的老頭就如被門檻絆倒一般栽倒了。」

「那個男人驚叫一聲，似乎不相信自己居然敢出手傷人，兩眼瞪得圓溜溜，雙手捧住了臉。這時，他又朝我看了兩眼，不過這次沒有邪惡的笑，而是表情驚恐到扭曲的程度。我連忙抱住被子站起來看，只見那個可憐的老頭躺在門檻上，腦袋如摔破了瓤的南瓜，血順著門檻流到地上，我頓時一陣噁心，幾乎將內臟吐出來。」

「我驚叫道：『你殺人了！你殺人了！你居然殺了他！』我心裡害怕得很，退回到床上哭泣。雖然如此，但是我心裡還有一點點快意，好像恨不得那個老頭早點死。」姚小娟道。

「恨不得他早點死？為什麼？」爺爺打斷她，詢問道。

姚小娟搖了搖頭：「我也不知道為什麼，當時就是這麼感覺的，好像心裡的抑鬱之氣得到了釋放。我解釋不清楚。」

「然後呢？」爺爺問道。

「然後我就醒來了。」姚小娟回答道。

「哦！」爺爺對這樣的回答顯得比較失望。他凝住眉頭，拾起一根燒得漆黑的木棍在火堆裡扒拉。火焰並沒有因為他的動作而變得更旺一些。

「您在想什麼？是不是覺得我在說謊？」姚小娟小心翼翼地問道，「我自己也覺得不可思議。夢裡的人都是似曾相識的感覺，好像以前見過。但是要我細細想來吧！我卻從來沒有見過這些人。並且夢裡的情景也是我平時想都不敢想的。我怎麼會光溜溜地躺在被子裡呢？我從來沒有裸睡的習慣，更不會在有一個陌生男人在旁邊的情況下連一塊遮掩的布都不穿。」

馬老太太插言道：「畢竟是夢嘛！哪裡有那麼多的邏輯可言？好了，妳講完了就停下，看馬爺爺怎麼解釋。」然後，她們倆的眼睛就直盯著撥弄火堆的爺爺了。

爺爺放下手中的燒火棍，深深地吸了一口氣，問道：「妳確定是每年的固定時候做同樣的夢？都是這個夢？沒有一點變化嗎？」

「要是我外孫女只是做了一次這樣的夢，奇怪倒是奇怪，但是我也不至於把她帶過來問您哪！」馬老太太斜睨了眼回答道。

說得也是。如果只是一次奇怪的夢，頂多醒來想想就過去了，用不著這麼認真地把作夢的人帶到爺爺面前來。再說了，在很多情況下，一次奇怪的夢根本說明不了什麼。日有所思夜有所夢嘛！沒必要太認真。倘若一個人在一個固定的日期做著一個一模一樣的夢，那就不一般了。

爺爺看了看姚小娟。姚小娟用力地點了點頭，表示她外婆說得一點也沒有錯。

「其實外婆說我在每年的一個固定日期都會做一個同樣的夢，這不是很準確。」姚小娟一語驚人。

「怎麼不準確？妳還在其他時候做這樣的夢？」爺爺問道。

「我還在其他時候做另外一個夢。雖然另外一個夢沒有這個夢這麼準時，但是也時常出現。」姚小娟道。

「也像這個夢一樣重複出現嗎？」爺爺問道。

「對的。」

「說來聽聽。」爺爺將手一揮。

「這個夢沒有先前那個恐怖。夢裡是這樣的。」姚小娟又開始回憶了，「我夢見自己站在一個門口。外面的陽光很強烈，曬得我幾乎睜不開眼。對面吹來一陣陣帶著燥熱的風，風

透過我的衣服，將我渾身弄得癢癢的。我的衣服鼓動，彷彿一條小蛇在肌膚上游走，癢癢的同時有幾分愜意。」

「妳是站在前面那個夢裡房間的門口嗎？」爺爺打斷她，詢問道。既然姚小娟說了前面那個夢，聽者將兩者聯繫在一起是再自然不過的事情了。

「嗯……」姚小娟側頭思索了片刻，「應該是吧！我依靠在門檻上，從頭到尾沒有回頭看看屋裡的情景，後面雖然又回到了屋子裡，但是這個夢是斷斷續續的，所以我也不是很確定。但是照道理和我的感覺來說，那個門口應該就是前面那個夢裡的房間。」

「好，妳接著說。」爺爺點頭道。

「這時候陽光漸漸弱了，可能是天上的一片雲擋住了太陽吧！我也沒有來得及抬頭去看，就發現面前的院子裡多了一個人。那個人的手裡拿著一個大圓盤，是銅的。圓盤上面寫著子丑寅卯辰巳午未申酉戌亥，還有甲乙丙丁戊己庚辛壬癸。我比較好奇，就問那個人他手裡拿的是什麼東西。」

「那是羅盤吧！」爺爺道。

「對。那個人恭恭敬敬地回答我說，他拿的是羅盤。他好像對我很敬重，或者說有點怕我。」姚小娟撇了撇嘴道，「我本來問完就想回屋裡休息的，因為我感覺被太陽曬得渾身懶

洋洋的。但是見他這麼謙遜，便產生了幾分好感，我又問他，這羅盤是做什麼用的。」

「那個人回答說，老爺叫他來看風水、尋寶地，羅盤就是定向用的。我這才注意他的長相，他長得像個文弱書生，頗有風度。臉瘦瘦的，好像營養不良，但是很白很乾淨。他的手指很纖細，一看就知道不是幹粗活的人。在夢裡的時候，我感覺跟他是見第一次面。但是醒來之後，我才記起原來他是前面那個夢裡的人。」

17

「那個殺人的男人？」爺爺問道。

「嗯！」姚小娟回答道，「可是在夢裡的時候我不記得曾夢到過他。很陌生的感覺……但是殺人的那個夢裡感覺已經有些熟悉他了。」

「夢裡就跟他說了兩句話嗎？」

「不是的。接下來，我的夢跳到了另一個情景。中間好像缺少過程，可是夢裡是沒有邏

輯的。您能理解我說『跳到另一個情景』的意思吧？」姚小娟朝爺爺投了一眼。

「這個我知道，夢不連貫是常有的事。」爺爺點頭道。

「我對那個男子說，既然你是懂得方術的人，那就算算我的姻緣吧！說這話的時候，我發現自己躺在一個雕刻極為精細的木床上，屋裡的擺設跟前面那個夢差不多，但是這個夢裡的東西要比那個夢裡新一些」。

「也許這個夢裡發生事情的時間比那個夢裡的要早。」爺爺道。

「嗯！我也這麼覺得。這個夢裡的擺設跟剛剛結婚不久的新房差不多。那個男子就坐在我的床邊，一隻手捏住我的手腕，眼睛瞇成一條線。我知道他在給我把脈。他見了我的話，將眼睛睜開，笑道，少奶奶，妳已經是老爺的四姨太了，怎麼還要算姻緣呢？小心隔牆有耳哦！他好像很關心我。」

「我好像生著病呢！渾身痠脹，耳邊嗡嗡響。我說，我才二十多歲，那個老頭的半截身子都已經進了黃土了，我能不為自己的將來著想嗎？」

「他聽我這麼一說，放在我手腕上的手指猛地一抖。我笑話他道，我還以為你是多厲害的人物呢！沒想到也這麼容易受驚。他頓時顯得更為尷尬，呆在那裡半天不說話。」

「我又說道，你不是說信則有、不信則無嗎？我也是問著玩玩罷了。你給我算著玩玩

吧！我悶得慌呢！接著，我不管他聽不聽，就將我的生辰八字說給他聽了。」

「他立即回答我道，少奶奶，您的八字好著呢！命主富貴，只要您安心養好這病，將來的好日子長著呢！我知道他這是在敷衍我。我有些不高興了，將頭側向床內，嘆氣道，你是騙我玩呢！再說了，就算富貴又有什麼用呢？那老東西趴在我身上時像隻病狗一樣直喘氣，我還擔心他隨時斷氣死過去呢！」

「妳在夢裡就是那個老頭子的小妾吧？」其實不用問也能明白了。

「嗯！應該是的。」姚小娟道，「我怎麼會做這樣的夢呢？難道我前世是給人做小妾的？」

一旁的馬老太太敦促道：「妳先將夢講完再說其他的。」

姚小娟接著講道：「那個男子勸慰說，少奶奶不要憂心，有好多鮮花一樣的女人想躺到老頭子的身邊來還不夠資格呢！雖然老頭子已經接近油盡燈枯，但是他那色性從來沒有改過。要不老頭子的身體也不會像抽乾了水的水母一樣軟趴趴了。我聽見他將老爺說成了老頭子，心裡不禁一陣高興。於是，我帶些挑逗意味地看了那個男子兩眼，柔聲道，你說老爺是軟趴趴的水母，那不知道你自己又能用什麼打比方呢？」

「他極其害怕地瞥了我一眼，像個小姑娘一樣搓著手，嘴裡嘶嘶地吸氣。他擠出一個難

看的笑，說道，少奶奶說笑呢！我哪裡能跟老爺比呢？老爺那是福大的人，坐吃千頃良田。

我是命薄的人，行走萬里苦路。」

「那個男子的表情有些扭曲，彷彿是肚子痛一樣。但是我能看出來，他並沒有生氣。他調整了一下坐姿，盡量平靜地說，少奶奶，老爺可是一隻老虎，雖然現在老了，但是餘威還是在的。然後他乾嚥了一口，哼哼兩聲，又道，老爺的眼睛還明亮著，耳朵清楚著。少奶奶不怕他，小的可不敢對老爺有任何不敬。」

「我反駁他道，是的，老爺的眼睛沒瞎，耳朵也沒聾，但是他對女人已經不行了。」此時，姚小娟有些不自在地看了看火灶裡的火苗。

「然後我對那個男子說，你把耳朵附過來，我有話要跟你講。我朝他揮揮手，可是他畏手畏腳的，用懷疑的目光看我。末了，他怯怯地問我，少奶奶，什麼事不能這樣坐著講呢？我知道他這非得我附到妳面前去不成？說完，他急忙朝門和窗那邊瞟了一眼，心虛得要命。我知道他這是有賊心沒賊膽。其實他用不著擔心，因為這屋裡的門和窗都關著，光線比較暗。」

「也許是他的第六感很強。果然，此時外面有人咳嗽了兩聲。那個男子急忙從床邊站起來，垂頭低眉站在帳邊一動也不動。不知道為什麼，在這個夢裡除了這個男人我沒有見到別

人，但是聽了那兩聲咳嗽，我立即打了一個寒顫。一股寒意鑽進了我的被子裡，在我全身的神經上游走。」

「外面咳嗽的人腳步越來越清晰，應該是正朝這邊的門口走來。外面那個人的每一步都彷彿踏在我的心臟上，讓我的心臟不敢跳得太厲害。當那個腳步走到了門口的時候，那個男子突然大聲對外面喊道，老爺，這門不能打開。我剛剛給少奶奶服了小茴香，一時半會兒見不了太陽的。」

「外面的腳步聲就停在了門口。我和那個男子連呼吸都不敢太用力。我悄悄看了看那個男子，他的鼻尖都沁出了汗。」

「外面的人停留了一會兒，腳步又響起來，漸漸遠去。那個男子長長吁了一口氣，虛脫了一般對我說，少奶奶，老爺走了。」

「我很奇怪他剛才說的話，便問道，你說我見不得陽光？」

「他惶惶恐恐地說，少奶奶，老爺叫我來是給妳看病的，老爺說妳痛經的時間很久，要我給妳把把脈，開點藥方。小茴香能散寒止痛，但是吃過之後不能曬太陽。那樣很可能過敏。」

「我說，可是你還沒有給我開藥啊！」

「他說，少奶奶，我是害怕老爺進來才這麼說的。」

18

「害怕老爺？你害怕老爺什麼呢？我這樣問了他。他又露出窘迫的神情。」

後來爺爺對媽媽說，聽姚小娟講到這裡，爺爺已經差不多知道了後面的事情。因為在姚小娟給爺爺講述她的夢時，爺爺已經偷偷注意了她的相貌和掌紋。

爺爺說，姚小娟的掌紋為花柳紋，在手相上對花柳紋有這樣的解釋：「花柳紋生自不憂，平生多是愛風流。綺羅群裡貪歡樂，紅日三竿才舉頭。」這個意思是說：掌中生有花柳紋的人，生來是一個風流情種，喜歡在紅粉堆裡追逐，尋歡作樂，貪圖色慾，毫不悔改。

後來我又問過爺爺什麼紋是花柳紋。爺爺說，手上的三條主線基本平行，這花柳紋生在男人身上，如果男人富貴，那麼一定風流倜儻；如果男人貧窮，那麼一定常在花街柳巷行走。這花柳紋生在女人身上，如果女人富貴，那麼一定會做出紅杏出牆的事；如果女人貧窮，那麼一定會淪落為妓女。

指下也有一條線與三條主線平行，那麼就形成了花柳紋。爺爺說，手相上對花柳紋，加上食指與中

照這麼來說，夢裡的姚小娟一定是命主富貴的人了。姚小娟在夢裡糊裡糊塗，但是醒來過就知道，夢裡的她是個年紀輕輕卻嫁給一個有錢老頭的小妾。

媽媽也這樣問了爺爺。爺爺卻搖了搖頭，說，她雖然是富貴的命，但是我看見她的面相不太好，堂舍部位水土失去控制，雜合在一起。面相上說：「堂舍水土交錯，任意招賢。為水木青黑之色，堂舍交錯於淚堂，精舍之部必淫。」這就是說這個女人生性好淫，人人都可以和她交合。因為水是青色，木是黑色，青色和黑色雜合就會出淫亂。

而她的日角、月角高高突出，這樣的面相會因太陽照命而剋死丈夫。爺爺解釋說，日角、月角是指臉部相位，與天庭大略平行的地方，左邊為日角，右邊為月角。對男人來說，日角、月角突出比較好，可是則女人相反。

另外，爺爺還注意到她的眉目的頂端一直指向印堂、司空，這樣面相的女人一定會害死她的丈夫和丈夫的小妾。但是，這樣的女人自己也一定會出事，而大多都是上吊自殺。

爺爺講到了這些，自然又要不由自主地講更多。

爺爺說，世間萬物皆分陰陽，男人為陽氣所化，女人為陰液所聚，所以看相也有男女之別。根據相學中上為陽、下為陰的原則，若以全身劃分，頭為陽、足為陰；若以頭面劃分，上額為陽、下頷為陰。因此看男人之相重點在他的頭、額，看女人之相關鍵在她的足、頷。

然而世間萬物既有陽之分，但「獨陰不生、獨陽不長」，所以看女人之相除了重在看陰，也要陰陽兼顧，而觀察女人陰陽相兼的最佳部位，就是她們的腰和臀，因為女性纖細柔軟的腰，

是陰性符號最好的象徵；女人豐滿翹起的臀，是陽性圖騰的典型代表。

看相時，常會以「天庭飽滿、地閣方圓」來形容一個人的面相如何之好，這其中的「天庭」指的就是上額，而「地閣」指的就是下額。因「天庭」屬陽代表男性，「地閣」屬陰代表女性，所以看一個女人的運程究竟是好是壞，從其「地閣」的優劣就能獲知一二。

由於女人體內陰氣較重，形體天生圓潤柔和，因此最好的下額之相，應當是方圓飽滿、敦厚富實，凡是擁有此種面相的女人，一般都性情寧靜、生活安逸、晚年運勢亦佳，能夠頤養納福。雖說女人擁有一張瓜子臉能為其增色不少，但下額若是過尖，則陰氣不足、後運欠佳，婚姻感情和晚年生活較差；如果生得一副尖嘴猴腮之相，則更非女人中的善良之輩。此外，一個女人如果腮骨特別發達，多喜歡從自己的個人利益出發，難以與男方的家人，尤其是公婆處理好關係；而腮骨過於削瘦的女人，消極悲觀、缺乏魄力，對先生的事業少有幫助，古人稱這種人缺少幫夫運，所以這兩者都不屬於好的女人之相。

在下嘴唇的下方有一凹陷處，為「承漿」穴。女人的「承漿」穴要凹入下陷，且能容下一指，方為良相。因為「承漿」凹陷可承接口中流出的津液玉漿，證明該女子體內陰氣充盈，生殖、內分泌機能健康，若在古代她們必是兒女成群、多子多福，享盡天倫之樂，相反下巴尖薄短小、「承漿」平坦者，則多數缺子少女、晚年孤苦。

92

要說看相，它自古以來就非相士們單獨所為，其實現實生活中每個人都在看相，只是看相水準有高低深淺之別而已。就以觀察女人之相為例，不僅男人愛看，連女人也愛看，昔日新媳婦進門後，婆婆常常會有意無意地瞧瞧她的腰和臀，以判斷媳婦的生育能力如何，因為在農業社會中人丁是否興旺，直接關係到家族的生存發展壯大。所以這時看一個女人腰臀的肥細，並非是單純的美感好惡問題。

因此，在中國古代，相士和普通人都認為，女性的臀越大、翹得越高，性慾和生殖能力就越強；女人的腰越細、越柔軟，就越是嫵媚、風騷、多情。因而即便在以胖為美的唐朝年間，女人仍然不忘服用桃花細腰身。

說到這裡，做為聽眾的我不得不附加幾句。現代人一面在拼命追求所謂的「骨感美」，可是另一方面，「性感美人」、「電臀美人」，依舊是男人夢中的情人、女人仿效的榜樣。

由此可見，人類雖然經過長期進化發展，但它絲毫不能抹去人在潛意識中的動物本性。最近美國哈佛大學的科學家經過研究發現：肥臀、細腰型的女性比一般的女性生育力要強，性激素水準要高，尤其是在排卵期時。有人估計，在任何情況下，這類女性受孕的可能性都要比其他體型的女性高三倍左右，這說明古人透過觀察女人的腰、臀之相，來判斷她們的性和生殖能力的說法，並非無稽之談，而是有著一定科學道理的。

爺爺還說，如果有一個男人跳過頭面、細腰、肥臀，直接盯著女人的腳看，那他一定是個看女人相的高手，一個比女人還懂得女人的專家。

19

因為在相學理論中，女人屬陰，腳為陰，自然女人的腳就是陰中之陰，要瞭解和研究一個被定位於陰性動物的女人，你說還有什麼比看她們的腳更合適的嗎？

從女人腳的形狀中，能看出她體內陰氣的強弱、性情的剛柔、脾氣的大小。在古代，女人腳美的標準是「小、瘦、尖、彎」，所以後來產生了裹小腳的陋習。而在相學家眼中最好的女人腳之相，首先應當小巧玲瓏，因為小代表著一種陰柔的美，而大則象徵著一種陽剛的美。但是世界上沒有幾個男人會愛上一個粗大強壯的女人，而是希望擁有一個小巧精緻的女人。同樣，女人的瘦腳，會讓人產生弱不禁風、需要呵護、急需扶持的感覺；而尖和彎更是自然界中典型的陰性曲線。

94

相反，腳骨形過大的女人，常常是陽氣有餘、陰氣不足、感情不細膩、不溫和、行為粗魯俗氣；腳肌肉脂肪過多的女人，則往往陰氣較重，有心機、愛挑剔、自以為是；腳皮膚青筋突出的女人，多數肝陽亢進、脾氣急躁、敏感易怒、情緒化；小腿汗毛旺盛的女人，征服慾和控制慾非常強，就是被人戲稱為「男人婆」的那種。

而姚小娟恰好小腿上的汗毛比較旺盛。當然了，爺爺不可能看見她小腿上的汗毛，是姚小娟後面繼續說夢的時候無意間講出來的。

姚小娟說：「夢裡的男人窘迫了一會兒，細聲細氣問道，少奶奶，那妳又為什麼害怕老爺進來呢？」

「不知道出於什麼心理，我突然有意要逗弄他。也許是我之前說的話讓他膽子大了起來，而我覺得自己處於下風了。於是，我曖昧地回答道，你可知道嗎？被子裡的我可是什麼都沒有穿。如果老爺進來後發現了，你說說他會不會殺了你？」

「我的話很有作用。那個男人頓時嚇得哆哆嗦嗦，雙腿一軟，就在我的床邊跪了下來，哭著求饒道，少奶奶，對不起，對不起，小的不應該癡心妄想，小的有罪，小的該死，要怪只怪少奶奶長得貌美如花、沉魚落雁。不對，不對，要怪只怪我癩蛤蟆想吃天鵝肉。小的不知天高地厚。」姚小娟在說起夢中的這一段時，眉毛舒展，臉帶微笑，似乎此刻真有一個癡

心妄想的男人跪在她面前求饒，而她非常享受這種高高在上的感覺一樣。

「其實我是嚇他的。我並沒有裸著身子，但是故意捂著被子不讓他知道。見他嚇得像隻喪家犬一樣，我樂呵呵地笑了，對他說道，為什麼癩蛤蟆就不能想吃天鵝肉呢？你連這點志向都沒有，我真是看走了眼！」

「他愣得一下抬起頭來，看了我半天，好像剛剛認識我一樣。我被他這樣的表情嚇住了，呆呆的不敢說一句話。我心裡在想，我是不是玩笑開得太過分了，他會不會氣得衝過來掐死我？」

「果然，他騰地一下從地上站起來，怒氣沖沖地衝到我的身邊，將兩隻鉗子一樣有力的手放在我的脖子上！我嚇得要尖叫，卻被他靈活地用手給捂住了嘴巴。接下來，他的手並沒有停留在我的嘴巴上，而是順著我的下巴溜到了脖子，然後到了胸脯，然後繼續往下走……」姚小娟乾嚥了一口，不管聽者如何反應，她自己卻身臨其境。

「然後，他給我一個邪惡的笑，說道，少奶奶，妳知道最好的風水地是什麼樣的嗎？」

「我感覺到他的手不安分了，但奇怪的是我沒有任何拒絕的意思，甚至覺得有幾分迎合的意味。我一邊扭動不安分的身體，一邊回答道，你拿的那個羅盤不是用來看風水的嗎？怎麼倒問起我來了？」

96

「他如同一個不識路的盲人一般，一邊繼續在我的身上繼續摸索，一邊有些激動地說道，女人……女人……」

「我笑得身上的被子都跟著顫動，問道，你真會看風水嗎？女人怎麼跟風水地扯上關係了？」

「他幾乎是哽咽著對我說的。他說，我的話還沒有說完呢！我的意思是，最好的風水地就要像女人的那個……那個部位一樣。我給老爺找的墓地，就是地形像這樣的。這樣的地形在風水上就叫做『美穴地』。那是上等好的風水地，如果誰的墳墓做在那裡，將來的子子孫孫必定永享安康，大富大貴！」

「末了，他呸了一口，罵道，那個老色鬼，活著的時候摧壞了多少嬌嫩的花，死了還要睡在花蕊裡！他一邊罵一邊在我身上摸索。他又說，少奶奶，我算過了，其實妳的八字跟我這樣的人才算是配的。」「然後他說出了自己的生辰八字，又說他姓栗。」

「他姓栗？」爺爺問道。要知道，這時候的爺爺還沒有經歷李樹村的那些事情，他這樣問姚小娟，完全是因為對姚小娟夢裡的男人不瞭解，不知道那個男人為什麼說他的姓氏跟夢裡的姚小娟相配。

「嗯！2」姚小娟點頭道，「他說他的姓拆開來就是『西』和『木』，而少奶奶的姓拆

開來就是『北』和『女』。俗話說女人是水做的，那麼妳就是『北』和『水』了。」

「我不知道他說些什麼，瞪大了眼睛問道，你說的什麼亂七八糟的東西？我一句也聽不懂。」

「他嘿嘿一笑，說，少奶奶妳想想，我是西，妳就是北；我是木，妳就是水。哈哈，多麼的般配！妳是水，妳就是來滋潤我這根枯木的，對不對？說完，他哈哈大笑，那隻不安分的手掌越來越用力，弄得我那個部位發痛。」

「我有些生氣，罵他道，我還以為你是多麼正經的風水先生呢！沒想到腦袋裡裝的盡是這些淫穢的勾當。」

「他涎著臉笑道，少奶奶，我剛見您的時候還怕得不到呢！沒想到……」

20

「沒想到什麼？我蹙起眉頭問道。」

「沒想到妳的水這麼多哇。他哈哈大笑。然後他猛力地撕扯我的衣服，將我像個粽子一般層層剝開來。他兩眼發直地盯著我的肌膚，邪笑道，少奶奶，妳還真像個粽子，妳的皮膚比晶瑩的糯米粒還要誘人，我聞到了粽子餡的香味。說完，他的口水就流了下來。我心想道，難怪我會喜歡上他的，原來我們之間是這樣的心有靈犀。」

「妳說妳喜歡他？」爺爺問道。

姚小娟面帶微笑，她並沒有因為「偷情」而羞愧，反而有幾分得意、幾分陶醉。看來爺爺說她的掌紋中有花柳紋沒有錯。她點點頭，嘴角彎出一抹幸福的笑，回答道：「是的，馬爺爺。之前我一直沒有喜歡他的感覺，之前的挑逗和打趣或許是因為無聊，或許是因為好奇。但是我敢確定沒有喜歡的感覺。但是在他說出我是粽子的剎那間，我清清楚楚地感覺到我已經喜歡上他了。在我心中，似乎一直有著某種說不清的抑鬱，在他說出我是粽子的時候，那種抑鬱的感覺忽然沒有了。整個人變得……那種變化的感覺真是奇妙，我自己也形容不來。」

旁邊的馬老太太插言道：「這種感覺我能理解，也許是因為妳在夢裡是一個老頭的小妾，而妳這個小妾覺得自己從來都沒有被人珍惜、被人寵愛的機會。後來遇到這個看風水的年輕人，妳才有了這種感覺，所以覺得很舒服很享受，對嗎？」

其實不用姚小娟的回答，她的微笑已經代表她認同了馬老太太的說法。任何一個女生都

希望自己被男人珍惜。

姚小娟繼續講道：「然後我們……我們就那個了……」

「然後她就醒來了。」馬老太太接著姚小娟的話說道。

爺爺點點頭。

「您能給她解釋一下嗎？這些奇怪的夢讓她煩惱不已。現在她都到了婚嫁的年齡了，我也花心思給她介紹了好幾個條件不錯的男人。可是她說這些奇怪的夢打亂了她的心情，根本不能用心去跟別人交流，總覺得在人背後做了什麼見不得人的事情。」馬老太太說道，臉上一副擔憂的樣子，相信如果可以將她的表情跟月婆婆的表情放在一起比對，兩者誰也不比誰的表情好看。

姚小娟的這種狀況也不難理解。如果這些夢只是出現一次、兩次倒也罷了，可是在固定的時間出現同樣的夢，那就讓人有些匪夷所思了，姚小娟有那種做了見不得人的事的感覺也就不足為奇了。做了這麼多次的夢，並且夢是如此的清晰，難免讓她造成真假混亂的錯覺。

這肯定就會影響到她正常的談婚論嫁。

在那時的農村，女孩子到了二十三、四歲如果還沒有跟男人交往，左鄰右舍肯定會閒言閒語，要嘛覺得這個女孩子有什麼缺陷，要嘛覺得這個女孩子跟別的「野男人」好上了。這

樣的閒言閒語會讓女孩子的家裡人承受巨大的壓力。所謂「眾口鑠金，積毀銷骨」正是這個樣子，所以馬老太太很著急。看來她已經聽到不少人在背後說了些類似的話了。

不過，因為這件事來找爺爺，她們註定要失望。因為那時爺爺還沒有遇見月婆婆，更無從知道月婆婆外孫的事情。

爺爺遺憾地搖了搖頭，對馬老太太和她的外孫女道：「對不起啊！這個夢確實很奇怪，其中肯定有寓意。可是我幫不上妳們。」

馬老太太聽爺爺這麼一說，急忙道：「岳雲啊，您沒有必要隱瞞我們哦！即使有什麼不好的預兆，也請您坦白告訴我們。萬一出了事，我是不會責怪您的。我知道，有些聽到了不好的預兆，出了事之後自己不反省，反而責怪說話的人烏鴉嘴。我不是這樣的人。」馬老太太急得抓住爺爺的手，像是絕境中的人死死抓住一根救命稻草。

可是爺爺抱歉地搖搖頭，對馬老太太道：「這個我知道。但是不是我不說，是我真的說不出什麼來。您放心啊！很多夢雖然奇怪，但是並不代表什麼。不過我可以答應您，如果以後我遇到什麼事情跟您外孫女一樣的，我一定會告訴您。」

馬老太太不是月婆婆那樣非常能糾纏的人。她聽了爺爺的話，嘆了一口氣，轉頭反而安慰姚小娟道：「小娟啊！妳馬爺爺是個直腸子的人，他說的話可靠。看來我們今天是不會有

什麼收穫了，只能以後再找機會。」

姚小娟似乎剛從夢境中醒悟過來，臉上那種兩情相悅的神情頓時消失不見，眼角沁出兩滴淚水來，聲音降低了：「是嗎？難道我還要受這奇怪的夢纏繞？這樣的日子還要持續多久啊？」

爺爺安慰道：「孩子，不要傷心。也許是上輩子妳經歷了太多，到這輩子還念念不忘。

其實，很多事情都是受妳自己影響的，妳心裡試著放下看看，也許有效果。」

「上輩子的經歷？」姚小娟一驚，淚水還在眼眶裡顫顫的，「夢裡的情景都是我上輩子經歷過的嗎？」

爺爺淡然一笑道：「我也只是隨便說說。既然這些夢影響了妳的心情，妳就學著放開一點好了。馬爺爺我實在是參不透妳的夢啊！」說完，爺爺轉頭看了看灶裡的火苗，火苗忽然騰的一下呼呼地燃燒起來。

爺爺又道：「人的前世就像這木柴，經過燃燒之後就只剩一堆灰燼。但是這堆灰燼撒到土地裡後，又會長出一棵樹來。妳的這些夢，也許就是燃燒後留下的灰燼吧！」

「灰燼？」姚小娟愣愣地看著火苗，努力地去理解爺爺的話。「那些夢是灰燼？」她的眼睛似乎要穿過火苗，看到木柴被火苗燎燃，然後裂開、變黑、萎縮，最後變成另外一種狀態的過程。

21

爺爺見姚小娟陷入癡迷的狀態，急忙勸慰道：「孩子，我這也只是打個比方而已，未必就是正確的。妳不要想太多了。」

雖然這次爺爺除了傾聽之外沒有幫上什麼忙，但是爺爺已經將姚小娟說的夢中那個男人的姓氏和生辰八字牢牢地記在了心裡。並且，後來爺爺根據那個生辰八字算出了那個夢中人的命運：「身寒骨冷苦伶仃，此命推來行乞人，勞勞碌碌無度日，終年打工過平生。此命推來骨格輕，求謀做事事難成，妻兒兄弟應難許，別處他鄉做散人。」

我知道，爺爺是按照稱骨法來測算姚小娟夢中人的命運的。但是稱骨法只是一個比較粗略的演算法，要想算得更細緻一些，還得用大宗生辰八字的演算法。就像我在學校做物理實驗一樣，測量東西的時候首先有個粗測，粗測之後才有精測。

但是再怎麼說，那個男人不過是在姚小娟的夢裡出現而已，並不是現實存在的人。所以爺爺粗算他的命運也只是出於平時的習慣而已，並非有什麼別的企圖，更不會花精力去細細研究他的命運。

這件事情，就這樣被擱置了許久。

雖然後來馬老太太逢年過節又來過爺爺家數次，但是爺爺並沒有意外的驚喜送給她。爺爺從馬老太太的口裡得知，她的外孫女還是受那幾個奇怪的夢困擾。姚小娟仍然對相親提不起興致。

直到那個大年初五的晚上在李樹村遇到了月婆婆，爺爺一聽月婆婆說出的外孫的生辰八字，立即想到了姚小娟夢裡的那個男人。因為，月婆婆說出的生辰八字跟姚小娟說出的生辰八字一模一樣！

雖然說姚小娟夢境的背景應該是舊時代，但是按照農曆的干支紀年排列法，六十年為一個輪迴。也就是說，如果有兩個人的「八字」中表示年份的兩個字相同，那麼他們的年齡差距剛好是六十年。這跟能見到哈雷彗星的週期差不多。

這沒有什麼稀奇的，因為活到六十歲的大有人在，那麼「八字」中的前兩個字相同並不鮮見。但是要想八個字都相同，那就會令人目瞪口呆了！一個人跟另一個人不但在「同樣的年份」出生，還要在「同一個月份，同一個日子，同一個時辰」出生，那可就是難上加難了！

前面之所以說稱骨法是個比較粗略的演算法，是因為它根據千變萬化的生辰八字總結出五十一種命運。也就是說，無論生辰八字有多少種組合，最後歸納於五十一類。

但是這五十一類的每一類都包括了許多生辰八字，如果這許多生辰八字中有兩個人完全

一樣，那個算命的人肯定會大吃一驚。再嚴謹的算命先生也會形色改變。

爺爺自然也不例外。所以他在那個晚上才有那樣出人意料的舉動。特別是當爺爺將月婆婆的外孫的姓氏「猜」出來之後，驚恐的心理自然更是強烈。當時爺爺還詢問了月婆婆，她外孫的大腿內側是不是有一大塊紅色的胎記，這就讓我匪夷所思了。

媽媽聽了爺爺的敘述，但是沒有想到問胎記的事情。如果當時在爺爺身邊的人是我，我肯定軟磨硬泡都要問出來。

媽媽聽爺爺講完姚小娟的夢，詢問爺爺道：「難道你覺得月婆婆的外孫就是姚小娟夢裡的男人？」

爺爺微微點頭。

媽媽輕輕推了推爺爺，道：「就算月婆婆的外孫是姚小娟夢裡的男人，那也只是在夢裡的事情罷了。你為什麼要拒絕給他算姻緣呢？」想了想，媽媽又問道：「雖然生辰八字要一模一樣特別特別難，但是碰巧的事情並不是從來沒有發生過。你應該問問姚小娟，問問她夢裡的男人長什麼樣子，是不是跟月婆婆的外孫長得一樣。」

爺爺剛要發表意見，媽媽又猛然醒悟一般拍了拍自己的腦袋，笑罵道：「你看看我這腦袋裡都想些什麼？既然生辰八字可以一模一樣，那麼夢到的人跟現實中一樣也沒有什麼值得

奇怪了。也許是姚小娟以前碰到過他，對他的記憶深刻，才會把印象帶到夢裡去。」

「妳說得對。」爺爺道，「不過這一切都這麼巧合的話⋯⋯」

「你一定不會相信自己的眼睛和耳朵，是吧？」媽媽搶先將爺爺的心思說了出來。

爺爺咬著嘴唇道：「妳說的話讓我清醒了一些。我看我應該見月婆婆的外孫一面才好。

我親自問一問他，並且在他不知道的情況下看看他的面相。」

媽媽嘆口氣，給爺爺搥著後背，輕聲細語道：「不是我要說你老人家，你已經上了年紀啦，多花花心思給自己養身體吧！少給別人家操空頭心。」

爺爺突然流露出傷感的神色來，有意無意道：「唉⋯⋯妳母親活著的時候也經常這樣勸我。時間真快啊！現在我跟她陰陽兩隔了⋯⋯」

媽媽見爺爺情緒不對，急忙改口說：「這樣吧！我想辦法找到月婆婆的外孫，讓你跟他見上一面。畢竟⋯⋯畢竟你答應了馬姑姑的。」按照媽媽的輩分，她叫馬老太太為「馬姑姑」。

這一招還真有些效果，爺爺的思緒被轉移到眼前的事情上來了。他微微頷首，道：「如果妳能避開月婆婆找到她外孫更好。暫時不要讓她知道，不然她肯定會擔心的。現在她只會以為我小氣，不願意給她算命。」到了這種時候，爺爺還想著別人。

106

要找到月婆婆的外孫不難，這方圓百里每個村都跟另外的村扯著血緣關係，像一個蜘蛛網，雖然雜亂，但是牽動一處便會驚動全部。媽媽很快找到了爺爺想見的人。

媽媽雖然沒有爺爺那樣會看相，但是粗略的還是稍稍懂得一些。媽媽說，那個人給她的第一印象就不怎麼好。下眼瞼向上彎，田宅宮凹陷，且長期像有淚光浮現，目光似笑非笑，這樣的眼相不是桃花劫就是桃花殺，是蕩婦的典型面相。它卻偏偏長在一個大男人的臉上，難怪他要跟那個女人發生不堪的事來。

湖南同學突然停住了，好像忽然想起什麼事情似的，說道：「哎，我還有點別的事沒做完。明天再跟你們講吧！」

那個想問胎記的同學還沒來得及詢問，湖南同學就已經急匆匆地出去了。

情愛蠱

又到零點。

22

湖南同學壞笑道：「你們想過這種情況沒有？假若你喜歡上了一個女孩，但是人家不一定喜歡你。可是，有一種東西，只要你給她吃了，下在飯裡或者飲料裡，她就會突然對你死心塌地。」

「有些電影裡提到過，但是現實中應該沒有的吧？」坐在最後面的一個同學說道。

湖南同學頓了一下，接著說：「今天的故事就跟這種藥有關……」

媽媽找到那個男人的時候，他正在別人家的堂屋裡削木頭。細細一問，原來他是專給人做棺材的木匠。媽媽早已問到了他的真名實姓——栗剛才。乍一聽，還以為他的名字叫做栗棺材。人是瘦瘦弱弱的，身子骨彷彿女人一般。臉色蠟黃，彷彿是舊年代吃不到油鹽營養不良的人。

交談了幾句，媽媽就知道，栗剛才是個非常懂風水的人。他認為在自己家裡做棺材總是不好，便有著跟別的木匠不一樣的規矩——棺材必須在別人的家裡做，絕不把木材運到自己

家裡做好了再賣給別人。

栗剛才跟媽媽聊得很投機，而媽媽是有目的才去的，所以三兩句就把栗剛才的老底摸清楚了。如果是在古代，栗剛才肯定會成為一個有所作為的風水大師。可是現代人，雖然還勉強相信風水之類的古傳統，卻很少有人把這門古傳統認真對待了。過年過節，人們也只是象徵性地弄個程序，並不把風水當作最重要的事情來做。

栗剛才年紀稍大，便明白了學風水並不能給他帶來生活上的改變，於是改了心思學了一些木匠的手藝。其改變過程正像媽媽看透了爺爺的本領已經「過時」，她才不要我跟著爺爺學習那些影響正規課程的怪力亂神一樣。

栗剛才早就知道媽媽是畫眉村的馬師傅的女兒，更知道畫眉村的馬師傅是懂很多方術的人，所以他一見到媽媽便裝作一見如故的樣子，對媽媽十分友好熱情。媽媽後來才知道，她很容易就跟栗剛才談開了，實際上是因為栗剛才早就想找爺爺了。

但是當時媽媽以為栗剛才跟她談得來是因為他也喜歡風水。而栗剛才根本不知道媽媽找他的目的。他以為媽媽只是碰巧路過這裡，並且碰巧遇到了一個懂得風水的人。

栗剛才站在滿是木屑的堂屋裡，一邊在已經成形的棺材上彈墨線，一邊跟坐在門口石礅上的媽媽聊天。媽媽後來說，當時她看見栗剛才站在棺材旁邊，心頭莫名地升起一種不祥的

預感。但是預感是什麼，她又說不清楚。總之，腦袋就那麼「嗡嗡嗡」地響了幾聲，彷彿頭頂飛過了一群蒼蠅。

蒼蠅是能聞到腐爛和死亡的氣息的。

「哎喲，這堂屋裡的木匠好像是月婆婆的外孫吧？」媽媽是這樣將話題拉開的。

「對啊。妳認識我外婆？」栗剛才拉起一根蘸了墨水的棉線，在有著紋路的木頭上彈出一道直溜溜的墨線。他要按照彈出的墨線將木材切割成一頭大一頭小的棺材材料。

「哦？」他並沒有將心思完全從木匠工作中抽出來，那雙帶桃花的蕩婦眼在墨線上瞄來瞄去。

「我父親跟月婆婆比較熟，所以我就知道你。」媽媽很聰明地將爺爺從話題中扯了出來。

「我父親是畫眉村的馬岳雲，不知道你認識不認識？」媽媽假裝不經意地說道。

魚兒很快就上鉤了。

「畫眉村的馬師傅？」他立即將手中的工作放下了，眼睛裡露出幾分欣喜的光芒，「我外婆跟馬師傅有交情？」

媽媽擺手道：「談不上什麼交情啦，也就見過幾次面而已。」

「那妳怎麼認出我來了？」他顯然有些失望，搓了搓手，拿起一個鉋子在棺材上推了起

112

來，紙條一樣的木屑便從鉋子的中間捲了起來。

「哦！我聽月婆婆說她有個喜歡在別人家做棺材的木匠外孫。這戶人家又沒有做木匠的男人，所以我就猜到你囉。」媽媽的反應比較快。栗剛才沒有看出任何破綻。

於是，媽媽和他很自然地就聊起了風水的事情來。媽媽說了幾個某村的某人因為風水問題給家裡帶來麻煩的故事，栗剛才就著這些事情發表了一些自己對於風水的看法。

「搞不好你上輩子就是個風水先生呢！」媽媽不緊不慢道。

栗剛才忽然臉色一變，手裡的鉋子差點掉落下來。「妳是怎麼知道的？」

雖然媽媽說那句話是別有用心，但是也只是試探試探他罷了。眼見栗剛才神色突變，媽媽心裡也是一驚。不過媽媽很快穩住了情緒，打趣道：「我不過隨便說說罷了，胡亂猜的。看看，還把你嚇成這樣！」

「我……」栗剛才剛剛說出一個字，又將後面的話嚥了下去。

媽媽將這一切都看在眼裡，記在心裡。「聽你外婆說，你現在還沒有結婚，也沒有女朋友？」媽媽繼續問道。

栗剛才嘴角抽動了一下，道：「唉……我外婆碰到我一次，就要在我耳邊唸叨一次。」

「也是啊！老人家嘛，都希望早點看到兒孫的大事完成。」媽媽笑道，「冒昧地問一下，

你為什麼不想結婚呢？」

「我……」栗剛才的話又斷節了。沉默了一會兒，他接著說道：「我也不知道為什麼，暫時就是不想這些事。」

奇怪的是，自從媽媽問過這兩個問題之後，栗剛才變得沉默寡言了許多，跟之前判若兩人。

媽媽再跟他聊其他的事情，他也變得愛答不理的。

媽媽見他如此，只好就此作罷。

回來的路上，帶媽媽去認識栗剛才的村人對媽媽悄悄說道，「妳不要問他為什麼不結婚。」

妳這麼一問，他自然就不肯跟妳多說話了。

媽媽迷惑地問道，「這是為什麼？」

村人說，那個男的會養情愛蟲。相傳當綠色的大蝗蟲與蚯蚓交媾時，把牠們一起捕捉起來，然後放在瓦屋上曝曬七天七夜，朝飲露，日浴華，飽吸日月精華。七天七夜後把蟲收回家中，碾日晴天，不能遇雨，也不能聞雷鳴，如遇上述情況藥則失效。七天之中，必須是連成粉末，就成了「情愛蟲」。所以只要是他看上的女孩子，他便能將人家弄到自己的床上來。

114

23

「他對喜歡的女孩子放黏黏藥？」媽媽起了一身雞皮疙瘩。媽媽說的「黏黏藥」就是情愛蠱。這裡的「黏」字並不是普通話裡的「ㄋㄧㄢ／」，也不是「ㄓㄢ」，而是方言中的「ㄋㄧㄢ」，普通話裡，沒有這個讀音。意思就是黏黏糊糊黏在一起無法分開。顧名思義，我們就很容易知道這藥是幹什麼用的了。

其實，我在小時候就經常聽村裡的老人講到這種叫「黏黏藥」的東西。聽說那種藥只有婦女能使用，在人不知鬼不覺的情況下，將「黏黏藥」放進飯裡、菜裡，或者水裡，然後讓任何一個男人喝下去，那個男人就會對放藥的女人一輩子死心塌地赴湯蹈火。

村裡的老人還說，這「黏黏藥」還有一個神秘的地方，就是可以由放藥的女人控制藥物，規定男人出行的範圍。如果下的是五里路的藥，那麼被下藥的男人只能在方圓五里之內活動。出了五里，就會遇到生命危險。

有的下藥的女人沒有這麼毒辣，只讓出了五里的男人特別想念自己，整個腦袋裡不斷浮現女人的形象，立刻飛奔往回趕，直到見到這個女人才罷。

這藥的神奇，將愛情中弱勢一方的女性地位提高到神的程度，不免讓人想起現代人關於

丈夫的說法：丈夫丈夫，一丈之內是夫，一丈以外就是房子外面，男人出了房間，就不是自己的男人了。現代都市女性，如果有「黏黏藥」助陣，別墅裡會減少多少二奶、三奶？

想歸想，現實的生活中又有多少女子在被心愛的人傷害後，哭也哭了，鬧也鬧了，誰會想到要下「黏黏藥」呢？再說，又有幾個女人真會下「黏黏藥」呢？

如果讓我有選擇學「黏黏藥」的機會，我也不會去學。兩個人相互喜歡的時候有一方下了「黏黏藥」，只顧得了當時的如願，一旦自己不喜歡原來那個人了，而那個人死死糾纏豈不是自找麻煩？

顯然，我之前的想法是錯誤的。首先，我一直以為這種藥只有女的能用，但是栗剛才是個男的，說明黏黏藥不只是婦女可以使用。其次，我一直以為用了黏黏藥後，被下藥的一方便會死死黏住下蠱的人，但是栗剛才身邊沒有死纏爛打的女人，說明黏黏藥並沒有「副作用」。即使有的話，也沒有我想像得那樣厲害。

不過，可以肯定的是，假使栗剛才真如村人說的那樣會放蠱的話，那麼他的放蠱技術已經達到了爐火純青、神不知鬼不覺的地步。不然，被下蠱的人或者被下蠱的人的親戚肯定會

116

找他的。

所以當聽見村人說栗剛才會放情愛蠱的時候，媽媽大吃了一驚。

村人說，「栗剛才之所以不結婚，就是怕媳婦知道了他的秘密，然後阻止他，揭露他。」

村人還說，「一個人要判斷他是不是中了蠱，其實很簡單。讓測試的人在嘴角內放一塊熟的雞蛋白，如果雞蛋白變成黑色，則是中了蠱毒所致，必須採取治療措施；如果沒有變色，則說明沒有中蠱。或者讓測試的人口含幾粒生黃豆，數分鐘後，如果口中豆漲皮脫，則表示中了蠱毒；如果豆不漲、皮不脫，則表示沒有中蠱。」

村人說得煞有其事，媽媽自然不敢輕易質疑，當然也不會完全相信。不過村人說的理由倒是有幾分有模有樣。

村人又舉例說，「某某村的某某女人跟他有過那個關係，某某鎮的誰誰至今還是他晚上借宿的去處，某某中學的女老師就是因為他才發瘋死掉的。由於那些女的都是「心甘情願」，而旁人拿不出證據抓不住把柄，只能或者羨慕或者憤怒地看著。」

媽媽不相信，笑道，「只怕你這些事情也是聽別人說來的吧。」

村人一本正經道，「我怎麼會隨便說人家的不好呢？他栗剛才又沒有得罪過我，我何必挖空了心思去誣陷他？我們村裡曾經也出現過一個蠱婆，跟栗剛才的情形一樣。」

這裡的人把會放蠱的女人叫做「蠱婆」，更惡毒的稱呼是「草婆鬼」。

村人說，「他們村的草婆鬼纏死了三個男人，這還不說，她還纏別的男人，害得他們村裡很多戶人家兩口子不和。草婆鬼的第一個男人很老實，是燒炭的，一年冬天裡被壓死在炭窯裡；第二個男人也老實，做小本生意，一次出貨被大卡車撞了，治不好，又沒有錢住院，就在家裡死了；第三個男人是個屠夫，天不怕地不怕，身體胖得流油，過了七、八年，草婆鬼給他生了兩個孩子，但不知怎麼有一天突然上吐下瀉，也死了。那個草婆鬼拖著兩個孩子守了十多年的寡。」

村人說，「妳別以為她過得不容易，就像現在妳別以為栗剛才為結婚的事操破了心一樣。那個草婆鬼像是能勾住男人的心魄一樣，很多男人主動去幫她種地耕田，甚至把田裡的稻穀收到堂屋裡擺著。她要修葺房子，要割豬草，要挑水，叫都不用叫一聲，男人就來了。別人請人幫忙要送錢送禮，再少也得送包菸吧！她什麼都不要送，男人自己會來，並且剛剛好是在她需要的時候來。」

「那麼後來呢？」媽媽問道。

村人回答道，「後來呀，後來村裡的婦女聯合起來要鬥草婆鬼，把她綁起來放在曬穀坪裡曬太陽，曬了三天三夜。」

「那樣不會把人給曬死嗎？曬不死也要渴死的呀！」媽媽驚訝道。

「這妳就不知道了吧？這就叫做『曬草婆鬼』。對付會放蠱的人，就只有這種辦法可以把她身上的蠱蟲曬死。」村人不以為然道。

24

媽媽對太陽能不能曬死蠱蟲倒是不感興趣，她直接問村人道，「那麼那個草婆鬼被曬死沒有？她還能勾引別的男人嗎？」

村人搖頭道，「照道理來說，把蠱婆的蠱蟲曬死了，那麼蠱婆也會死。但是她卻沒有被曬死，不過身上蛻了一層皮，像蛇一樣。雖然她沒有被曬死，但是她再也沒有顏面待在村子裡了。自從那次之後，她便帶著她的孩子悄悄地離開了這裡，後來再也沒有聽到她的消息。

我真不是騙妳，曬草婆鬼的時候我就站在曬穀坪裡看著。」

村人神情頗為得意，彷彿他也是為村裡立功的一份子。然後他又道，「那個栗剛才也應

該被人綁起來，然後在六月天裡讓他曬上三天三夜。這樣的話，他就會老老實實找個安穩的媳婦結婚了。不然的話，還不知道多少人家的女孩子要被他蹧蹋。」

媽媽還是不相信，試探著問那個村人道，「我聽說會放蠱的人一般眼角發紅，臉上生著異樣的毛，或者額部格外有光。蠱發時，便感覺遍身不舒暢，必找到對象將蠱放出去才行。」

這個人很可能是他的仇人，但是如果機緣不巧，也會找到其他的大人和小孩，甚至是自己的親人。放蠱的時候他的理智完全失掉，如果不設法放出，自己的性命也有危險。養蠱的人一生中最低限度也要放蠱一次。對不對？」

村人點頭道，「妳說得對。」

媽媽立即反駁他道，「可是你看看，栗剛才的眼角沒有發紅，也沒有其他異常的症狀，你怎麼能說他是會放蠱的人呢？」

村人擺擺手，嘆息道，「妳這是只知其一不知其二。就拿草婆鬼來說，根據她們長相的醜或者美，可以劃為兩種類型：一類是『醜蠱婆』，另一類是『乖蠱婆』。」

媽媽又是一驚，問道，「哦？還有這種分類？」

村人得意洋洋道，「當然了，醜蠱婆在身體髮膚等外表上或多或少地存在著某些缺陷，或者在性格脾氣上與一般人不太相同。醜蠱婆往往表現為：如果有眼疾，那麼眼睛長年發

120

紅，像發了狂的牛一樣。眼角糜爛，眼屎迷糊；或者有腿疾，走路時雙腳內彎而且一高一低；或者有鼻疾，鼻子比一般人小兩三倍，或者鼻子歪得厲害，塌得嚴重。再說脾氣吧，醜蠱婆的脾氣一般都很不好，性格往往很孤僻，與左鄰右舍關係不和睦。」

「那麼乖蠱婆是不是剛好跟醜蠱婆相反？」媽媽問道。

村人回答道，「妳猜得對。與醜蠱婆相反，乖蠱婆的樣子長得非常好看，個個如花似玉，型的。她年齡已經三十多了，但是身材高眺，不胖不瘦，頭髮濃密。臉是瓜子臉，腰是水蛇腰，足是金蓮足，正是應了『白白濛濛，桃花臉色』的說法。」

用我們平常人說的話就是『白白濛濛，桃花臉色』。我前面說的那個草婆鬼就是屬於這種類

村人這麼一說，媽媽立即想起栗剛才那雙桃花眼來。他的模樣剛好與村人說的「乖蠱婆」有幾分暗合。

「那麼你的意思是，如果栗剛才是個女的，那麼應該劃為『乖蠱婆』一類囉，所以他就沒有發紅的眼睛？」媽媽問道。

村人連連點頭。

媽媽更加迷惑了，那個姚小娟夢到的男人明明是個看風水的先生，到了現實中這個男人怎麼變成了一個會放情愛蠱的蠱師？難道說，姚小娟在夢裡也是被他下了情愛蠱的對象之

一?可是，放蠱怎麼會放到別人的夢裡去呢？

村人見媽媽皺起眉頭，一副冥思苦想的模樣，他以為媽媽是在仔細考慮有關蠱方面的問題。於是，他又頗為熱心地給媽媽講解關於蠱的其他方面的事情。

可是媽媽此時無心再聽他講其他事情了。媽媽向村人道了謝，匆匆往畫眉村趕。

到了畫眉村，媽媽急忙將自己遇到的事情給爺爺說了一遍。那時候，舅舅剛好打工回來，他坐在一旁聽了媽媽和爺爺的交談，打趣爺爺道：「好了，這下是厲害的方士碰到了厲害的蠱師，看看誰更厲害！」

媽媽笑道，「你這就說得不對了。方術和蠱術都是我們中華大地的神秘之術，有異曲同工之妙。它們都講究陰陽和五行等共同遵守的規律。比如說，端午節是方術之士畫符、造符水的吉日，畫符、造符多在這一天舉行。而養蠱的人也往往在五月初五這天收集蠱蟲。每年有四天不可亂畫符，如若在這四天畫符，不但不靈驗，而且還有害。這四天是農曆的三月初九、六月初二、九月初六、十二月初二。養蠱也是這樣。畫符最好選擇子時或亥時，據說此時是陽消陰長、陰陽交接之時，靈氣最重，其次午、卯、酉時亦可。養蠱人放蠱的時候也講究這

爺爺道，「這是說的什麼話呢？方術跟蠱術根本就是兩碼事，沒有任何可比性。再說了，爹的身體大不如以前了，人家的事由人家自己去解決吧！」

個時辰。」

未等舅舅和媽媽提出任何疑問，爺爺又繼續道，「方術之士在畫符之前，還要上香跪拜，祝告天地神祇，將要禱告主事表達出來。祝告完畢，取出紙墨或朱砂，正襟危坐，存思運氣，一鼓作氣畫出所要畫之符，中間不可有任何間斷停頓。畫符畢，將筆尖朝上，筆頭朝下，以全身之精力貫注於筆頭，用筆頭撞符紙三次，然後用金剛劍指敕符，敕時手指用力，表現出一種神力已依附到符上的威嚴感，最後將已畫好的符紙，提起繞過爐煙三次，如此這般，畫符儀式才算完畢。」

「而養蠱人在養蠱以前也有類似的儀式。他要把正廳打掃得乾乾淨淨，自己要洗過澡，誠心誠意在祖宗神位前焚香點燭，對天地鬼神默默地禱告。然後在正廳的中央，挖一個大坑，埋藏一個大缸下去，缸要選擇口小腹大的，才便於加蓋。而且口越小，越看不見缸中的情形，人們越容易對缸中之物產生恐怖，因恐怖而產生敬畏。」

25

爺爺還說「缸的口須得和土一樣平。等到夏曆五月五日，也就是方士畫符的吉日，到田野裡任意捉十二種爬蟲回來，放在缸中，然後把蓋子蓋住。

這些爬蟲，通常是毒蛇、鱔魚、蜈蚣、青蛙、蠍、蚯蚓、大綠毛蟲、螳螂……總之會飛的生物一律不要，四腳會跑的生物也不要，只要一些有毒的爬蟲。這十二種爬蟲放入缸內以後，於每夜入睡以後禱告一次，每日人未起床以前禱告一次，不可一日間斷。

而且養蟲和禱告的時候，絕不可讓外人知道。要是讓外人知道了，自己養的蟲就會失效，甚至自己的生命都會受到威脅。這就正如爺爺捉鬼的時候會受到一定的反噬作用一樣。即使自己躲過劫難，成蟲以後，蟲蟲也會加害主人。

一年之中那些爬蟲在缸中互相吞噬，毒多的吃毒少的，強大的吃弱小的，最後只剩下一隻，這隻爬蟲吃了其他十一隻以後，自己也就改變了形態和顏色。根據傳說，蠱蟲的種類很多，但最主要的有兩種：一種叫做「龍蠱」，形態與龍相似，大約是毒蛇、蜈蚣等長體爬蟲所變成的。一種叫做「麒麟蠱」，形態與麒麟相似，大約是青蛙、蜥蜴等短體爬蟲所變成的。

一年之後蠱已養成，主人便把這個缸挖出來，另外放在一個不通空氣、不透光線的秘密的屋

子裡去藏著。

據說蠱喜歡吃的食物是豬油、炒雞蛋、米飯之類，飼養三、四年後，蠱約有一丈多長，主人便擇一個吉利的日子打開缸蓋，讓蠱自己飛出去。蠱離家以後，有時可以變成一團火球的樣子，去山中樹林上盤旋，有時可以變成一個黑影，在村中房屋間來往。蠱的魔力最大的時間是黃昏。每次蠱回家之後仍然住在缸中。蠱蟲傷到人的這天，主人就不必餵牠了。

據說養蠱的好處並非要蠱直接在外面像偷盜一樣偷寶貝回來供主人使用，而是要藉重蠱的靈氣，使養蠱的人家做任何事情都很順利。如果主人想要經商，藉著蠱的靈氣，可以一本萬利；如果主人想要升官，藉著蠱的靈氣，可以直上青雲。

反過來說，如果偶一不慎，蠱蟲的主人便有性命之憂。養蠱的人家，除了日常要虔誠服侍之外，到每年夏曆六月二十四日，要對蠱做隆重的祭禮。這個祭禮延續三天，即二十四、二十五、二十六日，在這三天之內，主人要每天都用新鮮的豬一頭、雞一隻、羊一頭，煮熟以後，到晚上星宿齊觀天空之時，把豬、羊、雞搬入養蠱的秘室中去俯伏禱告。禱告完畢，將豬、羊、雞砍碎，投入缸中。據說蠱的食量很大，魔力很高。祭掃的時候，外人不得參加，消息不可洩漏，否則又有身家性命的危險。

除了聚蟲互咬一法外，各種特殊的毒蟲又分別有特殊的製造方法。癲蠱：多是山中人所

為，把蛇埋土中，取菌以毒人。措蠱：又謂之「放蛋」，更有調之「放瘠」、「放蜂」的，兩粵的人，多善為此。方法是端午日，取蜈蚣和小蛇、螞蟻、蟬、蛔蟲、頭髮等研為粉末，置於房內或箱內所刻的五瘟神像前，供奉久之，便成為毒藥了。泥鰍蠱：用竹葉和蠱藥放水中浸之，即變為毒的泥鰍。蛤蟆蠱：唐朝醫家說：「顏色乍白乍青，腹內漲滿，狀如蝦蟆；若成蟲吐出如蚵蚪形，是蛤蟆蠱也。」蛤蟆蠱的特徵是蛤蟆成精為怪。石頭蠱：用石頭施以蠱藥而成。蒗片蠱：將竹片施以蠱藥後便成。「嶺南衛生方」：製蠱之法是將百蟲置器密封之，使牠們自相殘殺，經年後視其獨存的，便可為蠱害人。蝎蟲和蟑螂蠱：蝎蟲即蜥蝎蠱，可能是指百蟲互食後獨存的蜥蝎，據說蝎蠱患者有臉色黃赤、腰背沉重、舌上腫脹等症狀；蟑螂蠱「顏色多青，毒成吐出似蟑螂」。

栗剛才的情愛蠱也算是特殊的製造方法之一。

他的情愛蠱是很多男人夢想得到的，因為這種藥可以使「一廂情願」輕易變成「兩情相悅」。但是所有的蠱類中以金蠶蠱最兇惡。據說金蠶是一種無形的蟲靈，牠能替人做事，最勤於衛生，所以養金蠶的人家裡一般特別乾淨。金蠶是有靈性的，既能使飼養者發財致富，但富起來的人家主人也要告知金蠶虧欠多少，否則金蠶要求花錢買人給牠吃，不然則作祟。養金蠶家若不想再養牠，可以將其轉嫁出去，美名其曰「嫁金蠶」，方法是用一個布包包些

126

貴重東西，還有花粉和香灰（代表金蠶），放在路上，貪財者自然會拾取。金蠶可以致敵人死亡，通常是腹腫、七竅流血而死。

說歸說，但是沒有人親眼見過栗剛才會不會放其他兇惡的蠱來害人，如金蠶蠱。媽媽既然幫爺爺去找月婆婆的外孫，就說明她已經不那麼反對爺爺參與這件事情了。但是媽媽回來後突然改變意見，也許就是擔心爺爺受到蠱的傷害。

不過一聽爺爺對蠱蠱有這麼詳細的瞭解，媽媽又暗地裡鬆了一口氣。

後來媽媽對我說，當時聽說栗剛才是個如此厲害的蠱師，再也無法將他跟姚小娟的夢裡那個男人聯繫在一起了。

不光是媽媽，換了是我，我也會這麼想。姚小娟夢裡的男人再怎麼著也算是個有情有義的小白臉，即使他是個「爬在牆頭等紅杏」的愛情小偷。如果村人的話是真實的，那麼這個栗剛才就完完全全不同了，他是個拈花惹草的登徒浪子，是個萬惡不赦的摧花狂魔。

如果這樣的話，他就跟爺爺以前遇到的專門勾引良家少女的男狐狸精一樣了，跟囚禁三個貌美如花的女人於一棵大樹之上的妖道士沒有區別了。

為了弄清事實的真相，爺爺決定親自跟栗剛才會一次面。當然了，還是在沒有告知姚小娟的情況下。

26

媽媽已經知道了栗剛才的底細，所以爺爺再去找他的時候就沒有費那麼多的周折了。可是令人意外的是，栗剛才見了爺爺之後卻沒有像他跟媽媽說話的時候那樣驚喜和激動，反而顯現出平平淡淡。

當然了，爺爺跟他見面的時候，他還在那戶人家做棺材，只不過此時的棺材基本上完工了，地上的木屑也已經打掃得乾乾淨淨。如果不是栗剛才還站在旁邊，手裡提著做木匠工作用的工具，人們肯定會以為這具精緻的棺材是從哪個古董商店裡買來的，絕對不是從棺材店買來的，棺材店不會有這樣精巧的東西。

爺爺看了那具剛剛竣工的棺材後，忍不住驚嘆栗剛才那雙靈巧的手。但是栗剛才對爺爺說的頭一句話，卻讓爺爺的驚嘆變成了驚奇。

他沒有跟爺爺談風水，也沒有跟爺爺說之前見過我媽媽的事情，卻舉起一把銅製的魯班尺，指著剛剛完成的棺材。爺爺注意到，他手裡的魯班尺上不僅僅有丈量的尺度，還刻有「財」「病」「離」「義」「官」「劫」「害」「本」八個字，在每一個字底下，又區分為四個小字。這樣的魯班尺現在已經很少很少見到了。

128

這還不是讓爺爺驚奇的原因，更讓爺爺驚奇的是他說的話。他用那把魯班尺指著棺材道：「馬師傅，您瞧瞧，它整個是一件集中了藝術的寶貝。」

不等爺爺點頭或是搖頭，他又說道：「棺材又名『老房』，它是專為死者設的，做工非常精細。首先，看它的用料，通常，因為受經濟條件的限制，大眾化的棺材一般用松木、柏木加工而成；上好的，特別講究的棺材就用很名貴的楠木或天然水晶石等精創而成。而它的外型也是非常奇特的，前端大，後端小，呈梯形狀。在它的身上，所用的每一塊板材的斜面對靠，呈形後的每一部分也要展現出前大後小的斜面。正所謂棺材的材料又叫『斜貨材料』，兩個側旁和蓋卻又斜中帶弧，從材頭正面看，整個棺材好像是一根半邊圓木。」

稍停了一下，他又頗有幾分老王賣瓜的姿態說道：「特別引人注目的要屬它的外部裝飾了。棺材的正面材頭上畫的是碑廳鶴鹿，琉璃瓦大廳上空展翅騰飛著兩隻雪白的仙鶴，大廳兩旁是蒼簇盛旺的青松、柏樹，大廳前面是芬芳百豔的青青草地，草地的中間是通往大廳的石階路徑，材頭正頂上寫著『安樂宮』三個大字將材頭圖與棺材本身緊緊相扣。棺材的兩旁分別畫著兩條正在騰雲駕霧的黃金龍追逐戲弄著寶珠。龍的周圍畫著呂洞賓等八仙用的兵器，又別墅，材頭正頂上寫著『安樂宮』三個大字將材頭圖與棺材本身緊緊相扣。棺材的兩旁分別名『暗八仙』，還有古琴、古畫、梅蘭菊竹、桃榴壽果，在材面上有『壽山福海』。棺材上

所有圖畫都用立粉、貼金等技法，以及顏料的調配，充分將古代唐三彩的繪畫風格搬入其內，使得整個棺材莊重大方，色彩層次分明，絢麗有序，線條飄逸流暢。一個人在死後能夠與身相伴這麼多物質的、精神的，以及知識的博古通今，自然也就能夠安心地走上黃泉路了。」

他一口氣將所有的話說完，簡直像個棺材店的老闆，而爺爺是前來購物的顧客。爺爺雖然懂得風水，但是對比專做棺材的栗剛才來說，在棺材上的講究自然沒有他那麼專業。不過，他說的最後一句話讓爺爺有些不舒服。

就算他是棺材店的老闆，那最後一句話肯定會砸了他的招牌。

所幸爺爺不是顧客，更不是老闆，所以對他的話一笑了之。可是爺爺心裡不明白，他不是盼著跟我見面嗎？為什麼見了我之後卻說這些不太相關的話呢？

栗剛才似乎從爺爺的臉上看出了疑惑，他將手中的魯班尺放下，微微一笑，道：「可是再好的棺材又有什麼用呢？這輩子做了壞事，下輩子自然有好報和報應；上輩子做了壞事和好事，這輩子自然有好報和報應。棺材能發揮什麼作用呢？」

爺爺聽出栗剛才話裡有話，但是爺爺假裝一無所知，裝作很欣賞的樣子摸了摸油漆還沒有完全乾的棺材，又咚咚咚地敲了敲棺材板。敲出的聲音如果清脆悠遠，那麼棺材就是好棺材。栗剛才做出的棺材自然不用說是好是壞了。餘音如飛繞的蒼蠅一般在爺爺的耳邊盤旋了

130

許久。

栗剛才跟著爺爺側耳傾聽了一會兒棺材的餘音，像是欣賞一首優美的歌曲那樣，他的臉上顯現出幾分陶醉的神情來。

「其中有一塊斜貨材料裂開了。」爺爺收回手指，微笑地看著栗剛才。

栗剛才大驚失色，愣了好一陣子，終於從嘴裡蹦出幾個字來：「你……你是怎麼知道的？」

爺爺指了指自己的耳朵，淡淡地回答道：「聽聲音啊！」

栗剛才頓時虛脫了一般，壓低聲音道：「千萬別告訴別人。我承認，是我心神不寧的時候不小心劈裂的。我的斧子沒有瞄準墨線。」

爺爺笑道：「看你把這棺材誇的！但是誰知道看不見的地方還有瑕疵呢？就像你剛才說的話一樣，上輩子再漂亮再怎樣，那也只是棺材的外在。如果你在這輩子想著上輩子應該給你遺留什麼，又想著該給下輩子積存些什麼，那麼你所做的事情再多再好，也像有了裂縫的斜貨材料，終究是不完美的。」

栗剛才終於放下了心中的防備，臉色憂鬱地看著爺爺，緩緩道：「我想我是受了上輩子的困擾。如果一個男人說他將愛一個女人一輩子，或許是可以相信的。可是我卻愛上一個女人兩輩子，你相信嗎？」

27

因為之前聽了姚小娟說的夢境，所以爺爺沉默不語，只是目光定定地看著那具精緻的棺材。後來爺爺對我說，如果他死了，絕對不要這樣精緻的棺材來埋葬，他喜歡漆黑的沒有任何雕飾的木棺來隨他一起奔往另一個世界。我不知道他這麼說是不是有什麼含意，或許是我想多了，爺爺只是單純地喜歡而已。

栗剛才見爺爺盯著他做出的棺材，也將目光轉移到那具棺材上，並用巴掌拍了拍翹起的前端，臉上掛出一絲若有若無的笑，嘆道：「可是我寧願上輩子的事情隨著棺材一同腐化鏽壞，也不願意用兩輩子來造就一段人人誇讚的愛情故事。」

爺爺笑道：「也許是你上輩子的棺材也造得太好了，以致於上輩子的念想都不能完全釋放，才使你這輩子深陷在苦惱之中。」說完，爺爺故作漫不經心地彈了彈棺材，棺材又發出「嗡嗡」的聲音。

栗剛才一驚，兩眼瞳孔放大了許多，緊張地盯著爺爺的表情。見爺爺漫不經心，他的緊張神色舒緩了幾分，呆了一呆，目光癡癡地看著虛無的前方，道：「也許吧！」

爺爺的臉上掠過一絲難以察覺的笑。

爺爺說，雖然當時栗剛才說的是「也許」，但是他心中已經有了幾分把握。

「我聽我女兒說，之前你不是很想見我嗎？但是為什麼見了面卻只談你的棺材美觀不美觀呢？」爺爺漸漸將話題轉過來。

栗剛才一愣，問道：「馬師傅，您知道夢是什麼嗎？」見爺爺仍舊不說話，他接著道：

「我聽別人說，日有所思，夜有所夢，那麼是不是我晚上做的夢都來自白天的想法？可是……可是我沒有那麼想過，為什麼會有很奇怪的夢呢？馬師傅，夢到底是個什麼東西？可信不可信？」

爺爺心中的把握又增加了幾分，但是他仍然面不改色道：「夢就是夢。」

「難道夢就沒有別的含意嗎？」栗剛才有些著急地問道。

爺爺看著他，笑道：「你是希望夢有什麼特別的含意嗎？」

栗剛才目光閃爍，道：「夢到底有沒有別的含意，並不是我希望怎樣就怎樣的。」他瞟了爺爺一眼，見爺爺的眼睛正盯著他，急忙將目光移到別處。然後，他低聲問道：「馬師傅，如果說一般的夢沒有特別含意的話，那麼一些奇怪的夢是不是例外呢？」他的聲音中透露出幾分膽怯，好像是一個小學生做了什麼壞事被老師發覺了。

「呵呵，夢有很多種，直夢、象夢、因夢、感夢、時夢、反夢、籍夢、寄夢、轉夢、病

夢、鬼夢等。我不知道你所說的夢的內容，所以也就不知道你所說的夢是不是例外了。」爺爺盯著栗剛才的眼睛，緩緩說道，「比如說，直夢就是夢見什麼，就發生什麼，夢見誰，明天就能見到誰，夢見什麼事情，將發生什麼事情，很具體，很直接。人夢到的一切都只是象徵性的，只是象徵方式不同，有的夢象徵直接一點，就成了直夢。」

不知栗剛才有沒有聽懂爺爺的話，他目光有些癡呆地跟著點頭，嘴巴裡喃喃地說些聽不清的話。

等爺爺把話說完，栗剛才還呆了一會兒，似乎腦袋裡正將自己的夢跟爺爺說的話作比對，又似乎是等待，確定爺爺已經將話說完。

兩人之間就這樣沉默了好一會兒，栗剛才眨了眨眼睛，彷彿剛剛緩過神來一般，又瞟了一眼身邊的棺材，這才對爺爺說道：「馬師傅，現在不太方便跟您說我的夢。如果您有時間，我做好這個棺材之後再去找您，好嗎？」

的確，這裡不是爺爺的家，也不是栗剛才的家，在這裡大談特談栗剛才的夢似乎有些不妥。而且，旁邊這具棺材雖然大體已定，但是還有很多細節需要修飾。栗剛才得把東家訂製的棺材完成之後才能抽出更多的時間來詳談他的夢。

「好的。」爺爺爽快地答應了他。爺爺這麼做，其實不是對栗剛才的夢有多好奇，而是

134

因為馬老太太和姚小娟的託付。

此時，我的課程越來越緊湊了，雖然還只是高二，但是高考的氣氛和壓力已經很明顯了。

學校裡不停地加課再加課，甚至連每月回家一次的假期也由三天減少為一天半。頭天早上離校回家，第二天中午就必須回校參加自習。

由於時間的關係，我甚至沒有時間去爺爺家看他一次了。他跟栗剛才之間的事情，還有與姚小娟之間的事情，都只能由媽媽轉告我。

媽媽說，兩三天之後，栗剛才就來找爺爺了。不過他不像月婆婆那樣一大早就跑來打擾爺爺，而是三更半夜的摸黑來找爺爺。

爺爺從睡夢中聽到敲門聲，迷迷糊糊的還以為是奶奶回來了。奶奶生前有時候會跟同齡的老人聊天聊到深夜。

「哎，您老人家怎麼又聊到這麼晚？」爺爺一邊說，一邊噠噠噠地跑到門後拉門閂。

手指碰上冰涼的門閂，爺爺才清醒了一些，頓了一頓，問道：「你是誰呀？三更半夜的，有什麼急事嗎？」

門外的人聽到爺爺開始說的話，不禁嚇得雞皮疙瘩起了一身。然後他聽見爺爺問他，他還是有些緊張地說道：「沒⋯⋯沒什麼事。」

爺爺道：「沒什麼事跑來敲門幹什麼？」

門外的人急忙道：「不是沒什麼事，是沒有急事。我想找您問幾個問題。」

「你是做棺材的那個栗剛才吧！」只聽得「哐噹」一聲，門閂被拉開，爺爺走了出來。

「對不起啊！我迷迷糊糊地做了一個夢，夢見我老伴還活著，她說她要去某某家去說說話，晚點回來。所以聽到敲門聲，我就以為是她回來了。剛剛沒有嚇著你吧？」

栗剛才迅速點點頭，又急忙搖搖頭，然後小心翼翼地問道：「您也作夢？」

爺爺呵呵一笑，將他迎進屋裡。

28

栗剛才進屋後左顧右盼，一副耗子進了大糧倉的模樣。

爺爺疑惑道：「你看什麼呢？」

栗剛才道：「聽人說您家裡養了許多鬼，有的鬼幫忙挑水，有的鬼幫忙種田，有的鬼負

136

責燒火。所以我怕撞著了哪位看不見的主人呢！」

爺爺笑道：「哪裡有的事！你大可放心，我這裡是最乾淨的地方。」

栗剛才立即將縮著的脖子伸直了，又問爺爺道：「我剛才問您的問題，您還沒有回答呢！您也經常作夢嗎？」

爺爺將一把椅子端出來，示意栗剛才坐下，然後回答道：「幾乎每個人都作夢，很少人從來不作夢的。」

栗剛才坐下來，定定地看了爺爺一會兒，似乎要確定他說的不是假話，半晌才點頭道：「哦，原來您也作夢啊！那麼您做的夢跟我們做的夢有什麼差別呢？」很明顯，他將自己和普通的人劃為一類，將爺爺歸為另一類。

爺爺哈哈大笑：「其實我也是一個普普通通的人。所有夢都是大同小異的，只是夢的種類比較多而已。古人根據夢的內容，把夢分為直夢、象夢、因夢、想夢、精夢、性夢、人夢、感夢、時夢、反夢、籍夢、寄夢、轉夢、病夢、鬼夢等十五類。我剛剛做的夢，就是其中的想夢。」

栗剛才調整了一下坐的姿勢，問道：「這些夢都是什麼意思？」

爺爺揮手叫栗剛才坐到火灶旁邊來，然後自己俯身去點燃柴火。很快，紅紅的火苗從柴

木之間竄了出來。爺爺解釋道：「我跟你一一說來吧。直夢我之前跟你說過了，即夢見什麼，就發生什麼，夢見誰，明天就能見到誰，夢見什麼事情，將發生什麼事情，很具體，很直接。

人夢到的一切都只是象徵性的，只是象徵方式不同，有的夢象徵直接一點，就成了直夢。」

栗剛才點點頭：「象夢呢？」

「象夢即夢意在夢境內容中透過象徵的手段表現出來。比如說，『夢身飛』顯然是象徵性的，它象徵著飛黃騰達、揚名、氣盈、身輕等內容。象夢涉及範圍廣泛，如『天』象徵剛、陽、尊貴、帝王、父母；『地』象徵陰柔、母親、生育繁衍；『龍』象徵前進、向上、健旺、豐美、無畏等。」

「這不是我要的夢。」栗剛才搖搖頭，「您接著說。」

「因夢即睡眠時五官刺激引起的夢。陰氣壯則夢涉大水，陽氣壯則夢涉大火，藉帶而寢則夢蛇，飛鳥銜髮則夢飛，忽夢身上截為水所浸濕，下截則埋在土中。覺後一想，原來是夜寒，上身沒蓋被子，下身蓋了薄枕巾。這就是因夢。」

「哦，我倒是做過幾次這種夢。」

「想夢，意想所造之夢，就是因為想才產生的夢。想夢是由於具體內容導致的，清醒狀態中一直想著某種事情或某個人，則會在夢中出現那種事或那人在場的夢境內容，這種夢是

138

希望某個願望得到滿足的迫切心理造成的。」

「對，您也許是太想念您的老伴了，所以才做那樣的夢。」

「精夢是由精神狀態導致的夢。孔子由於平日崇拜『制禮作樂』的周公，整日想著『復

以匡救天下，所以常夢周公的傳說。」

「哦！」

「性夢是由於人的性情和好惡不同引起的夢。古代它不是特指男女之間的夢，而是指夢

帶著個人風格的特徵。書上說：『好仁者，多夢松柏桃李；好義者，多夢兵刃金鐵；好智者，

多夢江湖川澤；好信者，多夢山嶽原野。』性夢主要不是講夢因，而是講夢者對夢的態度。」

「您接著說。」

「人夢是指同樣的夢境內容對不同地位的和品格的人有不同的意義。『夢求官』，老人

夢此，主得榮華福祿之子。」

病、人夢之大為不祥；平常人夢之主有爭訟之事；對學士，求而得之者吉，不得者凶；婦人

「感夢是因氣候因素造成的夢境。氣候的變化，這些外氣的襲入，人必有所感。」

「時夢就是由季節因素造成的夢。春天時會夢見花草樹木，因為春天木旺；夏天時會夢見

烈日炎炎、大火熊熊，因為夏天火旺；秋天夢見稻禾豐實，冬天夢見江河滔滔、雪飛冰凍。」

「反夢就是相反的夢。夢是反的，『夢福得禍，夢笑得哭』。『夢引劍斷頭』，病人夢

見為病好之態；；女人夢此主孕育生男。『夢喜笑』，夢父母、子女喜笑者，主悲離、疾病、

死亡之悔；；夢夫妻喜笑、兄弟間喜笑，將有分離之嫌。」

「籍夢也就是託夢。古人認為上天或神靈會藉助夢對人進行勸告、提示、警戒，亡故的

祖先靈魂也會藉助夢來向人們預告吉凶禍福。」

「寄夢就是甲的吉凶禍福在乙的夢兆中出現，乙的吉凶禍福在甲的夢兆中出現。寄夢實

際上是由於人們之間的感應而形成的夢，特別是在親人之間更明顯。」

「轉夢是從夢的內容多變的角度來分的。正夢自己在甲地忽又到了乙地，夢中正在哭泣

忽又變成喜笑；夢見自己在爬山，忽又在涉水。夢境變幻莫測，飄忽不定。轉夢或有可能與

籍夢或寄夢有相似處。」

「病夢是指中醫理論上講的，由於人體的陰陽五行失調而造成的夢證。」

「最後一個，鬼夢也就是噩夢，特指那些可怕的、令人震驚的夢。常夢見自己被惡鬼纏

身，或受到鬼怪的威脅，女人夢見男惡魔強迫自己與之交歡，而男人有夢見女惡魔與自己性

交，並伴隨可怕和恐怖，想叫叫不了，想逃逃不了，往往無可奈何和透不過氣來。鬼夢的起

因有外在的生理刺激，也有內在的心理創傷。被子蓋住了嘴鼻、手壓在胸或某些慢性疾病所

導致。」

然後，爺爺突然問栗剛才道：「你期望聽到解釋的是哪種夢？」

29

栗剛才非常警惕，忙反問道：「您是什麼意思？為什麼說是我期望聽到的？」

爺爺笑道：「我剛剛給你解釋夢的種類時，你不是說這不是我要的夢嗎？」

栗剛才心虛道：「我說過嗎？」

爺爺道：「你來找我，不就是為了夢的事情嗎？為什麼到了現在，你還這樣遮遮掩掩？」

說完，爺爺躬身往火灶裡添柴加火。

栗剛才彷彿怕火一般，連忙將兩條腿往後縮了縮，然後佝僂著身子，幽幽地對爺爺說：

「是的。我來就是為了問夢的。這個夢……不……這些夢已經纏繞我好久好久了。自從我滿了十二歲之後，這些夢就成為我生命中最恐怖的部分。我嘗試過很多方法，整夜的不睡覺，

吃安眠藥，叫人陪著我……甚至……甚至……」

「甚至跟別的女人睡在一起也沒有用，是嗎？」爺爺見他說不出口，於是幫他說了出來，

栗剛才一慌，連忙道：「會放蠱的人是絕對不能承認自己放過蠱的，不然後果會很慘。」

爺爺點點頭，說：「這個我知道。所以我沒有逼迫你說出來。你接著說你的夢吧。」

栗剛才瞄了一眼呼呼的火苗，語氣飄忽不定：「馬師傅，你不是已經知道了我的夢嗎？」

為什麼還要問我呢？」

爺爺心中暗暗吃驚，這個人城府也太深了吧！不過，屢次主動去接近人家，人家肯定會有所想法。爺爺本想將他的八字與姚小娟的夢這些事情告訴他，但是想了一想之後，又覺得這樣不妥。他既然主動來問夢，並且是三更半夜來，那麼他一定有非常大的困惑。暫且不如先聽聽他的困惑，然後告訴他八字與夢的事情也未嘗不可。

爺爺拿定了主意，便跟栗剛才繞彎子：「我沒有你想像得那樣厲害。你看看，剛才我自己還被夢所困惑，又怎麼會知道別人的夢？這不像你做棺材，漂亮不漂亮，精緻不精緻，都是要買的人說了算。這個夢就不一樣了，你做的什麼樣的夢，別人是看不見的，怎麼評價你的夢是好還是壞呢？不如你說給我聽聽，看我能不能幫上你的忙。你看怎樣？」

「說得也是。」栗剛才點頭道。

爺爺又往火灶裡添了一根乾柴，然後定定地觀察他的每一個變化。

栗剛才嘴上說答應，但是實際上抿緊了嘴，保持沉默。他一沉默，爺爺也便保持沉默。

兩人都不說話，只有火灶裡偶爾爆起的火星打破夜半的沉寂。

就這樣沉默了許久，栗剛才終於開口了：「馬師傅，不是我要對你設防，是這些夢太奇怪，卻又太真實。讓我常常以為那些事情就是之前不久發生的，讓我感到害怕，好像我真殺過人一樣……

「殺過人一樣？」爺爺大吃一驚。

「是的，就像我真殺過人一樣……」雖然坐在暖和的火灶邊上，但是栗剛才的身子已經顫慄起來，「那種感覺太真實了，把我的生活和夢都弄混淆了……所以……所以我不得不選擇了那種方法來消遣自己……還有，棺材是很少人願意做的，但是我卻……」

「哦！原來是這樣。」爺爺表示理解。

「我的夢是這樣的，」他終於開始講他的夢的內容了，「我一個人拿著沉甸甸的銅羅盤，走在熾熱的陽光下。這時，一個曲線玲瓏、凹凸有致的女人出現在我面前，朝我拋眉擠眼。

頓時，我的熱情被熾熱的陽光點燃了，竟然不知拘束地朝她走了過去……」

「嗯？」爺爺心中暗驚。

「那個漂亮的女人依靠在門檻上，對了，我記得我是走在一個大院子裡，住在這個院子裡的應該是個很有錢的人。由於那個女人，我都沒有仔細觀察看四周環境。依在門檻上的女人朝我笑了笑，問我手裡拿的是什麼東西。我回答說，這是羅盤。她又問羅盤是做什麼用的。

我告訴她說，老爺叫我來看風水，這羅盤就是用來看風水、定方位的。」栗剛才乾嚥了一口，接著說，「我這個夢做了好多次，也算是『見』了那個女人很多次了。但是每一次見面，我都沒有仔細觀察周圍，所有的注意力都被這個女人吸引。好像每一次見面都是我第一次見到她一樣。雖然我醒來之後知道這個夢已經不是第一次了，但是身在夢中的時候根本就沒有這種意識。」

爺爺點點頭。

栗剛才接著說：「夢到這裡就沒有了，接著就是另外一個夢。但是兩者之間好像有聯繫。

第二個夢是這樣的，我突然就坐在一個小房間裡，我的手搭在一隻柔軟得像棉花一樣的手腕上，我是閉著眼睛的，靜靜地聽著從那隻柔軟的手腕處傳來的脈搏聲。」

「你是在給人把脈吧？」爺爺自然而然地聯想到姚小娟說的夢。此時爺爺已經非常驚訝了，但是表面還是不動聲色。

144

「對。我耳邊忽然傳來一個女人的聲音，她說要我給她算算姻緣。我睜開眼睛，就看見一個漂亮的女子躺在我面前。雖然她蓋著被子，但是又細又長又白皙的脖子暴露在外面，引得我不由自主地想像被子裡面的光景。」栗剛才又乾嚥了一口。火灶裡的火苗燒得旺起來了，熱騰騰的氣體直沖臉面，栗剛才的臉上泛出一陣紅色。

「這個女人是……是前面那個夢裡的人嗎？」爺爺差點失口說出來。

「你猜得對。」栗剛才沒有發覺爺爺的不對勁，「她就是之前夢裡的女人。這次我不再有初次見她的感覺，並且好像對她比較熟悉。我心驚膽顫但強作歡笑地說，少奶奶，妳已經是老爺的四姨太了，怎麼還要算姻緣呢？小心隔牆有耳哦！說這話的時候，我是真真切切地為她擔心，好像她是一堆雪，門窗一打開，從外面照進來的陽光就會將她曬化。」

30

此時，爺爺的心裡大為驚訝，沒想到栗剛才的夢跟姚小娟的夢一模一樣，甚至連對話都

不差毫分。為了更清楚地瞭解他們之間夢的聯繫，爺爺仍舊保持緘默，聽著栗剛才的講述。

「少奶奶說，我才二十多歲，那個老頭的半截身子都已經進了黃土了，我能不為自己的將來著想嗎？」栗剛才看著火苗，放在膝蓋上的手不由得一抖，「我聽她這麼一說，嚇得渾身一顫，隱隱感覺要出什麼事。我心裡翻江倒海，但是不敢說錯話。她又說，你不是說信則有不信則無嗎？我也是問著玩玩罷了。你給我算著玩玩吧！我悶得慌呢！接著，她不管我聽不聽，就將她的生辰八字說給我聽了。」

「她的生辰八字是……」爺爺差一點就將姚小娟的生辰八字說了出來，但是幸好及時閉住了嘴巴。

栗剛才詫異地看了看爺爺，目光閃爍，問道：「您知道她說的生辰八字是什麼嗎？」

爺爺連忙擺手道：「不是，不是。我怎麼知道呢？我只是對生辰八字這東西很敏感，你知道我對這些東西感興趣的，所以急著問你。」

「哦！」栗剛才點點頭，但是眼神還有些疑惑，然後接著說，「我想都沒有想，立即回答她道，少奶奶，您的八字好著呢！命主富貴，只要您安心養好這病，將來的好日子長著呢！她有些不高興了。我應該假裝算一算的。早知道這樣，我應該假裝算一算的。她好像知道，少奶奶我在敷衍她。

的另一頭，深深地嘆了一口氣。她的嘆氣聲像把鋒利的刀子，割在我心窩上。她說，你是騙

146

我玩呢！再說了，就算富貴又有什麼用呢？那老東西趴在我身上時像隻病狗一樣直喘氣，我

還擔心他隨時斷氣死過去呢！」

「你不勸她嗎？」爺爺這回機智多了。

「當然了，我勸慰她說，少奶奶，妳不要憂心，好多鮮花一樣的女人想躺到老頭子的身

邊來還不夠資格呢！雖然老頭子已經接近油盡燈枯，但是他那色性從來沒有改過。要不老頭

子的身體也不會像抽乾了水的水母一樣軟趴趴了。我這話可不是糊弄她的，我的記憶裡好像

有一個老頭子找我討要藥物的情景，那藥物就是傳宗接代用的。可是他年紀已經上來了，再

好的藥物也不好使啦！」

栗剛才又說：「她聽了我的話，轉過頭來，好像比剛才高興了一些，還用帶些挑逗意味

的眼神看了看我，聲音柔得像春天的柳條一樣說，你說老爺是軟趴趴的水母，那不知道你自

己又能用什麼打比方呢？」

「我心裡如有一把雞毛撢子在撓癢，越撓越癢，但是我很害怕那個女人口頭上的老爺，

心裡一直擔心著那個老頭子——這個年輕女人的丈夫突然衝進來。其實有什麼好怕的？雖然

她躺在床上，我坐在床邊，但是我這是給她看病呢！我有些害怕又有些高興地說道，少奶奶

說笑呢！我哪裡能跟老爺比呢？老爺那是福大的人，坐吃千頃良田；我是命薄的人，行走萬

里苦路。」

「我有意將她的問題轉向別處，但是那個女人聰明著呢！她說，你知道我指的不是這個。我不知道她是真的喜歡上我了，還是故意試探的。我只好盡量平靜地說，少奶奶，老爺可是一隻老虎，雖然現在老了，但是餘威還是在的。並且老爺的眼睛還明亮著，耳朵清楚著。少奶奶不怕他，小的可不敢對老爺有任何不敬。她既然試探我，那我也就用這話來試探她。」

「沒料到她馬上稍帶憤怒地說，是的，老爺的眼睛沒瞎，耳朵也沒聾，但是他對女人已經不行了。」栗剛才頓了頓，「我聽她這麼一說，心裡的火就抑制不住了，臉上也像烤著火似的騰騰的泛著熱氣。」

「更要命的還在後面呢！那個女的對我說，你把耳朵附過來，我有話要跟你講。一邊說，她還一邊朝我揮手。我還是有些不敢。待了一會兒，我怯怯地問她，少奶奶，什麼事不能這樣坐著講呢？非得我附到妳面前去不成？我急忙朝門和窗那邊瞟了一眼，心虛得很，好像那個老頭子就站在門外，等我跟這個女人稍有接觸就會出其不意地衝進來。」

「那個老爺果然就來了，是嗎？」爺爺忍不住又打斷了他的話。

栗剛才雙眉往中一擠，問道：「您是怎麼知道的？」

爺爺愣了一下，自覺說漏了嘴，但立即掩飾道：「人家都說，說曹操，曹操就到嘛！有

時候人的預感比任何科學的預測還要靈驗。」

爺爺的說法得到了栗剛才的認同，他說：「也許吧！我的第六感一向很靈驗。果不其然，這時外面有人咳嗽了幾聲。我嚇了一跳，急忙從床邊站起來，老老實實站回到一邊，動都不敢動。我看見那個女人也大驚失色，由此我推斷，那個女人還是很怕老爺的。如果老爺發現了，我跟她都不會有好果子吃。」

「外面的腳步越來越近，咳嗽的人正朝我們這邊的門口走來。我的心跳越來越快。當那個腳步走到門口的時候，我突然急中生智喊道，老爺，這門不能打開。我剛剛給少奶奶服了小茴香，一時半會兒見不了太陽的。我懂得一些醫理，知道吃了小茴香立即曬太陽的話，可能會出現過敏現象。因為老爺之前跟我說了，這個女人經常痛經，要我給她把把脈，開點藥方。小茴香就是能散寒止痛的中藥，這樣編謊話比較可信。」

「老爺的身體一直不太好，吃的中藥很多，我想他應該知道這個道理，所以才斗膽編出這個謊言來。當時我嚇得鼻尖都出了汗，所幸的是，老爺相信了我的話，挪步走開了。」

「其實我早就擔心了。」栗剛才道。

「什麼東西早就擔心了？」爺爺問道。

31

栗剛才道：「我在給她把脈的時候，看見了她的掌紋。」

這時，爺爺心裡一驚，已經知道栗剛才接下來要說什麼了。

「因為我很懂得風水之道，所以知道她的掌紋是花柳紋。這種掌紋說好也好，說不好也不好。」栗剛才兩眼盯住火灶裡的火苗，彷彿掌紋長在火舌子上一樣。

「這話怎麼說？」爺爺假裝不懂，故意詢問道。

「這種掌紋長在男人身上可以算上好，但長在女人身上就不好了。花柳紋生在女人身上，如果女人富貴，那麼她肯定會做出紅杏出牆的事來；如果女人貧窮，那麼肯定會淪落為花柳巷的風塵妓女。」栗剛才道。

「你擔心的是這個？」爺爺問道，一邊輕輕地撥弄著柴火。

「是啊！她既然是個要紅杏出牆的少奶奶，又偏偏看上了我，那我怎麼會不擔心呢？如果那個老頭子是癱瘓在床了，或者早早地去世了，我才能放寬心。」

可惜夢裡的栗剛才沒有細細看那個女人的面相，或許是心猿意馬的他忽略了，也或許他只對土地風水熟悉，而對面相只是一知半解。總之，如果他對面相也十分精通的話，他就

不會忽略那個女人高高突出的日角、月角，不會忽略會因太陽照命而剋死丈夫的大凶的面相了。

「聽到老爺的腳步走開後，我便鬼使神差地問起了女人，」栗剛才繼續說，「我問她，少奶奶，那妳又為什麼害怕老爺進來呢？其實此時我已經知道了女人的心思，但是卻多餘地問了這麼一句不該問的話。」

「沒想到那個女人的回答卻嚇了我一跳。她說，你可知道嗎？被子裡的我可是什麼都沒有穿。如果老爺進來後發現了，你說說他會不會殺了你？」

「我雙腿一軟，就在床邊跪了下來，哭著求饒說，少奶奶，對不起，對不起，小的不應該癡心妄想，小的有罪，小的該死，要怪只怪少奶奶長得貌美如花、沉魚落雁。不對，不對，要怪只怪我癩蛤蟆想吃天鵝肉。小的不知天高地厚。其實我這害怕的樣子是裝出來的，因為我自覺前面一句話說錯了，引起了她的不高興。她既然說自己是赤裸著身子睡覺的，自然是有意挑動我的敏感神經，但是她和我的地位不一樣，我只能把自己當成一個乞丐，把她當作高傲的貴婦。」

爺爺點點頭，表示理解。

栗剛才道：「她見我嚇成這樣，果然變得樂呵呵了。她對我說，為什麼癩蛤蟆就不能想

吃天鵝肉呢？你連這點志向都沒有，我真是看走了眼！我被她的話驚嚇到了。我本以為自己以卑微的態度去迎合她，她才會高興一點。沒想到她喜歡的人，其實我早該想到的。既然她是不甘現狀的人，自然也喜歡性格相投的人了。」

「這麼一想，我頓時醒悟了。那還等什麼呢？我立即改換了態度，三步併作兩步走到床邊，用力地掐她的脖子。哈哈，沒想到這次她被我的舉動嚇到了，兩眼鼓鼓地看著我，好像我真要取她的性命一般。接著，我的手就不老實地摸向了她身體的其他地方。而她沒有一絲反抗。這更增加了我的膽量，嘴邊的情話就不由自主地胡亂說了出來。」

因為爺爺已經聽過姚小娟的講述，自然知道栗剛才所說的「情話」不外乎是「美穴地」之類的東西。

栗剛才將「情話」一段跳過，對爺爺說：「這時，我又騙她說，我的八字跟她的八字是最配的。我還說什麼我是西，她就是北；我是木，她就是水。」

在最後，栗剛才隱去了很多內容，不過即使不說，爺爺也都知道。爺爺也不主動問他還有什麼要講的，只是很安靜地往火灶裡添柴加火。

栗剛才說完，愣愣地看了爺爺一會兒兒，乾嚥了一口，似乎等待爺爺給他說出一個結論來。但是爺爺沒有。

152

「您不發表一下您的見解？」栗剛才忍不住問道。

「我想不通這樣的夢會給你造成什麼樣的麻煩，讓你承受你之前所說的那些壓力和痛苦。」既然栗剛才的夢跟姚小娟的夢如此相像，爺爺自然猜想姚小娟的另一個夢也是栗剛才做過的，不過爺爺不能主動詢問栗剛才是不是還有一個殺人的夢。於是，爺爺故意不對他說的夢做任何解釋。

「為什麼沒有壓力和痛苦呢？奇怪的不只是這個夢的內容，還因為這個夢定時地出現。每到了一年的特定時間，我就會做這個夢。難道這還算不上奇怪嗎？」栗剛才攤開雙手問道，一副不可置信的樣子。當然，此時令他不可置信的不是他的夢，而是爺爺冷靜的態度。

爺爺揉了揉烘烤得有些發熱的小腿，不緊不慢地回答道：「是的，如果說這個夢本身不怎麼奇怪的話，每年的特定時間做這個夢就很令人不解了。但是，這個夢跟一般年輕人做的春夢之類沒有多大區別。你盡力去忘記這夢就是了。」

栗剛才著急了，抓住爺爺的手，聲音有些顫抖地說道：「馬師傅，還有一個夢我從來都不敢跟人說……那個夢跟這個夢有著很大的聯繫……我……我……」

「唉──」他嘆了一口氣，又鬆開了手，垂下了頭。

「你剛剛說的夢確實已經是很不可思議的了。但是你既然這麼晚來找我，我就知道，事

情肯定不是這麼簡單。」爺爺開始誘導他說出更多的東西，「當然了，如果你不信任我的話，那我也不可能強迫你說出來。」

栗剛才緩緩地抬起了頭，臉色忽然之間變得煞白，兩隻眼睛有些發紅，臉上的肌肉一陣陣地抽搐。「馬師傅，我不是不相信您。而是我每次想到另外一個夢，我就……我就覺得

……」

爺爺不等他說完，立即安慰道：「無論它是怎麼像真實的，無論它怎樣混淆你的現實生活，但是它畢竟是一個夢。」

32

「不，不，不，這個夢不僅僅是像真實發生的一樣，它簡直就是真實的！」栗剛才的臉上出了虛汗，雖然火灶裡的火不小，但是還不至於讓人流出汗水來，「因為這個夢，我總覺得自己的雙手沾滿了血腥！我給人家做的每一具棺材，都彷彿是留給自己用的！所以做每一

具棺材，我都傾注全部的心血，努力將棺材做到盡善盡美。」說到棺材的時候，他的手在膝蓋上猛地一抓，似乎立刻要將一把開山斧抓起來，繼續劈木刨板，要再做一具精美的棺材。

爺爺心中有了幾分底，自然沒有姚小娟講話時那麼迷惑。爺爺頓了頓，緩緩問道：「為什麼你覺得棺材都是留給自己用的呢？」

栗剛才臉上一陣抽搐，彷彿無數條無比用力的蠕蟲在他的臉皮底下爬動，異常恐怖。虛汗更是厲害，大顆大顆地滴落，將火灶裡的灰層砸出豌豆大的洞來。

爺爺保持著沉默，沉默得像火灶裡的火苗一般。

「我殺了人！那個晚上，我躺在一個很大很大的床上，身上蓋著很大很大的綢緞被，紅色底的被子中央繡著兩隻戲水的鴛鴦。根據我的經驗可以判斷，這不是新婚用的被子，因為被子的邊口有磨損的痕跡，還有一股女人留下的體香。我感覺渾身的骨頭都要散架了，好像剛剛跟誰打過一場架似的，又像剛剛走完很長很長的一段路。我感覺旁邊有人的呼吸，於是側頭一看，這個被子裡居然還躺著一個女人！這個女人實在是太熟悉了，但是我一看見她睡熟的臉，還有裸露在被子外面的香肩，我就非常緊張。」

「這個女人就是前面夢到的那個吧？」爺爺故意問道。

「是的。」栗剛才點頭道，「我的腦海裡突然閃現一個老頭子的身影，急急忙忙翻開被

子爬起來，到床邊去找我的衣服。」

「這時那個老頭子就闖進來了……你既然預想到了那個老頭子，那個老頭子很可能就會壞事。」爺爺很自然地將話圓了回來。

栗剛才又點頭：「是的。就在我剛剛穿上褲子，準備繫腰帶的時候，那個老頭子突然從外面闖了進來，他就是我剛剛在腦海裡閃現的人，手裡拿著一根柺杖，穿著有大銅錢花紋的綢布衣服，手指上戴著一個鑲寶石的戒指。」

「他是個有錢有勢的人吧！而你只是一個無權無勢的下等人？」爺爺問道。

「嗯。我就感覺我偷了他什麼貴重的東西一樣心虛得不得了，他這樣突然闖進來，讓我感覺是小偷被抓了現形。」栗剛才道。

爺爺笑道：「你偷的可不是他的貴重東西，而是他的女人。」

栗剛才乾嚥了一口，目光虛弱地瞟了爺爺一眼。「是的。從他的憤怒的眼神中，我可以知道這一點。我跟他對視了幾秒，他突然就舉著柺杖朝我的腦袋打過來，簡直想直接要了我的命。可是畢竟他上了年紀，我比較靈活。我急忙朝後退了幾步，老頭沒有打著我，自己腳步不穩，一個趔趄，幾乎倒地。」

「那個老頭見沒有打著我，氣急敗壞，眼珠子滴溜溜轉了一圈，落在了一個梳妝鏡的爐

子上。那個爐子上面有個開水壺正冒著蒸氣。我心想壞了，要是他將開水壺扔過來，我即使擋住了水壺，也擋不了開水，肯定會被開水燙掉一層皮。」栗剛才此時手移到了大腿上，「就像您說的，我有什麼不祥的預感，就會發生什麼事。那個老頭果然抓起了水壺，然後朝我甩了過來。」

「我正想著要拿什麼東西擋住，這時，背後卻傳來『噔噔噔』的腳步聲，我回頭一看，那個女人光著身子從被子裡跑了出來。」栗剛才又乾嚥了一口，「就在我回頭去看那個女人的當口，開水潑到了我的身上。那開水簡直不是水，而是鋒利的刀子。我感到大腿處一陣撕裂的疼痛，我忍不住哇哇地大叫。」

「那個老頭見我痛得大叫，得意洋洋地笑了。他還罵道：『我家的紅杏就算趴在牆頭了，也沒有你來採摘的份！』我低頭一看，大腿處的開水變成了白色的蒸氣，騰騰地向上升。我心想道，原來這個老頭子是故意朝我這個地方潑水的。他自己的那個東西不行了，就見不得別人的能用。我痛得齜牙咧嘴，心中又想起那個趴在牆頭的『紅杏』，於是忍痛朝她這邊看了兩眼。那個女人此時卻保守多了，急忙抱緊被子，好像生怕我看見她的身上什麼也沒有穿。想到這裡，我突然有些得意起來。你這個老頭把她看得再緊，也看不住她的心。你這個老頭能把她關在屋裡，但是卻關不住她的身體。於是，她看得再緊，也看不住她的心。你這個老頭能把她關在屋裡，但是卻關不住她的身體。於是，可是這有什麼用呢！我剛從她身邊爬起來。想到這裡，我突然有些得意起來。你這個老頭把別人的能用。我痛得齜牙咧嘴，

我朝那個女人露出一個邪惡的笑。

「我是笑給那個老頭看的，我的笑代表我不甘示弱。但是那個女人不明白我的意思，還害怕似的躲閃著我的目光。」

「她居然不敢跟我對視！老頭的開水並沒有惹怒我，但是這個女人的動作讓我很憤怒！她既然跟定了我，為什麼還要怕這個老頭子？大不了不跟他過這榮華富貴的日子，跟我去過平常人的日子唄！」

「這個想法一出現在我的腦海裡，我的憤怒就更加……」栗剛才的話突然被另外一個聲音打斷。

打斷他的不是爺爺。那個聲音來自屋外的地坪裡。

其實那個聲音並不大，但是在萬籟俱寂的半夜，這個細微的聲音也能清清楚楚地傳進周圍人的耳朵裡。

那是一個木棍敲擊地面的聲音，並且那個聲音正慢慢朝爺爺和栗剛才靠近……

雖然栗剛才講到他的夢境的時候很投入，但是一聽到這個聲音就立即打住，兩眼恐懼地看著爺爺。

158

33

爺爺一笑，輕輕拍了拍栗剛才的肩膀，撫慰道：「不用擔心，那不是鬼類的腳步聲，是人。」末了，爺爺又補充道：「並且是熟人！」

果不其然，那個腳步移到門口之後，一個聲音響了起來：「馬岳雲，開開門，我是馬老太太，我孫女也來了。」

這下，栗剛才鬆了一口氣，直拍胸口。爺爺卻提心吊膽了，禁不住有些慌亂。箇中緣由不言而喻，如果換在平時，那倒相安無事。但是此時馬老太太的孫女很可能要跟她夢裡的男人見面，誰知道會發生什麼事情？

但是爺爺不能不開門，也許是馬老太太看見了窗戶有火光才過來的，爺爺不可能撒謊說自己正在睡覺，要她們明天再來。再說了，馬老太太她們為何也是三更半夜的跑來煩擾自己？說不定跟栗剛才一樣有著不得不來的理由。這樣，爺爺更是不能閉門不見了。

正在爺爺思忖著怎麼辦時，栗剛才皺起眉頭問道：「馬師傅，外面的既然是熟人，你為什麼遲遲不去開門呢？」

爺爺恍然醒悟，急忙起身去開門。

「哎呀，你果然還沒有睡覺啊！我從窗戶看見紅色的火光，就猜想你還沒有睡覺呢！」

馬老太太一邊說話，一邊領著姚小娟跨進門來。

爺爺退後幾步，讓她們進了屋，然後轉身閂門，一邊閂門一邊問道：「妳們倆怎麼這麼晚了還跑到我這裡來呢？」

姚小娟搶先回答道：「前面的方家莊去世了一個老人，我們是來看老的。」

「看老」是我們那個地方的一個習俗。如果某個村裡有個老人去世，其他與他相識的老人都會抽時間在葬禮結束之前去靈堂看一看，坐一坐，藉以表示緬懷和哀悼。由於白天客人多，葬禮的主辦方騰不出時間接待，所以這些老人一般都選擇晚飯之後去「看老」。同時，晚飯之後，道士會在靈堂上唱孝歌，就是跟歪道士在一起的白髮女人唱的那一種。雖然這種歌，在我看來，哼起來沒有一點勁，也太不講究音樂的音律和演講的抑揚頓挫，但是有些老人喜歡聽，並跟著唸。

有的道士唱孝歌會唱通宵，但是大多數道士沒有那樣的精力，唱到半夜12點就停住。或許馬老太太她們就是等到道士唱完才出來的。或許她們就在去借宿親戚家的路上，恰好看見爺爺家窗戶還亮著，便順道過來問候一下。

可是，她們哪裡知道，跟爺爺一起坐在火灶旁邊的人，恰恰是姚小娟夢裡出現的那個男

人！她們更不知道，這個男人做了和姚小娟一樣場景的夢！

而知道兩者之間的共同秘密的，只有爺爺一個人！爺爺擔心他們倆一見面就會認出彼此來。之後會發生什麼，爺爺想像不到。

也許不僅僅是驚恐那麼簡單。

馬老太太還沒有進裡屋，就聽見裡屋傳來一個人的咳嗽聲。馬老太太指著裡屋問爺爺道：「屋裡還有別人？誰這麼晚了還沒回家睡覺？不會也是看老的吧？」姚小娟聽馬老太太這麼一說，立即伸長了脖子探看，好像她的目光能轉彎看到屋裡的人似的。

爺爺擺擺手，笑道：「他不是來看老的。他……」爺爺又擺了擺手，沒有把話繼續說下去。

「沒事的，我們不怕生。」姚小娟微笑道，率先走進裡屋。馬老太太呵呵一笑，跟在後面。爺爺一急，忙搶在馬老太太前面進了屋。

進屋的時候，爺爺聽見姚小娟在跟栗剛才打招呼。姚小娟主動打招呼道：「你好！」栗剛才見有人進屋，急忙站起來，禮貌地回道：「妳好妳好。」然後讓出自己的椅子來，伸手邀請道：「妳坐這裡吧！我再去端椅子來。」說完，栗剛才端來兩把椅子，輕輕放在火灶旁邊，又招呼馬老太太坐。在這個過程中，他已經不只一次與姚小娟面對面，但是他和她

都沒有意想中的那樣驚恐或者尖叫。

或許，是房間裡太暗？雖然有火苗，但是把人的臉映照成紅色，是不是他們之間就互相看不太清楚呢？爺爺暫時還分不太清楚，又或許，人的上輩子跟下輩子在相貌上會有幾分差別？比如，栗剛才在上輩子是沒有紅色胎記的，而這輩子有。當然了，這話是要確定了他們的夢就是上輩子發生的事情之後才能說的。現在這麼說，為時過早，權當猜測。

爺爺泡上一壺茶，給每人遞上一杯，然後四人圍著火灶坐下。在聊天的過程中，栗剛才一直盯著火苗看，即使答話的時候也是如此，偶爾端起茶杯喝上兩口。而姚小娟則顯得大方得多，大聲地說話，爽朗地笑。

坐在兩個年輕人旁邊的兩個老人，神情又有不同。爺爺關注著栗剛才和姚小娟的表情的細微變化，甚至到了後來回憶時都不記得當晚他們聊的是什麼話題。馬老太太卻輕鬆又帶著幾分欣喜地用兩個眼珠子瞟兩個年輕人。

四個人就這樣各有各的心態聊了好一會兒兒，栗剛才終於顯現出疲態來，姚小娟也說得有些疲倦，不停地打著哈欠。爺爺是睡眠中被栗剛才叫醒的，自然免不了有幾分昏昏欲睡的感覺。只有馬老太太與眾不同，她彷彿是隻夜晚出來偷油的耗子，不但沒有顯現疲態，反而精神越來越抖擻，眼睛越來越發光。

34

爺爺見姚小娟不停地打著哈欠，便對馬老太太道：「再聊一會兒兒恐怕都要雞叫了，大家先散了吧！下回有機會再聊。好嗎？」

馬老太太似乎有幾分不捨，但又不好再坐下去，便點了點頭，又看了看姚小娟。姚小娟便站了起來，順便伸了一個懶腰。

栗剛才也站了起來，身體隨之一晃，差點跌倒。旁邊的姚小娟連忙一把扶住。

馬老太太欣喜地湊到爺爺耳邊說悄悄話：「我家小娟很少對別的男人這麼熱情的。」

爺爺頓時心中一驚，急忙朝那兩個年輕人看了一眼。扶住栗剛才的女人兩眼含情，像是大膽又略含羞澀地看著栗剛才。

栗剛才則彷彿沒有姚小娟那樣的情愫，相較之下，他倒顯得略帶女孩子氣，露出些許窘迫和驚慌，兩隻手在自己的身上摸來摸去，不知道該往哪兒放。

爺爺的驚慌不言而喻，但是爺爺不能直接阻攔他們，說出他們各自之間隱含的秘密。如果說出來，也許會引發想不到的事情。馬老太太根本不知道爺爺的心思，還暗自扯了扯爺爺的手，意思是要他從中牽引一下。

爺爺自然瞭解馬老太太的心思。這個孫女因為夢的干擾，從來沒有喜歡過別的男人，現在居然有了一點點苗頭，當然不能輕易放過。但是爺爺怎麼可能從中撮合呢？他巴不得他們兩個從來就沒有相識。

都是因為那些夢。如果那些夢是美好的，是愉快的，爺爺自然是過多的擔心。但是這個夢給他們帶來的不是美好，也不是愉快，雖然其中也許有一部分是愉快的，但是絕大多數，或者說是給他們造成更大的影響的，都是恐懼，一種類似現實中發生的恐懼。

即使在夢中遇到一些不好的感覺，那也是相對現實來說減輕了許許多多。比如，一個人在夢中夢見從高處墜落下來，雖然也有飄浮在空中的感覺，但是心中的恐懼顯然要比真實墜落的時候舒緩許多。再比如，一個人夢見自己被人捅了一刀，雖然也許有著一種刺痛的感覺，但是痛感相對來說肯定要比真實的弱很多倍。

栗剛才和姚小娟的夢也是如此，顯然他們對這些夢的感覺會比其他人要敏感得多。爺爺擔心，如果他們之間相互知道了這些夢，就會如夢初醒那樣恐懼害怕，會想起夢之外的更多

164

更多事情來。雖然到現在，爺爺還不能肯定他們的夢就一定是前世發生的事情，但是對於這種擔心並不是沒有道理的。

如果他們倆相互討論那些夢，就如一個人對另一個失憶的人進行引導，讓失憶的人慢慢記起那些已經記不起的事情來。當一個人的今生與前世的記憶都出現的時候，那個人的生活肯定會被沖亂，並會導致意想不到的事情發生。爺爺雖然以前碰到過某些人不能忘記前世的事情，但是當事者都是未滿十二歲的小孩子，吃過鯉魚之後便漸漸將那些混亂不連續的記憶抹去了。這種成年人還記得前世，並且是兩個人做著夢裡有互相情景的事情，爺爺還是第一次遇到。

「馬爺爺，我們先走啦！」

姚小娟的一句話將爺爺從思緒裡拉了回來。

等爺爺反應過來，姚小娟早和馬老太太出了門。而栗剛才站在門口朝姚小娟揮手告別。

才一會兒兒工夫，他們似乎就成了熟人。

「馬師傅，那個女孩子經常來這裡吧？」栗剛才回過頭來，詢問爺爺道。

「嗯！」爺爺回答道。

栗剛才微微一笑，點了點頭，道：「那麼，我也先走啦！以後有時間再來找您。」說完，

他一腳從昏暗的屋內跨進如霜似雪的外面，月光披了一身。

爺爺在關上門的時候，這才想起栗剛才的夢還沒有講完……

爺爺關上門，脫了鞋子正要上床睡覺，外面又響起了敲門聲。爺爺搖了搖頭，穿上鞋往堂屋裡走。

「是栗剛才嗎？怎麼剛走又回來啦？有什麼東西落在這裡了嗎？」爺爺邊走邊大聲問道。

門外的人不吭聲。

爺爺頓了一下，又問道：「不是栗剛才？那是姚小娟囉？妳怎麼折回來了？馬老太太一個人走夜路妳還放心嗎？」

門外的人還是不吭聲。

爺爺拉開門，門外站著一個不認識的人。爺爺感到一陣寒氣撲面而來。

「你是……」爺爺問道。由於聊天時間太長，爺爺睏意很濃，即使感覺到一陣寒氣，還是忍不住打了一個長長的哈欠。

那人不回答爺爺的話，徑直走了進來。他也不說話，直往爺爺的睡房闖。

爺爺笑了笑，繼續問道：「你不是來找我的嗎？」

166

那個人影比較矮，但是手好像比較長，腿又好像比較短。

爺爺搖搖頭，跟著那個人影走進睡房。

走進睡房，爺爺看見那個人影站在房子的正中央，一動也不動，也不發出任何聲音。爺爺並不答理它，直接走回到床上，輕輕躺下，拉了被子的一角蓋在身上，然後有節奏地發出了香甜的鼾聲。

在我就讀的高中有個奇怪的物理老師，他告訴我們說，今生就是前世的延續，如一個物體只要移動了，便會受到慣性的作用。每一個人，都是被前世追趕著的物體。如能量守恆定律，我們每一個人都像能量一樣，不可能憑空產生，也不可能憑空消失。按照他這種推導，這個世界上的每一個人都有屬於他自己的前因後果。

佛教認為，靈性是不滅的，故有前世、今世和來世。一切眾生因無明故，在六道四生中輪迴。我們的軀體不過就像我們居住的房屋一樣，生死不過是一個捨此取彼的過程。而這個物理老師有著他的一套解釋，說是我們人就像是一個存儲能量的裝置，其情形就如佛教中說的我們的軀體是我們居住的房屋。而前世與今生之間的投胎，恰恰是能量轉換的過程。也像一段磁帶被洗去了原來的記憶，轉而錄製了另一段聲音。

但是，即使是錄製之後的磁帶，也有可能殘留著以前的磁性，附帶發出「前世」的「咔

唰」的雜訊。

我非常相信這位老師的話，特別是在栗剛才和姚小娟的事情發生之後。

在爺爺跟我講起他送走栗剛才和姚小娟的那個晚上之後，我迫不及待地詢問爺爺道：

「那晚來到你房間裡的人影又是怎麼回事？它是一個長得奇怪的人，還是來找你的其他東西？抑或是來找栗剛才或者姚小娟的？」

我是這樣想的，那個人影既然不說話，那麼很可能就是來找剛剛在這個房子裡待過的人了。

35

說到這裡，我不得不提一個我上大學之後的故事。

前文中已經提及，我的家鄉在岳陽，大學在遼寧。所以每次放寒假從學校歸來，或者從家鄉離去，都無可避免的會經過北京。我有時在北京換車，然後直接到學校所在的小城市；

有時在瀋陽換車。

在北京換車的話，我一般在表哥的宿舍借住幾天。表哥長得英俊帥氣，在北京的一家三星級湘菜飯店上班。

因為表哥對我的爺爺在鄉下的一些事情早有耳聞，所以他才向我說他遇到的真真實實的怪事。事情是這樣的……

來北京工作後的第三年，表哥升職為經理。於是，他搬離幾個人合住的員工宿舍，租了一間離飯店比較近的一間居室的房子，住在十二樓。

房子的對面是一個白色的教堂，寧靜而安祥。表哥本身對鬼神的事情半信半疑，但是住在教堂附近，他認為環境比較乾淨，自己也可以心神安定。

如此住了半個多月，表哥覺得這裡挺舒適，很享受。

轉變發生在某月的農曆十五，一個月圓之夜。

那天晚上，表哥陪一個客戶喝酒喝到十一點。回租屋的路上，他抬頭看了看月亮，發現月亮圓得如家鄉的碗口。他說，當時雖然有了幾分醉意，但是抬頭看見月亮的時候，心裡還是有些驚訝：今夜的月亮怎麼這麼圓？

不過他很快自嘲地笑了笑，每月的農曆十五，月亮都會變得比平時圓很多，這應該是司

空見慣的，今天晚上怎麼突然少見多怪了呢？

表哥說，他的預感特別強。剛來北京工作的時候，他負責飯店的大堂管理。有一次，他看見一個客人的飯桌上放著一個美麗的青瓷水壺，不知出於什麼原因，他的心裡突然冒出一個聲音來：「水壺這麼放著肯定會摔破！」

他想上前對客人說一說，但是他沒有。因為那個青瓷水壺跟其他服務員放水壺的位置沒有任何區別，他沒有理由去提醒那位客人。

但是他總覺得有些不對勁，心裡有些發慌。他仔細看了看那個水壺，可是卻找不出不對勁的地方來。

客人正跟桌邊的其他人閒聊，一副悠哉悠哉的模樣。

表哥自我安慰了幾句，當是自己過於敏感。可是，正當他說服了自己不要去看，轉身離去的時候，「哐噹」一聲！表哥聽見了瓷器摔破的聲音。他急忙轉過頭來，看見同樣目瞪口呆的客人正望著地面發呆。

「我沒有碰它啊！怎麼就掉下來了呢？」客人驚異地看了看四周，確定是不是有其他人在身後經過時撞到了水壺，可是身後五米之外沒有一個人。

表哥更是驚訝了。但他當時假裝很平靜地離開了現場，躲到員工宿舍後大口大口地喘

氣。

還有一次，表哥和幾個員工到飯店老闆的家裡去玩。老闆新買了一個很漂亮的窗簾，高興地給每個來他家的人介紹。其他人都誇獎說那個窗簾如何如何漂亮，如何如何典雅。只有表哥突然神色凝重。他偷偷跟身邊的同伴說：「我覺得這個窗簾好像少了一個角一樣。」

同伴也不敢大聲：「哪裡會少了一個角呢？你看，這不是完完整整的嗎？」

表哥搖頭道：「我說的不是現在，我總覺得左邊這個角要被燒掉。」

同伴呵呵笑道：「你有些神經質吧。」

表哥沒有再說什麼。他對我說，他每看那窗簾一次，就隱隱聞到一股燒焦的味道，總覺得這窗簾不對勁，它天生就應該少了左邊一大塊的。但是老闆這麼高興，他不好說，也不能說。

後來，沒過多久，老闆家裡發了一場火災，但是及時被撲滅了。表哥和幾個員工再去老闆家的時候，那個窗簾果然就少了左邊一個角。

之前跟表哥說話的同伴嚇了一跳。表哥心裡也是一陣驚訝，接著心裡就很不舒服。表哥的心情自然不難理解。相信任何一個人如果預見了發生在身邊不幸的事，他絕對不會因此為自己的預見能力而高興，相反只會為之驚慌或者難受。

有了之前兩次事情之後，表哥再為天空的月亮太圓驚訝的時候，心裡更多了一分留意，也多了一分緊張。

這時幸虧有幾分醉意，他的思想沒有停留在那個圓圓的月亮上。回到租屋，他很快躺到了小床上。他沒有立即睡去，卻用眼多看了一次這間房子的佈置。

窗戶的簾子微微打開，月光就從那不小不大的縫隙流進屋裡，灑在他的床邊。透過那個縫隙，他還看見了對面潔白無瑕的教堂靜靜地聳立著，如一個寧靜安祥的披著白色修道服的神父。

就這麼簡單地看了一眼之後，他陷入了睡眠⋯⋯

睡夢中，他恍惚聽見了教堂的鐘聲——噹⋯⋯噹⋯⋯噹⋯⋯

他跟著那個鐘聲數數，一共十二下。表哥說，他在睡夢中還有淺淺的意識，他心下疑惑，自己不是剛剛喝酒回來嗎？這教堂怎麼在半夜十二點敲鐘？平時不見這樣的啊！這樣敲鐘難道不把周圍的居民都吵醒？

不過很快，他便不再懷疑教堂，轉而懷疑自己是不是睡過頭了。難道我昨晚喝了太多的酒，以致於睡到了第二天的中午十二點？那我上班可就遲到啦！

心裡一急，表哥就從不深的睡夢中醒了過來。

他首先看見的就是床邊的月光不見了。迷迷糊糊的他想道，月亮不是圓著嗎？怎麼沒有了？接著，他看到窗簾的縫隙也不見了。

不對啊！如果是中午十二點的話，屋裡不會這麼暗；如果是半夜十二點的話，月亮怎麼突然就不見了？

表哥撐起軟綿綿的手，勉強支起身體起床。他剛坐起來，就被窗邊的一個影子嚇了一跳！那是一個人影！那個人影背朝著他，面對著對面潔白的教堂，愣愣地發呆。

在同學們還沉浸在緊張氛圍裡的時候，湖南同學停住了。

「然後呢？」一位同學催促道。

「預知後事如何，請聽明晚分解。」湖南同學笑道。

相由心生

36

湖南同學看著牆上的指針，時間一到，他又準時開始講述了⋯⋯

午夜。

也許是過於驚悚，表哥一時失語；也許是酒意未消，他神志還有些模糊。表哥說，當時他並沒有大聲質問窗前眺望外面的人影是誰，而是急忙扯住被子往頭上一蓋。

他想，也許是自己進門的時候忘記了鎖門，而別人剛好冒冒失失走錯了房間。只要窗邊那個人發出腳步走動的聲音，他會立即掀開被子詢問。而表哥等了半天，竟然沒有聽到絲毫的腳步聲。他又不敢掀起被角來偷偷窺看。

如此混混沌沌，半醒半寐，表哥度過了一個不眠之夜。第二天一大早，他從被窩中爬出來，只見燦爛的陽光從窗臺滑落，直照床前。而昨晚所見的人影，早已不見。表哥爬起床來，走到窗邊左看右看，也沒有發現任何異樣。

轉頭一看，對面的教堂潔白無瑕，像溫暖的陽光一樣平淡如常。表哥輕輕噓出一口氣，沒有多想昨晚發生的事情就整理衣服去上班了。

第二天晚上，表哥本來要回租屋睡覺的，未料剛好碰到一個老鄉前來北京遊玩。表哥本來想把老鄉安排在員工宿舍住宿，但是後來擔心老鄉因為不熟悉員工宿舍的人而不適應，便改讓老鄉住自己的租屋，而表哥自己借住在員工宿舍。

怪事就出在這裡。

老鄉在表哥租屋住了一晚，第二天早上遇見表哥，便詢問表哥一件怪事。他問表哥：「你的房子是不是還借給別人住了？」

表哥心裡一驚，但假裝平靜，問道：「怎麼了？」

老鄉倒是不驚不慌，笑道：「你有沒有借給別人住自己還不知道啊？我昨晚半夜醒來，發現窗邊站了一個人。」

表哥一聽，幾乎當場跌倒。

老鄉不知道內情，繼續開玩笑道：「怎麼了？難道怕我跟陌生人住在一處不方便？」

表哥再也聽不進老鄉說的話了，他再也不敢到那個租屋裡去住了。過了幾天，表哥不經意聽到飯店裡的客人談論那座教堂，說是幾年前教堂裡發生了一次大火災，燒死了許多人。

只是此事過後，人們為了抹去這段恐怖的記憶，便將教堂統一刷成了白色。

表哥聽了，嚇得手裡的碗碟差點摔落在地。後來跟房東商量退租的時候，他又不經意得

知原來租住那個房子的人，恰好在那場火災中喪生了！

表哥頓時起了一身的雞皮疙瘩，急忙從房東家裡跑了出來，不敢在那棟樓裡多待一分一秒！

表哥對我說起這兩件事的時候，仍然心有餘悸，感嘆道：「頭件事情說明我的預見能力很強，但是最近工作特別忙，好像這種能力就漸漸沒有了。這第二件事情，說明人的記憶能力在死後還會保存。我猜想，那個臨窗望著對面的教堂的人影，就是那個在火災中喪生的人。」

在經歷姚小娟和栗剛才的事情的時候，我還有很多的疑惑。但是後來聽表哥說了他的親身經歷之後，我終於對此有了幾分瞭解。也許是如果上輩子發生了特別重要的事情，對自己的身體或者心靈產生了特別的創傷的話，那麼，這個人到了下輩子還能殘留一些記憶。

爺爺告訴我說，那天晚上突然造訪的長手短腳的怪物，正是放不下上輩子的恩恩怨怨的冤孽所在，一如後來表哥在租屋裡遇見的人影。

爺爺這麼一說，我就自然而然知道為什麼爺爺那夜不緊不慢，不怕不躲了。因為，那個怪物不是來找爺爺麻煩的。爺爺說，當他開門的剎那，他確實還以為是栗剛才或者姚小娟偷偷溜了回來，並且猜測他或者她溜回來的目的是為了詢問另一方的住址，好跟另一方繼續聯

178

繫交往。但是打開門，從門縫裡沒有看見任何一張熟悉的臉。爺爺心裡迷惑了，難道是風吹動了門，讓我聽錯成有人敲門了？

可是很快，爺爺就看見比他矮了一半的一個怪物站在腳底下。之所以開始沒有看見它，是因為它太矮了，雖然它的手像掃帚一樣拖到地面，但是它的腿太短了。那兩條腿簡直不能稱之為腿，而是兩個小木墩。

爺爺雖然見過無數鬼類，但是在毫無防備的情況下看到這個怪物，未免心中微微一驚。

但是，那個怪物兇惡的目光並沒有直接落在爺爺身上，這讓爺爺心裡放寬了許多。怪物的目光，在未進門之前，先將屋裡掃描一遍。

爺爺頓時明白了，這個怪物是個報應鬼，並且是生報鬼。為什麼叫做生報鬼呢？

古書上說：業有三報，一現報，現做善惡之報，現受苦樂之報；二生報，或前生做業今生報，或今生做業來生報；三速報，眼前做業，目下受報。

現報就是今世做業今世得報應。今世報有福報也有禍報。這種報應有的報在早年，有的報在中年，有的報在晚年。首先講福報吧！大家可以看到，有的人一生做好事並沒有得什麼好處，這是因他上一輩幹了壞事，這一輩子因他行善積德，抵消前世的罪孽，因善事做多了，前世罪孽抵消了，所以有中年得福報和晚年得福報。早年得福報，一個是前世行善積德，或

前世罪孽不多，這輩子行善積德多，很快就抵消了前世的罪孽所以就得早報。

生報就是前生做孽今生報，今生做孽下世報。這種因果報應，同樣分福報和禍報。有的人前世行了善，積了德，猶如在銀行存的款還未用完，故轉到今生來用，所以今生享福。如他今生雖然享福仍行善積德，像銀行存款越來越多，利息也越來越多，故下一世仍然是享福之人，為福報。

速報就是報應來得快，如昨天做壞事今日遭惡報，上午做壞事，下午遭惡報，或者九點做壞事，十點就遭惡報。因果報應不僅只是惡報，福報也如此，只要你做了善事同樣得速報。

這個怪物前來就是為了執行生報的。

37

不過，顯然這個怪物不是為福報而來，卻是為禍報而來。因為福報是人前生為善得來，所以來者也應該是慈眉善目的，雖然也許不能英俊瀟灑，但至少不會是奇模怪樣，讓人一看

就害怕的。像民間所熟悉的送子娘娘和財神，都是賞心悅目，親切近人。

而眼前這個怪物迎面就能給人一股寒氣，所以肯定不是為了什麼好事而來。這種生報鬼是有具體的針對對象的，對其他人不會造成傷害，所以爺爺見了它後能保持平靜，甚至不理它，一切如常地躺回到床上。

爺爺說，當他問了幾個問題而它不回答之後，爺爺就已經猜到這個生報鬼是來找姚小娟或者栗剛才的了，並且，爺爺已經有幾分肯定，這個生報鬼生前就是他們倆說過的夢裡的老爺。

但是，我立即提出了一個問題：既然爺爺猜想那個怪物的前身是栗剛才他們倆夢中的「老爺」，那麼，這個怪物至少應該跟「老爺」有幾分相像才是。雖然我不知道「老爺」的真實形象，但是從栗剛才和姚小娟的敘述裡可以得知，那個老頭至少不會是個腿奇短、手特長的模樣，也不會是爺爺說的那樣矮。

爺爺笑道：「亮仔，你知道『相由心生』這個成語嗎？」

我點點頭。

爺爺道：「你知道的話我就不難解釋了。《無常經》裡說，世事無相，相由心生，可見之物，實為非物，可感之事，實為非事。物事皆空，實為心癢，俗人之心，處處皆獄，唯有

化世，堪為無我。我即為世，世即為我。」

爺爺知道我聽不懂經書裡說的具體意義，便進一步解釋道：「這其中的意思是，相由心生即是說有什麼樣的心境，就有什麼樣的面相，一個人的個性、心思與作為，可以透過臉部特徵表現出來。」

我似懂非懂。

爺爺又道：「據說唐朝時有一個叫裴度的人，他少時貧困潦倒。一天，在路上巧遇一行禪師。大師看了裴度的臉相後，發現裴度嘴角縱紋延伸入口，恐怕有餓死的橫禍，因而勸勉裴度要努力修善。裴度依教奉行，日後又遇一行禪師，大師看裴度目光澄澈，臉相完全改變，告訴他以後一定可以貴為宰相。依大師之意，裴度前後臉相有如此不同的變化差別是因為其不斷修善、斷惡，耕耘心田，相隨心轉。」

我有些理解了，說：「您的意思是，人的相貌是跟隨心思變化的，是嗎？」

爺爺笑了，摸了摸下巴，點頭道：「說簡單點，如果一個人老是皺眉頭，他就很容易生皺紋。如果一個人經常保持著開心的狀態，他就會顯得年輕些，壽命也比抑鬱的人要長些。」

我領悟了爺爺的意思：「您隱含的意思其實就是說，那個生前的老爺被栗剛才的前世打死之後，心中非常抑鬱，冤氣纏身，致使他的外貌發生了改變，對不對？」

182

爺爺點頭，輕輕嘆了一口氣，道：「你身邊還有一個更好的例子。」

我立即想起了月季花，那個外貌漸漸改變成為一個美好女孩子的剋抱鬼。的確，剋抱鬼就是一個最好的例子。既然一個極度醜陋的模樣可以由於月季的洗滌而變得溫柔可人，那麼一個長相平凡的外貌自然也會因為心理扭曲而變得恐怖醜陋。

促使「老爺」變得醜陋恐怖的，自然就是因為栗剛才和姚小娟的前世背叛了他。這更是生報鬼追到爺爺房間的原因。

雖然爺爺不害怕生報鬼，能安穩地回到床上睡覺，但是想起栗剛才和姚小娟，爺爺便不能安心睡眠。

第二天早上起來，那個長手短腳的怪物已經不見了。由於昨天晚上耽誤了睡覺的工夫，爺爺顯得有些疲憊。那些天，田裡沒有農活，老水牛寄在我家養，爺爺本可以多睡一會兒補覺。但是一想到馬老太太的孫女，特別是想到那個怪物，爺爺就坐不住了。

翻開老皇曆，匆匆看了兩眼，爺爺就決定主動去找馬老太太了。

馬老太太沒有回家，她在畫眉村的親戚家住了下來休息一天。爺爺很快就找到了她。

沒等爺爺問姚小娟到哪裡去了，馬老太太搶先道：「哎呀，岳雲哥怎麼這麼早就起來了啊？昨晚打擾到那麼晚，今天早上應該多休息才是。你看，你老伴不在了，也沒有個人管住

你的生活習慣。對了，昨晚那個男子是哪個村的啊？家境怎麼樣？年齡跟我家小娟相差不多吧？我聽說相差超過五歲就不大好，是這樣的嗎？」

爺爺打不斷她劈哩啪啦一連串的話，只好頻頻搖手。等她說完，爺爺才說道：「妳還說我，妳不是一樣睡得晚嗎？怎麼比我起得還早呢？」

馬老太太興致不減：「我這不是心情好嗎？人家都說人逢喜事精神爽。我好不容易看見還在這裡嗎？這麼快就看不見人了？」

馬老太太的目光像掃帚一樣將屋內屋外掃了個遍，突然愣了一下，喃喃道：「她剛才不

爺爺立即問道：「小娟人呢？」

小娟那個啥了……」她一邊說一邊將目光往屋內屋外掃。

爺爺心中暗叫不好，急忙叫馬老太太和她的親戚分開來找。她的親戚還有些不情願，抱怨道：「小娟又不是小孩子了，一不會迷路回不來，二不會玩水掉進池塘裡，急什麼急咯？等一會兒就會出來的。」嘴上雖這麼說，但還是挪動腳步去找，並有一搭沒一搭地呼喚小娟的名字。

姚小娟很少到畫眉村來，根本沒有辦法區分哪個地方是她常去的，哪個地方是她一般不去的。大家只好亂找一通。

184

爺爺問馬老太太：「妳發現她不在這裡的時候是幾點幾分？」

馬老太太拍著巴掌道：「我哪裡知道？怪就怪在剛剛她還在這裡的，走也走不了這麼快

啊！」

38

爺爺左右看了看。「也就是說，她是剛剛不見的了。」爺爺手上從不戴任何東西，便問

馬老太太，「妳手上有錶，看看現在幾點幾分了。」

馬老太太低頭看了看手錶，告訴了爺爺現在的時辰。

爺爺抬起手來，乾枯的大拇指在其他四根手指上跳躍。不一會兒兒，爺爺收起手，指著

畫眉村和文天村之間的山的方向，緩緩道：「不用擔心，小娟暫時沒有危險，我們從這個方

向去找她。」

馬老太太立即跟著爺爺走向那座山，但心中迷惑，問道：「岳雲哥，我家小娟能有什麼

危險？她從來不設計害別人，也沒有跟誰交惡，怎麼會有危險呢？」

爺爺沒有回答馬老太太的話，只是加緊了腳步朝那條山路走，耳邊還有其他親戚懶洋洋的呼喊。是的，他們都不知道姚小娟的夢和栗剛才的夢，更不知道昨晚有個醜陋的生報鬼找到了爺爺的家裡，所以他們都認為爺爺有些小題大做。

當時的太陽也是懶洋洋的，比他們有一搭沒一搭的呼喊還要令人昏昏欲睡。多年前的鄉村裡就是這一番景象，早晨和傍晚都是昏昏欲睡的，像是就要睡覺了，或者像剛剛睡醒但是還沒有睡夠，以致於多年後我回憶起來都感覺到一陣陣的睏意。

不知道爺爺現在回憶起以前的歲月，是不是跟我一樣有著陣陣的睏意？

爺爺和馬老太太走到了山腳下，一條逼仄的小道從山頂蜿蜒下來，如一條水靈靈的蛇蜿蜒著下水。爺爺和馬老太太就如踩在蛇頭上。

爺爺說，他當時確實感受到了一陣涼意，如從蛇的皮膚裡透露出來一般，而腳底下也似乎感覺到一陣危險的氣氛，似乎真有一條蛇咻咻地吐著信子，牠隨時可能在腳踝上留下毒牙的牙印。

「你看，小娟在那棵苦楝樹下面。」馬老太太首先發現了姚小娟。

苦楝樹為落葉喬木，可高達十公尺以前苦楝樹是我家鄉常見的樹，不過現在漸漸少了。

186

以上。羽狀複葉，各小葉卵形或披針形，全緣或有鋸齒。三、四月間開出淡紫色的小花，花排成圓錐花序，比較香。

它的果實我們叫做「苦楝子」，果肉有毒。上一輩的人多用果肉為醬糊糊鞋底，一可以節約糧食，二可以防蟲防蛀。果實的毒性最強。如果誤食會造成頭痛、嘔吐、噁心、腹痛、腹瀉、昏睡、抽搐、血壓下降、呼吸麻痺而死亡。以前就出現過小孩誤食後差點死去的事情，後來一個赤腳醫生用稻草鬚伸到小孩的喉嚨裡催吐，這才保住那個饞嘴小孩的性命。

也許是因為生活漸漸好了起來，人們很少自己在家納鞋底了，所以苦楝樹就沒有以前那樣的種植意義了。於是，苦楝樹漸漸少了。原來幾乎每家的地坪前都種了苦楝樹，可是現在一個村子裡都難找到幾棵了。

爺爺朝馬老太太說的方向看去，姚小娟果然站在一棵很大的苦楝樹下。不過她不是一個人站在那裡，她旁邊還有一個人。姚小娟背對著爺爺和馬老太太，要不是馬老太太熟悉姚小娟的背影，爺爺是不會發現她站在樹下的。姚小娟的背影剛好擋住了爺爺的視線，讓他看不到姚小娟身邊的人是誰。

她似乎正在跟那個人攀談，一邊揮舞著手，一邊點頭。

馬老太太喊道：「小娟，妳在跟誰說話呢？我們都在到處找妳，妳怎麼不打聲招呼就跑

到這裡來了啊？」馬老太太一邊嚷嚷，一邊巍巍顛顛地朝姚小娟小跑過去。

可是姚小娟彷彿沒有聽見馬老太太的呼喚一般，仍舊揮舞著手點著頭，也不回頭來看看馬老太太和爺爺。

爺爺急忙朝馬老太太叫了一聲：「妳站住！」

馬老太太知道爺爺是在叫她，迷惑地回過頭來看著爺爺，問道：「岳雲哥，怎麼了？」

剛才是爺爺叫她出來找姚小娟的，現在找到了卻又叫她站住，馬老太太自然不理解爺爺的舉動。她的眼神表明了她想對爺爺說的話──你今天怎麼不正常呢？

爺爺朝馬老太太擺擺手，道：「妳快站住，小娟這是在夢遊呢！妳突然叫醒她，會嚇到她的！」

馬老太太一愣，做出害怕的樣子，道：「不是吧？我家小娟從來沒有夢遊的習慣啊！再說了，夢遊也是晚上的事吧？她怎麼可能白天夢遊？岳雲哥，你可別嚇唬我。還有，既然是夢遊的話，她怎麼可能跟別人說話呢？」

爺爺道：「我也差點以為她是跟另外一個人說話呢！可是……」

還沒有等爺爺說完，馬老太太就忍不住朝姚小娟的方向大叫了：「小娟，小娟，妳在跟誰說話呢？」她不但繼續呼喊姚小娟的名字，還三步併作兩步趕到姚小娟的身邊，將手搭在

188

了姚小娟的肩膀上。

姚小娟木木地轉過頭來，兩眼無神地看著馬老太太。

馬老太太見姚小娟臉色蒼白，嘴唇無血，頓時方寸大亂，兩手抓住姚小娟的肩膀拼命搖晃：「小娟，妳怎麼了？妳臉色怎麼這麼難看？」

姚小娟如稻草人一般，臉色表情更是如畫在稻草人臉上的毛筆筆劃，生硬而艱澀。

馬老太太立刻失了主意，回頭將求救的眼神投向爺爺。

爺爺疾步走到姚小娟面前，用手支開姚小娟的眼皮，向她的眼睛裡吹氣。

很快，姚小娟的眼珠如被爺爺吹動了一般，緩緩地轉了轉。末了，姚小娟癡癡地發出一句問話來：「奶奶，妳怎麼來了？」

馬老太太一驚一喜，幾乎掉出淚水來，驚的是孫女突然變成這樣，喜的是爺爺使她好轉。

馬老太太的雙手從姚小娟的肩膀滑至手背：「我怎麼來了？我倒要問妳，妳到這裡幹什麼來了呢？」

姚小娟的回答卻使爺爺和馬老太太都大吃一驚：「我來跟人聊天呢！」

39

「你跟誰聊天？」馬老太太雙手哆哆嗦嗦地問道。

姚小娟指了指苦楝樹，答道：「就是它啊！」

馬老太太問道：「你跟它聊什麼？」

「養鬼仔啊！」她滿不在乎地回答道。「鬼仔」指的是嬰兒時期即去世的小鬼，有的母親對兒子無可奈何時會大罵兒子為「鬼仔」。

馬老太太嚇了一大跳。爺爺立即將馬老太太攔在背後，繼續表面寧靜地問道：「它告訴妳怎麼養鬼仔？」

她點點頭，說：「它告訴我養鬼仔的條件，及有何益處與害處呢！」

「哦？它怎麼說的？」

「養鬼仔究竟需要什麼樣的條件呢？又會有何益處與害處呢？」姚小娟搖頭晃腦，彷彿一個小孩子模仿大人說話一般，爺爺知道她在模仿「苦楝樹」給她講述時的姿態。「首先談養鬼仔所需要的條件，其實養鬼仔是無須什麼條件的。只要自己心裡不怕鬼就可以。任何人都可以養，只要有決心，及有一個小小的地方供養鬼仔就可以了，而供養的鬼仔，不同的種

190

類也有不同的供養方法、咒語等及法門。如供養小鬼谷曼童（鬼仔的一種），起先四十九天要以人的血每天一滴，連續四十九天早晚泡牛乳供奉。配合有色飲料，最好是綠色或紅色，忌黑色，因為鬼不喜歡黑色。但供養鬼仔的人一定要記住，要做一件事情，例如出外或吃飯，一定要先通知鬼仔，及一定要把鬼仔當成自己的子女一樣看待，如自己有子女的話，一定要把鬼仔看得比自己的親生子女還重要。因為鬼仔多數都很喜歡吃醋，所以一定要這樣，才能免去很多麻煩，而在最初要請鬼仔時，供養者的家中，如有家神或其他神位的話，一定要預先一一稟告，並在鬼仔帶回家的時候，也要一一介紹好講清楚，讓家中的神明准其進入。」

「谷曼童？我怎麼沒有聽說過？苦楝樹跟她講這個幹什麼？」馬老太太迷惑不已。

姚小娟不答理馬老太太的疑問，繼續說道：「供養鬼仔的地方，最好是在自己的睡房、書房中，或預備一間淨房，方便隨時照顧鬼仔。還有要請鬼仔之前，請預先準備好一間木做的小屋，用來給鬼仔居住。當鬼仔請到之後，就把它安放在小木屋之中，並在小木屋前放置一盞油燈，用以供養鬼仔，每天早晚要為鬼仔準備食物及水，食物方面可給飯或饅頭、麵包、餅乾或鮮果，另準備一杯開水就可以了。食物及開水都要每次更換，不能間斷，直到鬼仔養成為止。通常，養鬼仔成功所需要的時間，大概三個月，就可以知道。因為，如果養得成的話，那隻鬼在三個月之內會和你接觸。可以買一雙新襪子、一雙新鞋子、一件小孩穿之新衣

服，和新褲子放在旁邊供奉，如果開始辦事情，達成願望時可以買一些玩具做為答謝。如果超過三個月依然沒有任何一點動靜的話，就是養不成失敗了。」

她說得煞有其事，不像是一時半會兒編造出來騙人的。

爺爺也吃驚不小，忙問道：「還有嗎？」

姚小娟點頭道：「當然還有。如能將鬼仔養得成的話，就最初你所給它的食物是會自動消失的，之後再過幾天，它就會出現在你的夢中，與你談話，再過多一些日子，保護你及你的家人，它會在你危險發生前，預先通知讓你逃過大難。它會聽從你說的話，為你做任何事情。它有沒有害處呢？害處可以說是有的，那就是它很喜歡吃醋，它吃醋的時候，會對你及你家裡的人造成傷害。所以在這方面，要絕對地小心，還有就是你養了它之後，它就會一生一世跟著你，幫助你辦事，等發財後是不能把它送給別人，或想養養看而不養的。如果你有這樣的想法的話，本人奉勸你最好是不要養……」她說到「本人」的時候神態自若，好像自己是個養鬼的專家一般。當然了，那個神態不是真正屬於自己的，而是彷彿來自另一個人。

馬老太太見了她的表情，驚訝地張大了嘴巴，久久不能合上。

姚小娟繼續指手畫腳地說：「因為這樣會對你及你家裡的人造成傷害，也可以說就是它的害處。雖然它有壞處，但是它的益處也是很大的。能夠養得成一隻鬼仔的人，他本身一定

要福分夠，平時多積功德，有緣分，才能把鬼仔養得成功。」

馬老太太試圖打斷她的孫女的話：「小娟，那它有沒有告訴妳，它為什麼要教妳養鬼仔啊？」雖然沒有說多少話，也不用費多少力氣，但是馬老太太的聲音已經有些嘶啞。

爺爺低聲道：「她暫時不是小娟。」

馬老太太倒吸一口冷氣，但立即明白了爺爺的意思：「岳雲哥，你的意思是她現在是鬼附身？」

爺爺搖頭：「不是，這倒像是神經錯亂。當然，這跟那個不乾淨的東西有聯繫……」

馬老太太跺腳道：「那可怎麼辦啊？是不是我昨晚帶她看老的原因？讓她沾上不乾淨的東西啦？早知道這樣，我就不帶她去看老了。」

爺爺寬慰道：「妳暫時莫要著急，待我再問問。」

爺爺轉過頭去，詢問姚小娟道：「那它有沒有告訴妳養鬼仔的害處？養小鬼必須心存善念絕不可以有害人之心，這是絕對要有的最基本心態。如果心裡只想著歪念，小鬼沒養成功來看著爺爺，說：「它沒有說害處。」

姚小娟低下了頭，好像在努力回憶剛才那個「它」跟她說過的話。片刻之後，她抬起頭不說，而自身先受其害。」

爺爺急問道：「它是不是還勸妳養個小鬼？」

姚小娟又想了想，然後回答道：「它⋯⋯它不讓我告訴別人！」

聽了這個回答，爺爺和馬老太太都大吃一驚！馬老太太頓時用手摀住了嘴巴。

40

其實鬼仔還有一個名稱，叫運財童子。中國人覺得鬼仔的名稱不好聽，便改為運財童子。

中國古代的修道之人在入山後常有秘煉柳靈童，而做為助道來人耳報之用，等到道成，再名書上清同升得道。養鬼仔是一種控制鬼魂的法術，通常用符咒，來摧使鬼魂為供養者做事情。

柳靈童是鬼仔的一種，其惡性相對來說比較淺。大多數人養的一般是棺木鬼、鬼仔布、鬼仔油、銅仔像、降頭鬼仔、鬼仔墜、殭屍鬼，還有厲害的如魔鬼仔、屍鬼魂。比較難找的有柳靈童、桃人耳報鬼、蔭菜鬼、露水鬼、棺木精靈、形形種種等。每一種形式的養鬼仔，都有不同的用途，以及不同的法門方法去請和供養方式，但以棺木鬼、陰陽童子、坤篇、路

谷等比較易請和好養。

養鬼有一項規定：不論任何用途，所養的鬼都只能是單數，一隻、三隻、五隻，不可以養兩隻、四隻，要養鬼的人一定要遵守。鬼仔供養女鬼、小鬼。如何供養呢？如果是男鬼，需於每日安放一次食物在壇上，所供養是一碗飯（或饅頭）跟一些餅乾、糖果、雞蛋，和一杯開水，因為小鬼每天只吃一餐；如果是女鬼，則要加鮮花，過年過節還要供上化妝品，加上香水。因為女鬼和女人一樣都喜歡打扮，愛漂亮。

很多人說養鬼的人臨老不得好死，斷子絕孫，那是無稽之談。一般人按照規矩來養鬼，根本沒有這樣的下場。養鬼的人如果自知時日無多，先施術解放鬼魂，讓它們去投胎，它們便不再來糾纏。

傳說養鬼仔有四大方法。顧名思義，養鬼仔的基本條件，就是先找到適當的夭折小童。

對於養鬼仔，各門各派的法門都不盡相同。粗略來說，可分為以下四個方法。

第一種是勾魂法。勾魂大法是最常見的一種。有心養鬼仔的法師，會先打聽清楚哪裡有童男或童女夭折，同時設法取得它們的生辰八字。等屍體下葬後，法師就會趁夜深人靜時潛到小童的墳前，焚香祭告，施展勾魂術，然後將預先從樹上斬下的一段藤莖，插在墳頭上，令其自然生長。

等到藤莖長得繁茂時，施法的法師會再次起壇運起勾魂大法，使墳中小童的魂魄附在藤上，然後唸咒焚符。之後，他必須一面唸咒一面操刀斬下墳頭的一小段藤莖，再雕成約一寸半高的小木偶，以墨和朱砂畫上小童的五官。

大功告成後，將小木偶收藏在小玻璃瓶中。不過，施展這種勾魂術前，大多數的法師都會先後勾取一男一女兩個魂魄，並將它們收藏在同一個玻璃瓶中。據悉，這種做法是為了預防天性好玩的鬼仔，由於寂寞難耐而逃離。

有鑑於此，如果你有緣見到讓鬼仔藏身的小玻璃瓶子，則多數可以看見裡面有一黑一白共兩個以藤雕刻的小木偶。

大部分時候，鬼仔是日夜都在睡覺的，當主人有命時，會先對著瓶子吹口氣，唸咒語，將鬼仔喚醒，然後吩咐它們去辦事。除非主人食言，多次承諾了鬼仔的事情沒有辦到，否則，它無不唯命是從，絕不討價還價，瞬間就能將主人的指示辦妥。

第二種是降頭術。這種養鬼術衍生自泰國一帶，與中國傳統茅山術有所不同。法師會先到森林去斬一段適用的木頭，再用刀子雕成一口小棺木，最後才去找尋童男或童女，甚至是嬰兒或未破身的童男童女的墳墓。

找到後，法師會掘開墳墓，取出屍體，讓它坐立起來。再以據說是用人體脂肪提煉而

成的一種蠟燭燒烤屍體的下巴，直到屍體被火灼得皮開肉綻，露出脂肪層，再讓脂肪層遇熱而溶解成屍油滴下時，以預先準備好的小棺木盛之。之後馬上加蓋唸咒，前前後後唸上七七四十九天，這個魂魄就能聽命而供差遣行事。

第三種是偷龍轉鳳。這種法術雖是源自茅山，但卻被公認為是邪術，並且陰毒無比，精通養鬼術的法師等閒不會用之。因為手法比其他養鬼術陰毒許多，所以施展此種法術者的報應極為悲慘，如斷子絕孫，或是禍延後代，又或是施術者本身晚年堪憐等。

這種法術早在二十世紀三、四〇年代時期一度十分流行，原因是當時並不流行避孕，所以家中人口與年俱增，大大地增加生活負擔。有鑑於此，通曉此術的人就會以自己的小孩做為目標，減輕負擔之餘更能差遣鬼仔，呼風喚雨。

看中目標之後，這類法師會先種植元菜，每天畫符焚化之後，以符水澆灌元菜。如此，當嬰兒瓜熟蒂落之後，法師也會將元菜一刀割下，再燒符作法，如此，就可將嬰兒的魂魄偷龍轉鳳，移到法師要它附魂的其他物件上。

由於嬰兒被收魂之後會猝死，所以這種法術甚為陰毒，為很多正派的法師不容。

第四種是追魂骨。這種法術是將夭折的小童開棺撬出，再開膛破肚，取出肋骨。如果是童女，就取右邊第四根骨；如果是童男，則取左邊第三根骨。

取得骨頭之後，法師再唸咒作法，也可以將鬼仔收魂，供己差遣。

爺爺雖然熟知這幾種養鬼術，但是他從來沒有使用過。最為接近的一次施法是將剋胞鬼轉移到月季上，但是爺爺從來沒有差遣剋胞鬼為自己做過對自己有利的事情，所以這算不上是養鬼術。

爺爺早已猜到跟姚小娟談話的那個東西就是昨晚在屋裡遇見的怪物，也就是來找姚小娟的生報鬼。但是爺爺不能理解的是——既然它是來給姚小娟使壞的生報的，為什麼它要教姚小娟這些對她有利的東西呢？就算它不是要害姚小娟，它為什麼不教她別的，偏偏教養鬼仔的方法？

41

馬老太太著急不已，指著爺爺對姚小娟道：「妳這個傻姑娘，他是什麼人？有什麼東西不好對他說的？」

爺爺和顏悅色地勸道：「妳別著急，她現在有些神志不清，不要怪她。」

這時，姚小娟的親戚都找來了。

「原來她在這裡呀！」找來的人中有一個人說道。

爺爺將手一揮：「你們先將她扶到房間裡去。」

幾個人見爺爺和馬老太太的臉色都不太對，便不再多問什麼，急忙將姚小娟架起來抬走了。姚小娟像一個稻草人一般，不掙扎不反抗，任由其他人將她抬走。爺爺和馬老太太跟在眾人後面。

馬老太太不停地詢問爺爺，姚小娟這到底是怎麼了。

爺爺無奈地搖搖頭。

實際上，爺爺已經很明白了，但是他不好直接告訴馬老太太那些與夢有關的事情。現在生報鬼已經找上門來了，如果把夢的事情告訴了她，她不但不能做些有用的事情，只怕會平添許多不必要的麻煩。

爺爺明白，生報鬼化成苦楝樹是有含意的。苦楝樹上結的果子我們叫做「苦果」，生報鬼的意思是既然你們倆上輩子做了對不起我的事情，那麼這釀成的「苦果」要由你們倆自己吞下。這更讓爺爺肯定了這個生報鬼是為了惡報而來。

姚小娟被搬到屋裡之後，人已經清醒了很多。但是她仍不時說一句：「我要去摘一顆苦果來。」

旁邊人執拗不過，說要幫她去苦楝樹那裡摘一個苦果來。姚小娟卻不肯，說別人不知道她要的苦果在哪裡，她要自己去。

旁邊人問她：「妳幹嘛非得摘一個苦果來？」

姚小娟歪著腦袋回答道：「我用來養鬼仔啊！」

「苦果怎麼可以用來養鬼仔？」旁邊人不解。

姚小娟還是那句話：「它……它不讓我告訴別人！」

於是，眾人以為姚小娟的腦袋又混亂過去了，便死死按住她，不讓她走動。兩三個壯漢卻費了九牛二虎之力才將她按住。

爺爺道：「你們這樣按住是沒有用的。你們總不能日夜不睡覺地按著她吧？等你們休息的時候，她還是會去找那棵苦楝樹的。」

馬老太太一臉哭相，問道：「這該怎麼辦？」

爺爺道：「找找其他村裡有沒有姓于或者姓余的六十歲以上年紀的老太太，請她幫忙煮一碗鯉魚湯，然後將鯉魚的頭去掉，餵姚小娟吃魚身喝魚湯。余在古代有『我』的意思，余

200

又有『餘孽』的意思，恰巧還跟『魚』諧音，其意義是，將我留在上輩子的餘孽理清，不要再讓上輩子的事情牽扯到現在。」

大家一聽，驚訝地問道：「她現在腦袋裡混淆不清，難道就是因為上輩子的事情還沒有理清楚？」因為這裡人見過小孩子還記得前世的事情，所以問出這樣的問題來。對他們來說，這並不是頭一次遇見，也就沒有那麼緊張。

爺爺點點頭，但是不說為什麼她現在不是未成年了還這樣。

馬老太太一聽爺爺這麼說，頓時清楚了一些，拍著姚小娟的身體哭道：「孫女啊！妳上輩子做了什麼孽啊！怎麼會追到現在來啊……」其他幾個親戚的反應倒不是很大，拉起馬老太太勸慰，說這種事情不必害怕，喝了鯉魚湯理清前世就好了。他們哪裡知道，這不是簡單地回憶起上輩子的事情，而是上輩子的生報鬼追過來了。

將馬老太太的情緒稍微勸好，大家便分頭去打聽鄰村有沒有六十歲以上的姓于或者姓余的老太太。爺爺則放下了這一頭，悄悄地去找栗剛才。

爺爺找到栗剛才的時候，已經是日上三竿了，而栗剛才剛好被幾個人圍住。他們在爭吵著什麼，好像是要找栗剛才算帳。栗剛才正粗著脖子紅著臉爭論。可是圍著他的人並不聽他的解釋，一個個兇神惡煞一般。

爺爺再走近一些，才知道那幾個人找栗剛才是為了什麼。

原來那幾個人是某個女孩的父母和親戚，他們的女兒昨天發生了一些不愉快的事情，而使這件不愉快的事情發生的嫌疑人正是栗剛才。

「早就知道你會情愛蠱，專門騙好看的女孩子。我家女兒臉皮薄，不好意思說，但是有人親眼看見了，你還狡辯什麼？」一個古銅色皮膚剃著平頭的人大聲喝道。照聽到的話來看，他應該就是那個女孩的父親。

其他幾個人立即幫腔作勢，對著栗剛才指手畫腳，拳頭幾乎挨到他的鼻子上。

「我會蠱術？你們聽誰說的？誰又親眼見過我放蠱？」栗剛才努力地辯解。可是這個辯解非常蒼白無力，所有的人都知道，一個人要對其他人放蠱，他是絕對不會讓其他人看見的。

可是栗剛才還是企圖將這句話做為救命稻草。

「你放蠱還會讓人發現不成？我女兒早就口口聲聲說不相信你會情愛蠱，說遇到你就要激一激你的。」那個人怒道。

「你看，你女兒也不相信我會情愛蠱嘛！我怎麼可能……」栗剛才攤開雙手，道：

那人打斷栗剛才，怒氣沖沖道：「可是有人看見了，看見你站在土橋那裡，我女兒走到你旁邊，對你說了幾句什麼話，你點點頭，然後我女兒就乖乖地跟著你走了……」

202

那人咬了咬嘴唇，繼續道：「沒想到你這個傢伙……你這個傢伙居然起了歹心，玷污了我家女兒！你還不敢承認！」他邊說邊撸起了袖子，其他人也蠢蠢欲動。

栗剛才見了爺爺，急忙叫聲：「馬師傅，快來幫我澄清。我昨晚在你家裡，沒有可能碰他女兒。」眾人見他向爺爺招手，也將目光轉移到爺爺身上來。

由於栗剛才所在的村子離畫眉村比較遠，所以爺爺不認識那群人中的任何一個。但是那群人中卻有人認出爺爺來，親切地喊了聲「馬師傅」，急忙掏出香菸遞上來。

42

爺爺擺擺手，拒絕遞上來的菸，瞇眼笑問道：「這是怎麼一回事？」

遞菸的人告訴爺爺，栗剛才昨晚害了他堂哥的女兒。他堂哥就是那個古銅色皮膚剃著平頭的人。

栗剛才馬上大聲辯解。爺爺擺了擺手，道：「你讓他說完。」栗剛才立即偃旗息鼓，待

在一旁用異樣的眼神看著跟爺爺說話的那個人，好像那個人嘴裡說出的話都不能相信一般。

爺爺問那人道：「你可以跟我講清楚一些嗎？」

那人點點頭，說起了昨晚的事情。

他堂哥的女兒，也就是他的姪女，是附近一個高中的學生，年方十六。

「比你小一歲。」爺爺在給我覆述這件事情時這樣說道。這也是爺爺的思維習慣，只要小一點。彷彿我就是他心中的一個年齡標竿。

別人講到誰家的子女怎樣怎樣，他立刻在心裡比較我跟那個子女誰的年齡大一點，誰的年齡

他的姪女在學校成績還不錯，所以有些心高氣傲。三、四天前，她恰好聽見她父親說了栗剛才的事情，說那個栗剛才會很多的蠱術，騙了很多好看的女人，並且被騙的女人都心甘情願往他身上靠。她父親提醒她，以後見了栗剛才千萬要繞道走。

她卻不相信她父親的話，當時還笑著說她父親沒有自己的思維，人云亦云。她還說，如果她真的碰見了栗剛才，她一定要上前去羞辱他一頓。

她父親嚴聲厲色地教導她不要這樣。

她勸父親道，很多女人天生就是很笨的，而栗剛才這個人可能恰好討得那些女人的歡心，所以那些女人才會被他騙。像這樣的事情，雖然自己沒有經歷過，但書上、電視裡經常見到，

不會是所謂的蠱術作怪。只要自己不喜歡他，他怎麼騙也是徒勞。

她父親想想也是，但仍叫女兒不要接近這樣的人，以防萬一。

昨天晚上，那個女孩比往常回來得要晚很多。她進門的時候碰到她父親，連個招呼也不打便往房間裡走。她父親非常詫異，心想這孩子今天是怎麼了，這麼晚回來也不說幹什麼去了？臉上也濕淋淋的，難道是掉到水塘裡去了？不過她身上的衣服是乾的，不像是掉進水裡的樣子。

她父親不敢直接問女兒，卻慌慌張張地去找女兒的媽媽。女兒本來就跟母親溝通比較多。可是找到她母親後，她母親的神色比他還要慌張。她母親見了她父親，不等他先開口便問道，我們家女兒到底是怎麼了？剛剛碰見她的時候她一聲不吭，全當沒有看見我這個做母親的。

她母親被女兒這個陣勢嚇到，也不敢多言語，呆呆地看著女兒走到壓水井旁邊洗了一把臉，將頭髮上的幾根青草拈下。然後，她母親看著女兒離開壓水井走向家門，她母親自己卻立在原地，一個步子都邁不開。

頭髮和臉上還沾了幾根青草。

他們倆你瞪我，我瞪你，都不知怎麼辦。這時，他的堂弟，也就是跟爺爺講這件事情的人恰好經過這裡。他見堂哥和大嫂都目瞪口呆的樣子，便好奇地詢問家裡出了什麼事情。

女孩的父親將事情的前後經過講給他聽了。

他的堂弟狠力一拍巴掌，叫道：「壞了，姪女恐怕是遇到壞人了。」

其實，女孩的父母早就想到了，只是似乎這話不能從他們嘴裡說出，一定要等別人來肯定一般。如今聽人說出此話來，他們倆頓時慌了神。

他的堂弟勸他們兩人暫且保持冷靜，叫他們去找往日一同上下學的女兒的同學，問問情況。

他們三人一起連忙去找女兒的同伴。未料女兒的同伴卻說今天她們是分開走的，她也不知道他女兒發生了什麼事情。

在他們垂頭喪氣回來的路上，卻有意外的收穫。

路上遇見一個人正在對其他幾個人說著什麼話。那個說話的人表情誇張，聲音很大。他們三人自然被吸引。不聽不要緊，仔細一聽，原來那個人所描述的人恰恰跟他們的女兒差不多。

那個人說，他剛才看到了非常奇怪的一幕。在經過土橋的時候，他看見一個高中模樣的女生正頤指氣使地對著一個年紀比她大很多的人訓話。

剛開始，他還以為那個年紀比較大的男人是那個高中女生的父親，他還猜測那對「父女」

或許為著家庭的事情爭吵。可是當走過土橋從那對「父女」身邊經過的時候，他才發現不是這麼一回事。

他聽見那個女生對男人說，聽說你的情愛蠱很厲害，害了不少女人，可是我偏偏不信這個邪。

他聽見那個男人斜睨了他一眼，並不反駁女生的話，任由她指指點點，說這說那。

也許是因為他在旁邊經過，那個男人斜睨了他一眼，並不反駁女生的話，任由她指指點點，說這說那。

言者無心，聽者有意。他聽見女生說到情愛蠱，頓時心生好奇，想看個究竟，聽個明白。

只礙於不好當著面來偷聽、偷看，他便悄悄躲在土橋的另一邊窺看。

土橋不知建於何年何月，橋為大青石，橋拱很高，不知什麼原因，橋身常年蒙著一層灰不溜秋的土，晴天走時灰塵撲面，雨天走時泥漿滑溜。「土橋」因之得名。

由於橋拱很高，所以他站在橋的另一面時可隱蔽自己，而從間隙裡還可以看見橋對面的一切。此時比學生放學的時間還晚了一點，路上的人越發少了。那個被罵的男人自然也注意到了這一點。

果然，那個男人說話了。他對那個女生說，難道妳就不喜歡我嗎？

女生被他弄得一愣，但立即拉下了臉大罵道，你這個不要臉的東西，我怎麼會喜歡你？

他雖然被罵，但毫不生氣，笑嘻嘻地又問那個女生，妳真的不喜歡我嗎？

女生上上下下將面前的人重新打量了一番，繼續罵道，你這人是不是神經病？我是來教訓你的，你還自作多情？

他還是保持笑嘻嘻的一張臉，繼續輕聲問道：「妳真的不喜歡我？如果妳不喜歡我，罵完就走；如果妳喜歡我，那就跟著我走。」他的聲音很柔很軟，彷彿真跟情人說話一樣。

43

偷聽的人迷惑不解，這男人是真神經病還是假神經病？怎麼說話不像個正常人？可是接下來的一幕遠比剛才還要令偷偷看的人驚訝。

那個男人轉身離開土橋，那個女生卻像一塊磁鐵跟著另一塊磁鐵一般，緊緊跟著那個男人。並且，那個女生似乎在突然之間變得溫順了，頭微微低垂，像是在思考著什麼，又像是昏昏欲睡的什麼也沒有思考。

就這樣，他們兩個人越走越遠。躲在土橋另一邊的人心中有些猶豫，想跟過去看看他們兩人到底發生了什麼，可是回想一下剛才的情景，他又心生害怕，不敢抬起腳步。當時的天色已經不早，他就這樣呆呆地看著那兩個人漸行漸遠，直至轉了一個彎被青瓦泥牆的房子擋住了背影。

不用說，按照那個偷聽的人描述，那個女生恰恰是一副癡呆表情回家的女兒。而那個男人的詭異說話方式表示：他正是一直被大家傳言為會下情愛蠱的栗剛才。因為在爺爺找到栗剛才之前，他的蠱術早就聞名鄉里了。當然了，這樣的「聞名鄉里」可不是什麼好事。以前沒有人找他的麻煩，是因為害怕他的蠱術，現在居然有人看到自己的女兒被他下了情愛蠱，做父母的自然不會坐視不管了。

因此，爺爺才會看見眼前栗剛才被一群人圍住不放的情景。

「馬師傅，我們知道您會很多神秘的方術，但是您從來都是只做好事的。那麼，馬師傅，請您當著大家的面把栗剛才的陰謀揭穿。」遞菸的人拉住爺爺的手，雙目圓睜。

栗剛才一眉上揚，一眉下壓道：「馬師傅，您來得剛好，我昨晚恰好去了您家裡，還跟您聊了一夜的話。您給我做個證明，我確實沒有來害他家的女兒。」栗剛才也走了過來，拉住爺爺的另外一隻手。

顯然，栗剛才的話讓他們大吃一驚。如果爺爺證實栗剛才昨晚在他家裡聊天的話，那麼昨晚蠱惑那個女生的人自然不會是栗剛才了。

爺爺掙脫他們拉住的手，搖頭道：「我恐怕要讓你們兩方都失望了。第一，就算我的方術再厲害，但是蠱術跟方術還是有區別的，不是說我看看就能看出問題的。第二，栗剛才生在傍晚，所以我不能確定栗剛才去我家之前的行蹤。」

栗剛才的眼神中透露出失落，嘆了一口氣。

沉默了片刻的眾人立即重新活躍了起來。其中有一人道：「雖然我不懂蠱術，但是我曾聽老輩的人說，會蠱術的人眼睛比一般人要紅，雙手的趼也比一般人多且厚。這可以做為鑑定別人是不是會蠱術的證據。」

眾人立即將目光集中在栗剛才的身上。

栗剛才眼睛微紅，雙手緊緊攥住拳頭。

剛才說話的人冷笑道：「你們看看他的眼睛，相信只要不是色盲的人都能發現他的眼睛

「啊？」栗剛才見爺爺說到他，愣了一下，驚恐地盯著爺爺的臉。

爺爺也看了看栗剛才說：「第二，栗剛才昨晚確實去了我家，但是你們說的事情大概發

……」

210

發紅。」然後，那人一把抓住栗剛才的拳頭，生生掰開來，得意道，「大家也可以看看，他的手中有很多老趼，肯定是捉蠱蟲留下的。」

因為養蠱要捉蠱蟲，所以蠱師的手有很多老繭。這些繭不是蠱師做體力的工作日積月累留下的，而是為了防止沒有馴化的蠱蟲咬傷自己，使自己中毒，蠱師故意搓石頭、揉木棍鍛鍊出來的。這樣，蠱師的手就不容易被蠱蟲螫傷。

那個被害的女生的父親再也按捺不住激動，揮舞著拳頭朝栗剛才咆哮：「你還有什麼好說的！就是你害了我家女兒！」

栗剛才將頭一轉，面無表情地說：「這有什麼不好說的？我眼睛紅，是因為昨晚熬夜跟馬師傅聊天，耽誤了休息。你們中的任何一個，只要熬了夜，必定跟我的眼睛一樣紅！我的手掌中多趼，那是因為我長年給別人做棺材磨成這樣的，跟你們說的捉蠱蟲沒有任何關聯！不信你們再找一個木匠來，看看他們的手是不是跟我的一樣！」

在他們為栗剛才會不會蠱術爭執不休的時候，身在畫眉村的姚小娟也做出了一些奇怪的事情。

爺爺離開畫眉村去找栗剛才後不久，姚小娟即從眾人的監視中逃離了出來。按照馬老太太的說法，五、六個人看守著她，門口、窗戶，甚至是煙囪口都有人看著，除非是老鼠打洞，一個活生生的人絕不會避開這五、六個人的視線離開那間房子的。

可是，姚小娟偏偏像會打洞的老鼠一樣在眾人不知不覺的情況下溜走了。

據後來的情況瞭解，當時姚小娟沒有去別的地方，她去了那棵跟她說話的苦楝樹下。有一個小孩子看見一個女人像猴子一樣敏捷地爬上了那棵高大而多枝的苦楝樹。苦楝樹一陣晃動，幾顆枯老的苦果從枝頭跌落，落在樹下的草叢中。

那個小孩子驚叫起來。那個爬樹的女人實在是身手敏捷，一下子攀緣到苦楝樹的頂部，直立的頂枝迅速彎下了腰，幾乎斷裂。那個小孩子是為爬樹的女人驚叫。就算是他，即使體重不及那個女人的一半，他也不敢爬到那樣的高度，攀到那個細弱的枝杈。

那個小孩子的驚叫聲全村人都能聽見，附近的幾隻疲懶的狗都跟著那個叫聲狂吠起來。

姚小娟的親戚聽到了驚叫，下意識地想到了姚小娟，因為他們已經發現姚小娟不在他們看守的房子裡了。

姚小娟的親戚急忙趕到發出尖叫的地方。只見此時的姚小娟已經從苦楝樹上滑溜了下來，手中抓了一把苦果。而發出尖叫的小孩子呆立在原地，瞠目結舌。

看見眾人前來，姚小娟沒有驚慌，她反而將手中的苦果朝大家揚了一揚，給了大家一個嬌羞的笑。

44

大家見了她的笑容不但不感到舒心，反而驚得一愣。那個笑容太詭異了，簡直不是平時的她所能發出的。那個笑容有些邪惡，有些蒼老，眼角的魚尾紋非常明顯。

「妳摘這些苦果幹什麼？」一個人問道，但是他不敢走近姚小娟。

姚小娟將頭一歪，笑道：「還能做什麼？當然是為了養鬼仔啦！」

那人後退幾步，指著她手裡的苦果道：「妳……妳摘這些東西是為了養鬼仔？這些東西怎麼能養鬼仔？」其他幾個人你看我，我看你，不知道是該上前去阻攔還是站在原地繼續看姚小娟「表演」。

姚小娟點點頭，道：「當然了，你們不知道養鬼四法嗎？」

「養鬼四法？」眾人大驚，其中幾個左顧右盼，彷彿身邊就站了什麼他們看不見的東西。

「對呀！」姚小娟一副得意洋洋的樣子，「這是養鬼四法中的一種，叫偷龍轉鳳。我要養的鬼仔就附在這些苦果中的一顆之內。偷龍轉鳳的方法本來是斷子絕孫的陰毒方法，但是這些斷子絕孫的事情不用我來做就預備好啦！我只要把它摘回去好好養著就可以了。等我養好了鬼仔之後，就要風得風、要雨得雨啦！你們知道嗎？」

周圍的人當然不知道，他們聽不懂姚小娟說的東西是什麼，只以為她中了什麼邪，現在是胡言亂語罷了。有人喝了一聲，眾人便朝姚小娟圍了過去，一把將她架了起來。

姚小娟掙扎著想擺脫，可是徒勞無功。她扭了幾下便放棄了，只是手中仍緊緊攥住那些苦果，兩眼癡癡地朝苦果看，彷彿是年幼貪玩的小孩子對著心愛的玻璃珠子細看，一副愛不釋手的模樣。

就在這時，路的對面走來一個討飯的老婆婆。她見眾人扛著一個女子走了過來，竟然不避不讓，佝僂著身子朝姚小娟的手裡看，嘴巴像兩個打破的核桃殼一般挪了挪，發出嘶啞的聲音來：「快把那個女娃娃放下！」

眾人哪裡會理這個討飯的老婆婆。幾個粗壯的大漢朝老婆婆不耐煩地揮揮手，催促老婆婆讓出道來。其中有一人道：「妳是哪裡來的老婆婆囉？怎麼要飯要到這裡來了？」

老婆婆將手中的破碗一敲，理直氣壯地反駁道：「看你說的！要是我知道自己是從哪裡來的，我早就回到自己家裡去了，哪裡還會要什麼飯？」

「我不是趕妳回去。我的意思是，就算妳要飯，也不應該跑到這裡來，而是應該到村裡的各家各戶的門口去。」那個人擺了擺手，要將老婆婆趕開。路的兩邊都是水田，老婆婆不走開的話，他們幾個不好過去。

214

「要飯？」老婆婆像沒有聽清楚一般，將一隻手舉到耳朵旁邊，側頭將那隻又黑又皺的耳朵對著說話的人。

「是啊！不要飯要什麼？」那人甩了甩肩膀，將姚小娟抓得更緊。

老婆婆揮了揮手，搖了搖頭，嘆了一口氣道：「哎──我不是來要飯的，別看我背著一個討米袋就以為我只要米。」

扛著姚小娟的幾個人都不耐煩了，有人大聲喝道：「快點走開！不是看在妳年老的份上，我們早不跟妳囉唆了！」旁邊立即有人安撫了脾氣暴躁的人，仍舊遷就著性子問老婆婆：「妳背著討米袋又說不是討飯，佔著道又不讓我們過，妳到底要幹什麼？」

老婆婆抬起手指著姚小娟，說了句讓眾人都為之一驚的話：「我這次不討米，我只討那個女娃娃手裡的苦果。行不行？」

帶頭的男人撓了撓後腦勺，自言自語道：「咦？今天可不是奇了怪了？怎麼見到的人都對這吃不得、喝不得的苦果感興趣了？」他回頭用詢問的目光看了看同伴，同伴都搖搖頭表示不知道這是個什麼狀況。

終於有個壯漢耐不住性子了，他一把提起老婆婆瘦弱的胳膊，將她推到幾米之外的一條田埂上，回頭招呼其他人扛著姚小娟先走。

老婆婆的力氣不如正當壯齡的男人，但她的眼神一刻也沒有離開姚小娟手中的苦果。後來那個提起老婆婆的男人回憶當時的情景，這才對老婆婆的眼神產生一種後怕。那是一種見了親人卻不能相認一樣的目光，悲苦而執著。

他們幾個壯漢將姚小娟押回後往房子裡一關，便各自做著各自的事情去了。沒有人關心那個奇怪的老婆婆去了哪裡，也沒有人關心姚小娟會不會再次從房間裡逃出來。

不過，後來的事實證明，那個老婆婆並沒有做其他匪夷所思的事情，姚小娟也沒有再次逃出來。

但是，姚小娟在房間裡並沒有老老實實地待著，而是對著苦果唸起了其他人聽不懂的話語。有好幾個人經過關著她的房子的窗戶，聽到了她說的「胡話」，但是沒有一個人想到，那是她無師自通地開始了養鬼仔的第一套程序。

與此同時，栗剛才和那幫人沒有爭論出一個結果來，誰也不能說服誰。爺爺勸他們把事情弄清楚了再說。雖然昨晚的男子很像栗剛才，但是像歸像，不一定就是。與其現在僵持不下地爭論，還不如花點時間去找更多的線索。萬一真的確定了那人就是栗剛才，他們再來找也不遲。

那幫人見爺爺說得有理，便放了幾句狠話後散了。

216

45

那些人一走，爺爺便拉住栗剛才的手問道：「我問你一個比較急的問題，希望你如實地回答我。」

栗剛才還在為情愛蠱的事情不快，瞟了爺爺一眼，回答道：「現在這裡的人都不大相信我了，你還要我如實地回答？」

爺爺嚴肅道：「那些事暫且不管，這件事關乎你的安危。」

栗剛才見爺爺如此認真，便換了一副臉色，道：「好的，我如實回答你。你問吧！」

爺爺問道：「你從我家出來以後，有沒有遇到比較奇怪的人？」

栗剛才搖了搖頭：「你為什麼這樣問？」

爺爺道：「沒什麼，就是心裡覺得有點奇怪。對了，如果你在路上沒有遇見別的人，為什麼到現在才走到這裡？」

栗剛才道：「哦，我在一個朋友家裡待了一段時間。」他看了看爺爺疑問的眼神，立即補充道：「那個朋友可不是什麼奇怪的人，我跟他有好些年的交情了。呃……馬師傅，您為什麼跑到這裡來呢？是找我有事還是……」

爺爺此時的心情極為複雜，說給他聽吧，又怕引起更大的麻煩；不說給他聽吧，還真不好跟他解釋。再者，爺爺雖然猜測他跟姚小娟就是上輩子的冤孽，而昨晚來的那個怪物就是這個冤孽的生報鬼，但是事情往往不能說得太絕對。也許他們倆的夢只是巧合，而那個怪物來這裡另有目的。這都是說不定的。

如果沒有生報鬼的出現，爺爺也許抬起手來掐算一下，確定他們之間是不是真有一段孽緣。但是現在生報鬼出現了，所謂「善有善報，惡有惡報」，如果爺爺此時還要插手，從情從理上都說不過去。並且，這樣做的話反噬作用會很嚴重。

爺爺只好擺擺手，敷衍栗剛才道：「沒有，我只是經過這裡，偶然看見你跟那幾個人在這裡爭論，所以過來看看罷了。」

栗剛才也不是什麼馬馬虎虎的角色，他見爺爺語氣和神態有些不對，目光裡立即透露出疑問來，但是他是個會掩飾的人。

栗剛才眉毛輕輕一抬，用力地嘆了口氣，道：「我還以為您是來找我的呢！昨晚的那個

女人還在畫眉村嗎？」

意料之外，情理之中。爺爺聽他問起姚小娟，微微一笑，道：「她還在，只怕一時半會兒走不了……」

「是嗎？」栗剛才眼睛避開爺爺，四處游離，「昨天晚上那個老婆婆好像對我挺感興趣的，呵呵，只是您好像有點……」

爺爺點了點頭，算是承認。

「為什麼？」栗剛才沒想到爺爺這麼直接地承認了，反倒有些不適應，好像爺爺一定要繼續掩飾才符合他的邏輯。

爺爺沉默了片刻，回答道：「你們在婚姻上有些不妥……」

這時，不遠處的一棵槐樹上傳來了鴉聲。

爺爺和栗剛才同時看向那棵槐樹，只見一隻黑色的影子撲稜著翅膀飛了出來，落在一條極瘦極瘦的田埂上。牠悠哉悠哉地在雜草叢裡啄食，有時還朝爺爺和栗剛才這邊看一看，甚至略微側一下腦袋。

「我現在就是那隻烏鴉了。」栗剛才低下了頭，腳踢地面的小石子。他踢得用力，小石子滾到路邊的一條清溪裡，「咕嘟」一聲，沒有濺起一點浪花。

爺爺沉默。

「您看，人家都把我當作不吉利的烏鴉看待，有了什麼不好的事，首先都想是不是我做的惡。」他瞟了爺爺一眼，「其實從第一眼看到小娟起，我心裡就有些……」

爺爺點頭，目光落在那隻閒步的烏鴉身上。

「算了吧！要是她的親戚聽說我會蠱術，也一定會反對的。」栗剛才苦笑道。

「你是真的會蠱術嗎？」爺爺雖然心中已經有底，但是人們經常在已經明顯的事情上搖擺不定。

栗剛才雙眼深有含意地看了爺爺一眼，嘴角彎出一個似笑非笑的弧度：「我說過，我不能承認我會蠱術的。」

栗剛才指著不遠處的烏鴉，對爺爺說道：「我討厭那隻烏鴉。馬師傅，你相不相信，那隻烏鴉待會兒會有一隻腳變瘸。」

爺爺看著栗剛才邪惡的笑，不言語。

「好了，昨晚在您家裡聊到很晚，今天又在朋友家辦了些事情，我已經很睏啦！」他伸出手來要跟爺爺握，「我要回去休息了。還是很謝謝您昨晚聽我說了那麼多。那些夢我從來沒有跟別人說起過，現在說出來了，心裡倒是暢快了許多。」

220

爺爺愧疚道：「唉，這算什麼，可惜我沒有幫上什麼忙。」

他握住爺爺的手，用力地晃了晃，道：「您已經幫了我很多啦！我都知道，我先走了。」

說完，他轉身離去。

栗剛才剛走，爺爺就聽見田埂上的烏鴉發出淒厲的叫聲。當爺爺轉頭去看烏鴉時，那隻烏鴉突然失去平衡，身體傾倒。由於那條田埂實在是細，烏鴉竟然從田埂跌到了下一塊田的水溝裡。

爺爺回過頭來看了看栗剛才離去的方向，他的背影在身後拖得很長，但是他不曾因為烏鴉的叫聲回頭看一眼。換作是別人，早被烏鴉的叫聲吸引住了。而他的腳步似乎比剛才要輕快多了，像是踩在彈簧上一樣，幾乎要躍地而起。

烏鴉還在哀鳴掙扎，那是撕心裂肺的叫聲，讓人毛骨悚然。

爺爺趕到田埂上想救起那隻烏鴉。可是已經晚了，待爺爺趕到的時候，那隻烏鴉已經停止了鳴叫，尖尖的嘴巴張得很開，一條腿伸直，一條腿蜷縮如含苞待放的菊花。

「烏鳴地上無好音。」爺爺心中默唸道。

再看栗剛才，他已經走得沒了蹤影。

爺爺只好悻悻而回。走到畫眉村的村頭時，一個衣衫襤褸的人吸引了爺爺的目光。那

是一個乞丐婆婆，那個乞丐正在路邊跟一隻黃狗爭食。乞丐與黃狗的中間有一個剝了皮的饅頭。那個饅頭猜想是某個挑食的小孩只將饅頭表面的一層皮剝了吃，而剩下部分隨手扔掉了。所以乍一看，還以為那是個圓形的海綿。

黃狗與乞丐對峙著，狗在悶悶地哼，人卻齜著牙兇著臉。誰也不讓誰，誰也不敢多往前邁一步。

爺爺見狀，不免有些吃驚。呆立了片刻，爺爺頓足大喝一聲，那隻黃狗立即拔腿就跑。

乞丐婆婆急忙上前搶起饅頭。

46

爺爺也沒怎麼注意那個乞丐婆婆，見那黃狗跑遠了，爺爺便直接回了家。因為在回來的途中，爺爺聽人說親家到家裡來了。爺爺一直操心舅舅的婚事，自然先將其他的念頭拋到腦後了。

走到家前的地坪時，爺爺就看見潘爺爺站在門口，雙臂平伸著丈量老屋的長和寬。爺爺心中納悶，走過去問潘爺爺道：「你這是幹什麼呢？」

潘爺爺見爺爺回來，縮回了雙手，拍了拍巴掌笑道：「親家啊，我是在丈量你這老房子有多大呢！」說完，潘爺爺又看了看門口的兩個石墩。由於許久沒有人照料，青苔已經爬到石墩的半腰了。原來這裡都是由奶奶擦洗的。

爺爺呵呵一笑，瞇起眼睛看了看屋簷，嘆道：「不行啦，這屋已經很老了。」

潘爺爺用腳踩了踩門檻，低頭看著腳，說道：「是啊，已經很老了。如果是在十幾年前，哦，不不不，就算是在三、五年前，這房子還算是不錯的啦！但是時代轉換得很快啊！你看，這周圍的樓房都豎起來啦！再差也是紅磚房了。」

爺爺尷尬地一笑，點頭稱是。

潘爺爺別有用意地看了看爺爺，道：「如果你老伴還在，肯定又要怪你一門心思只放在田地裡了。你看看別人，都是鑽營這鑽營那，好歹為兒子的新房做準備啊！」

爺爺終於明白了潘爺爺的意思，原來他怕女兒嫁給舅舅後沒有寬敞的樓房住。

潘爺爺見爺爺有些喪氣，卻又鼓舞道：「還別說，你這房子的風水很不錯。照道理應該是大發大旺的地盤吧！」

爺爺臉上擠出幾條僵硬的笑。後來，我每次看到他這樣的笑容，心裡就要痛上一陣。媽

媽說過，早在畫眉村沒有一家樓房的時候，爺爺就已經積蓄了足夠建一棟樓房的錢。媽媽和

舅舅都勸爺爺建樓房，但是爺爺不肯。爺爺說那些樓房都是洋房，還是老房子好。二十世紀

六、七〇年代的思想都是這樣，爺爺自然也避免不了。但是媽媽說，爺爺更深層的想法是不

想離開這間老房子。它像爺爺養的一頭老水牛，它像跟爺爺走了一輩子的奶奶。

爺爺還有一個缺點，就是從來不知道怎樣理直氣壯地拒絕別人。所以後來爺爺手裡足夠

建樓房的錢被眾多的親戚一點一點地借了去，但是從來沒見哪個親戚還回來。

姥爹還在的時候，有一次別人來爺爺家借水車，可是爺爺他們在外面稻田裡忙，家裡就

我一個人。我死命拉住別人的褲管不放，堅持要等家裡大人來了再借走。那借水車的人沒有

辦法，只好等姥爹和爺爺回來才借走。姥爹當時特別高興，說終於有個可以看家的人了。但

是立刻他又感嘆道，亮仔畢竟是童家的外孫，如果是馬家的直系孫子，他就不用擔心爺爺將

來手掌如漏斗了。

看來，姥爹早就料到了爺爺將來的事情。

用潘爺爺的話來說，這裡確實是大發大旺的地盤。但是他不知道爺爺的性格使得這「大

發大旺」都流進了別人的腰包。

潘爺爺道：「現在不同我們年輕的那個時代啦，現在都趕時髦，雖然現在樓房還不算多，但是將來的趨勢是家家戶戶都會建樓房。所以我想我女兒……」

爺爺插嘴道：「這個我知道。」

潘爺爺道：「所以你以後就別管那些不乾淨的事啦，人家的事讓人家去做吧！你看看，如果你再受些反噬作用，我女兒嫁過來還得多照顧一個老人。不為你自己想想，也該為兒女想一想吧！你說呢？」

正在這時，地坪裡走來一個人，那是馬老太太的親戚。那人見了爺爺，急忙揮手道：「不得了啦！不得了啦！姚小娟發了瘋！她真的養出一個什麼鬼仔來啦！岳雲叔，您快幫忙去看看吧！」既然是叫爺爺做「岳雲叔」的，那人自然年紀也不算小。

爺爺朝潘爺爺笑了笑，笑得有些勉強。爺爺說道：「親家，你先在這裡坐一坐吧！我去看看就來。」

潘爺爺長嘆了一口氣，低著頭擺了擺手，道：「你去吧！你去吧！你老伴都勸不住你，我說的你更不會聽了。」

爺爺和那人才走到姚小娟屋前的地坪裡，就聽見屋內傳來哈哈笑聲。堂屋裡站滿了前來看熱鬧的人，馬老太太拼死拼活地攔在門口，不讓別人朝屋內看。馬老太太大喊道：「不要

看，不要看！我家孫女還沒有出閣呢！你們看了她將來怎麼出嫁啊！」

爺爺一聽，覺得事情肯定不小了，腳步又加快了一些。

撥開眾人，擠到門口，這才發現姚小娟已經將身上的衣服盡數除去，光溜溜地站在閨房中央，披頭散髮抱著一個漆黑的陶罐。她的兩隻眼睛微微發紅，警惕得像正要捕鼠的貓，對著門口的人喊道：「你們不要過來！」

馬老太太見爺爺進來了，又是高興又是流淚地拉住爺爺的手，央求道：「終於把你給盼來了，快看看我家小娟吧！一開始她跑掉你就知道不妙，這次你也應該能幫得上忙。」

身後立即有人搶言道：「馬師傅，您走之後，她又跑出去一次了，她爬到你們先前找到她的那棵苦楝樹上，摘了一把的苦果。後來是我們好幾個人把她扛回來的。半路上還遇見一個傻裡傻氣的討飯婆婆，說什麼不要米不要姚小娟手裡的苦果。我猜想問題就出在那些苦果的身上。聽說一個姓栗的做棺材的人曾經來過我們村，可不是他在我們這裡放了蠱吧？」

「蠱？」爺爺和馬老太太異口同聲地問。

那人答道：「是呀！聽說那個姓栗的在外面名聲已經臭了，他到處放情愛蠱害別人的好女孩。莫不是他看中了姚小娟，給她下了蠱了？你看，姚小娟對著一個陶罐叫丈夫，我猜想那陶罐裡裝著的就是被下了蠱的苦果。」

47

馬老太太皺起眉頭：「那個姓栗的做棺材的人現在在哪裡？」

爺爺緩緩道：「那個人就是你和姚小娟昨晚在我家裡見到的那個。」

「栗剛才?!」馬老太太兩眼一瞪。

「別急著下結論。」爺爺道。

馬老太太的眼睛恢復到原來的大小，看著爺爺道：「你看看小娟，這個樣子肯定不是正常的。」

爺爺道：「苦果苦果，這是她自己吃的苦果。都是前世累積下來的孽障。唉，要是我能看看他們的三生石就好了。」

聽長輩的人說，人死後，走過黃泉路，到了奈何橋，就會看到三生石。它一直立在奈何橋邊，張望著紅塵中那些準備喝孟婆湯、輪迴投胎的人。傳說三生石能照出人前世的模樣。

前世的因，今生的果，宿命輪迴，緣起緣滅，都重重地刻在了三生石上。千百年來，它見證了芸芸眾生的苦與樂、悲與歡、笑與淚。該了的債，該還的情，三生石前，一筆勾銷。

關於三生石，還有一個傳說。說是很久很久以前有個富家子弟名叫李源，他因為父親在

變亂中死去而體悟人生無常，發誓不做官、不娶妻、不吃肉食，把自己的家捐獻出來改建惠林寺，並住在寺裡修行。寺裡的住持圓澤禪師，很會經營寺產，而且很懂音樂，李源和他成了要好的朋友，常常坐著談心，一談就是一整天，沒有人知道他們在談什麼。

有一天，他們相約共遊四川的青城山和峨眉山，李源想走水路從湖北沿江而上，圓澤卻主張由陸路取道長安斜谷入川。李源不同意，圓澤只好依他，感嘆說：「一個人的命運真是由不得自己呀！」於是一起走水路，到了南浦，船靠在岸邊，看到一位穿花緞衣褲的婦人正到河邊取水，圓澤看著就流下淚來，對李源說：「我不願意走水路就是怕見到她呀！」李源吃驚地問他原因，他說：「她姓王，我註定要做她的兒子，因為我不肯來，所以她懷孕三年了還生不下來，現在既然遇到了，就不能再逃避。現在請你用符咒幫我速去投生，三天以後洗澡的時候，請你來王家看我，我以一笑做為證明。十三年後的中秋夜，你來杭州的天竺寺外，我一定來和你見面。」

李源一方面悲痛後悔，一方面為他洗澡更衣，到黃昏的時候，圓澤就死了，河邊看見的婦人也隨之生產了。三天以後李源去看嬰兒，嬰兒見到李源果真微笑，李源便把一切告訴王氏，王家便拿錢把圓澤埋葬在山下。李源再也無心去遊山，就回到惠林寺，寺裡的徒弟才說出圓澤早就寫好了遺書。

228

十三年後，李源從洛陽到杭州西湖天竺寺，去赴圓澤的約會，到寺外忽然聽到葛洪川畔傳來牧童拍著牛角的歌聲：「三生石上舊精魂，賞月吟風不用論，慚愧故人遠相訪，此身雖異性長存。」意思是說，我是過了三世的昔人的魂魄，賞月吟風的往事早已成為過去；慚愧讓你跑這麼遠來探望我，我的身體雖變了心性卻長在。

李源聽了，知道是舊人，忍不往問道：「澤公，你還好嗎？」牧童說：「李公真守信約，可惜我的俗緣未了，不能和你再親近，我們只有努力修行不墮落，將來還有會見面的日子。」

隨即又唱了一首歌：「身前身後事茫茫，欲話因緣恐斷腸，吳越江山尋已遍，欲回煙棹上瞿塘。」意思是說，生前身後的事情非常渺茫，想說出因緣又怕心情憂傷；吳越的山川我已經走遍了，再把船頭掉轉到瞿塘去吧！

牧童掉頭而去，從此不知他往哪裡去了。

又過了三年，大臣李德裕啟奏皇上，推薦李源是忠臣的兒子，又很孝順，請給予官職。

於是皇帝封李源為諫議大夫，但這時的李源早已徹悟，看破了世情，不肯就職，後來在寺裡死去，活到八十歲。

圓澤禪師和李源的故事流傳得很廣，到了今天，在杭州西湖天竺寺外，還留下一塊大石頭，據說就是當年他們隔世相會的地方，稱為「三生石」。

這個傳說是爺爺親口講給我聽的。在講這個古老的傳說時，爺爺和我正坐在地坪裡的老棗樹下乘涼，爺爺一手輕搖蒲扇，兩眼沒有焦距地看著滿天的繁星，讓我感覺他像是想要飛升到繁星上去，又讓我感覺他是想返回到圓澤禪師和李源的那個時代去。

我曾問過爺爺，世上到底是不是真的存在「三生石」。

爺爺卻給我唸了一首我聽不懂的詩：「伐樹不盡根，雖伐猶復生；伐愛不盡本，數數復生苦。猶如自造箭，還自傷其身；內箭亦如是，愛箭傷眾生。」

我當然聽不懂他說的是什麼意思，只是覺得這些話說得很深很奧秘。

在遇到栗剛才與姚小娟的問題時，爺爺竟然提到了三生石，可見爺爺對眼前的事情也是束手無策，或者說，爺爺是不想依靠自己的掐算來預測他們的孽緣，即使要幫他們也只能依靠其他的方式。比如三生石。

如果爺爺身邊站的是一個未上年紀的人，或許那個人將爺爺的話當作耳邊風了，一吹就過。但是爺爺身邊的那個人恰好是馬老太太，她是跟爺爺差不多年代的人。爺爺的話如同一陣凜列的冷風，讓馬老太太打了一個激靈。

馬老太太的眼睛又瞪圓了，問爺爺：「三生石？你怎麼提到三生石？難道是她上輩子的丈夫找過來了？我雖然操心她的婚事，可是總不能讓她跟一個鬼待在一起吧？」馬老太太顯

然把姚小娟的狀態歸咎於她上輩子的已經成為鬼的丈夫的糾纏了。後來的事情證明馬老太太的猜測沒有大錯，但是也不全對。

馬老太太滿臉愁雲地看著屋裡的孫女。

「來吧！吸我的血吧！取走我的身體吧！你需要什麼，我就給你什麼。」赤著身子的她朝漆黑的陶罐招招手，彷彿要將心儀的情人從陶罐裡召喚出來。

「我們要找到她的三生石。」爺爺不無憂慮地說。

48

「三生石是能找得到嗎？」馬老太太雙手一顫。

「不然解決不了小娟的問題。」爺爺沒有說能不能，卻這樣回答道。

「不用去找三生石，找我就可以了。」突然一個聲音從爺爺的身後響起。

爺爺和馬老太太都微微一驚，轉過頭去看發出聲音的地方。

「是你？你怎麼來了？」爺爺驚訝不已，他上上下下打量那個人，彷彿是剛剛認識一般。

但是那個人明顯不是陌生人，他就是做棺材的好手栗剛才。他的眼睛還有些發紅，顯得有些委靡。

栗剛才笑道：「您剛才跑到那老遠的地方找我，肯定是有什麼事情的。加上昨天晚上我跟您說了那些東西，我想如果有事，自然不會跟我沒有關係，甚至和我跟您說的那些東西有關係。」在說話的過程中，栗剛才屢次拿眼瞟瞟屋內的姚小娟。

屋內的姚小娟如一頭發情的小野獸，不讓任何人靠近她的「伴侶」。但是當看見門口這個新來的男人時，她頓時安靜了下來。她突然覺得有些羞澀，這才發現自己沒有穿衣服，忙將手中的陶罐擋住主要部位。可是，那個陶罐實在不夠用。

「咦？你一來她就安靜了。」馬老太太第一個發現不同尋常的情況。其他人以為馬老太太的語言中對栗剛才充滿了感激之情，但是接下來的話令所有人吃驚。

「你為什麼要對她下情愛蠱？為什麼要對她下黏黏藥？」馬老太太詞嚴厲色地斥問道。

眾皆譁然。

「我沒有給她下蠱。」相較之下，栗剛才顯得平靜多了。

「你沒有給她下蠱？那為什麼見了你之後她會變成這樣？而你剛剛到這裡，她就安靜了

下來？你別以為我老糊塗了，這點明顯的區別我還是能看出來的。再說了，你敢否認你會蠱術嗎？」馬老太太得理不饒人。

「我再說一次，我沒有給她下蠱。」栗剛才還是很平靜，「她之所以這樣，是因為那個陶罐中的鬼仔。」

栗剛才的話一出，眾人更是騷動不已，議論紛紛。因為不只一個人聽見姚小娟說要養鬼仔。

栗剛才繼續道：「本來我也不知道的。馬岳雲師傅找到我的時候，我正跟另一幫人糾纏在一起。我知道，馬師傅跑這麼遠來找我，絕不是因為一點點小事或者沒有任何事。他只是隱而不說。只要我稍微想一想，聯繫到昨晚跟他講的話，還有昨晚發生的事，就知道馬師傅找我正是由於……」說到這裡，他把後面的話嚥了回去。很明顯，他還不想讓所有人知道他的夢的事情。

「由於什麼？」馬老太太問道。

「由於昨晚見過面的姚小娟。」栗剛才的話轉得很快，沒有露出馬腳。

「由於她？」馬老太太不肯相信。

「我在追著馬岳雲師傅到畫眉村來的時候，其實自己心裡還不確定。但是走到老河那個

橋上時，我就肯定了自己的推斷。」栗剛才說道。

「為什麼？」這次發問的是爺爺。其他人停止了私下的小聲議論，都將目光集中在這個外村的男人身上。

「因為我見到了一個人，一個我覺得很熟悉很熟悉，但是以前從來沒有見過的熟人。」栗剛才的臉抽搐了兩下，他有些緊張了。

「騙人！」馬老太太大喝道，「既然以前從來沒有見過，怎麼可以說是很熟悉的人？你分明是騙人！別以為我們沒有後腦勺！」

「我在村頭看到了一個乞丐婆婆，她正在老河那裡吃一個發了餿的饅頭。我第一眼看見她的時候，就大吃一驚。您可以說我騙人，因為我自己都覺得不可思議。我確實以前沒有見過那個乞丐婆婆，但是瞬間有了熟悉感。並且，讓我想起了很多很多的事情。這時，我就更加確定馬岳雲師傅去找我是為了姚小娟的事情了。」栗剛才道。

旁邊一人插言道：「你還別說，那個乞丐婆婆很詭異。我們去把小娟從苦楝樹下抬回來時，她還攔在路口要小娟手裡的苦果。」

爺爺想起那個乞丐婆婆跟狗爭食的一幕，也覺得那個婆婆不正常，但是哪裡不正常又說不出來。

234

馬老太太越聽越糊塗，不過她對這個外村人的疑慮少了許多，她瞇著眼問道：「你說的什麼意思？為什麼看到乞丐就知道馬師傅找你是為了我們家小娟的事？」她側頭又問爺爺……

「小娟的事跟他有聯繫嗎？」

不等爺爺作答，栗剛才又道：「娭毑（方言，對老人的敬稱），您不用問馬師傅，我可以告訴您，我跟您家小娟有著很深的聯繫。不過這個聯繫不是現在的，而是上輩子的。」

栗剛才的話引起了一陣騷動，眾人重新議論紛紛起來。有的人說他燒壞了腦子，有的人說他騙術太低級，有的人兩眼盯著他，等他繼續往下說。

不過，當中最吃驚的，當屬爺爺。

雖然爺爺知道了栗剛才和姚小娟的夢，栗剛才怎麼會確定爺爺的猜測呢？

相不知道對方的夢，栗剛才怎麼會確定爺爺的猜測呢？

馬老太太本來就對他的話半信半疑，聽他這麼一說，馬老太太更是弄不明白了。她看了看屋內的姚小娟，又看了看面前認識不久的男人，兩眼充滿了迷惑。她顛著小腳走到栗剛才的面前，用皮膚鬆弛的手指指著他的鼻子，斷斷續續地說道：「這……這話可……可不能亂說的哦……你……小娟……上輩子？」

「我知道您不相信我，但是您一定會相信馬岳雲師傅，對不對？您剛才也聽馬師傅說了

三生石三個字，是不是？馬師傅之所以說起三生石，就是因為我跟您家姚小娟上輩子有糾葛，這輩子要將糾葛理清。」栗剛才的臉上又是一陣抽搐。

49

馬老太太很難立即相信栗剛才的話，呆呆地看了栗剛才半天，兩隻手不知道該放在哪裡好。「我……我不太明白你說的話，上輩子？上輩子的事情不是……不是會忘記的嗎？·孟婆湯……對……我們投胎的時候都會喝孟婆湯的，怎麼會記得上輩子的事情呢？」

栗剛才扶住臉色蒼白幾乎跌倒的馬老太太，安慰道：「您不要著急，不管您信不信，我跟您家小娟說幾句話，也許她就記起我了，就不會這樣精神失常了。」

馬老太太吃力地抬起手，握住栗剛才的手，問道：「你剛才說看見了什麼乞丐婆婆，那又是怎麼回事啊？」

栗剛才咬住了嘴唇，半晌才說出話來，看來這件事對他來說也是非常非常驚詫的，以致

236

於一時之間連他自己都無法使自己相信：「那個乞丐婆婆就是……唉，叫我怎麼說呢？」

爺爺拍拍栗剛才的後背，說道：「別急，慢慢說。」

栗剛才看了馬老太太一眼，道：「上輩子您家小娟是一個大戶人家的小妾，那個乞丐婆婆則是那個大戶人家的正房妻子。」

馬老太太問道：「這你是怎麼知道的？那上輩子你在裡面是什麼人物？你怎麼會知道我家小娟？你又怎麼認識那個乞丐婆婆的？」

栗剛才欲言又止。

爺爺理解栗剛才的處境，連忙上前為栗剛才說話：「哎，妳看看妳，小娟都成這樣了，妳還在這裡跟他刨根問底，這不是耽誤正事嗎？快快快，您讓一下道，既然他都這麼說了，說不定他就能治好妳家小娟的病呢！」

馬老太太連忙說好。

栗剛才進了門，朝著裸著身子的姚小娟走過去。「把陶罐放下。」栗剛才低聲道。

陶罐是唯一可以遮掩她的身體的東西，她自然不會輕易放下。

栗剛才緩和道：「妳知道嗎？我們在上輩子遇到過的，並且發生了很多很多美妙的事情。

那時候，我是一個貧窮落魄的風水先生，妳是一個大戶人家的漂亮小妾。」他一邊說，一邊

緩緩地靠近她。

她不再像剛才那樣嚎叫瘋狂，安靜得像一隻午後曬太陽的貓，而太陽發出的光芒似乎來自栗剛才的身上。

「蠱！」爺爺在心裡嘀咕了一聲，他不敢大聲說出來，但是他確確實實聞到了蠱的氣味，那種氣味的感覺說不出口，有些暗香，有些悶人，但是好像又沒有香氣，也沒有很悶的感覺。

一般的人幾乎聞不到那種氣味，只有大門口的一隻狗連著打了好幾個噴嚏。狗的鼻子是最靈敏的。爺爺心想：難道是栗剛才為了讓姚小娟安靜下來故意施放的蠱？

奇怪的是，不只是姚小娟，馬老太太也安靜了許多，甚至神情有些怡然，兩眼柔和地看著屋裡的這對上輩子見過面的男女。門外的人們也頓時變得鴉雀無聲。

果然厲害！爺爺在心裡感嘆道。「我是不能承認我會蠱術的。」爺爺想起了栗剛才三番兩次提到的話。他不承認自己會蠱術，並不是他故意要撒謊，而是這種奇怪的蠱術是不允許放蠱的人說出來的。不然自己會反受蠱蟲的傷害。

「風水先生？小妾？」姚小娟的眼神有些游離，但是她的兩隻手一時半會兒也不將陶罐鬆開。陶罐裡裝著的，自然是她先前從苦楝樹上摘下來的苦果。

這時，爺爺聞到了另外一股氣味。那股氣味正是從姚小娟懷抱裡的陶罐裡發出來的，那

是爆開了的苦果的氣味。

爺爺暗叫一聲不好。但是此時此刻，爺爺根本幫不上什麼忙。

栗剛才此時還不知道，姚小娟以前也做著跟他一模一樣的夢，有著一模一樣的恐懼和擔憂。他仍然啟發式地緩緩說道：「是的，妳想起來了嗎？我是風水先生，妳還問我手裡的羅盤是什麼東西，有什麼用。妳記得嗎？我經常做這個夢，我記得清清楚楚。妳就一點也記不起來了嗎？」

「夢？羅盤？」姚小娟兩瓣櫻桃小嘴微張，像是想起了什麼，不過記憶似乎有些模糊，所以她微微皺起了眉頭。

這有點不正常，因為姚小娟同樣是受著這樣的夢的困擾的。栗剛才一旦說起，她應該立即很驚訝地呼應才是。可是現在她只是微微皺眉。

就連一邊的馬老太太都著急了：「小娟，難道妳忘記了嗎？妳做的夢裡不是也有這樣的情景嗎？」這話剛剛說出口，馬老太太就愣住了。

馬老太太目光直直地看著栗剛才，瞪了許久，說出一句話來：「莫非，你就是她夢裡的那個殺人的男人？」

後面的人都吃了一驚，有些好奇又有些驚恐地看著栗剛才。顯然栗剛才的蠱術還在起作

用。換在平時，如果這些人聽到「殺人」兩字，恐怕會比現在的反應強烈多了。爺爺沒有把注意力放在栗剛才的身上，而是死死盯著姚小娟手裡的陶罐。

因為爺爺知道，那不是一個簡單普通的陶罐，那裡面的苦果也不是簡單普通的苦果，而是姚小娟養的鬼仔！而那鬼仔顯然不是簡單普通的鬼仔，一般的鬼仔是人主動去找去養的，而這個鬼仔是它自己主動引誘姚小娟來養的！不管這個鬼仔引誘姚小娟來養是出於什麼目的，但是栗剛才施放蠱術也許會讓鬼仔誤認為這是對它的主人的攻擊。它會誓死保護主人的，也就是說，它也許會傷害到栗剛才。

「你不要過來！」姚小娟大喝一聲。她突然意識到這個男人靠她太近了。

但是栗剛才完全沒有停止的意思，依舊緩步朝前移動，他伸出雙手，掌心對著姚小娟，平靜地道：「妳不要驚慌，我是沒有惡意的，我只是想讓妳記起我來。」

爺爺發現栗剛才的腳底下流出一攤濃墨一樣的液體，那漆黑的液體流向對面的姚小娟。

那液體的流向是有意識的，它受著某股看不見的力量的操控。

240

50

那是傳聞中的蠱蟲嗎？爺爺心裡「咯噔」一下。如果是的話，這是爺爺第一次親眼看到蠱蟲的形狀。以前都只是看到人中了蠱之後的病症，從未見過使人痛苦不堪的蠱蟲是什麼樣子。

可是，那也太不像蟲子的模樣了。

「那是什麼？」爺爺身後有人問道。雖然也許栗剛才的蠱術可以使旁人安定一些，但是還不至於將眾人的視線也朦蔽了。門後的很多人都看見了歪歪扭扭的濃墨一般的液體。加上之前馬老太太說了一句「殺人」的話，大家都對這個不甚熟悉的人產生了強烈的好奇。自然，不只是爺爺，別人也想起了這個人會蠱術的傳說來。於是，爺爺身後發聲的那個人將嘴巴湊到爺爺的耳根上來，悄悄問道：「馬師傅，您看看這是什麼東西，是不是蠱蟲？」

爺爺沒有做任何回應。

那人見爺爺不說話，只好「咕嘟」一聲將所有疑問和口水一起嚥回肚子裡。

「你不要過來！」光著身子的姚小娟再次向這個逐漸靠近的男人發出警告。同時，她的手慢慢伸進陶罐，像是要掏出一件防身的武器來。可是這個動作怎麼會嚇到面前的壯碩男人

呢?別說剪刀或者匕首,陶罐裡連一塊石頭都沒有,有的只是幾顆抓爛的青色苦果。

「妳不認識我了嗎?妳真的不認識嗎?」栗剛才的眼神裡呈現出一種若有若無的痛苦。

這種痛苦半虛幻半真實,如同浮游在粼粼水面的月光,一會兒出現,一會兒消失,就算出現了,也只是朦朦朧朧。

馬老太太在一旁乾著急,嘴裡不停地唸叨著誰也聽不懂的話。

姚小娟的臉上忽然掠過一絲邪惡的笑容。

爺爺不禁打了一個寒顫!

「你再靠近一點試試!」姚小娟突然一改央求的口吻,轉而略帶威脅地向栗剛才說道,

「你再靠近一點,我就讓你嚐嚐我的厲害!」

她在說這話的時候,陶罐裡突然升起了一陣黑煙,如同陶罐裡面有某些燃燒不充分的東西。

爺爺正想提醒栗剛才小心那奇怪的黑煙,未料栗剛才卻立即如螳螂捕蟬般朝姚小娟撲過去。他一把搶過姚小娟手裡的陶罐,迅速將陶罐扔了出去。

「哐」的一聲,陶罐摔破在牆壁的一角。

接下來的情景令在場的所有人都大吃一驚。從陶罐中升騰的煙霧並沒有因為陶罐的破碎

而散去，反而漸漸顯現出一個模模糊糊的人影來。

「是老爺！」

叫出這三個字的人並不只一個。爺爺看見栗剛才和姚小娟抱在了一起，他們兩人面部扭曲，異口同聲叫出了那三個字！如果不是在這個環境下，旁觀的人肯定會以為赤裸的姚小娟是個跟白面小生偷情而恰好被醜陋的丈夫發現的風騷女人。因為只有在這種情況下，女人才會赤裸著身子和男人抱在一起，並且男人和女人都嚇成那樣。

一時之間，爺爺彷彿跟著他們倆的夢回到了很久很久以前，回到了他們倆剛剛被「老爺」發現偷情一幕的房間裡。

很明顯的是，此刻的姚小娟已經恢復了神志，不像剛才那樣換了個人似的，讓馬老太太都不敢相信自己的眼睛。她也記起了面前的男人，雖然不確定她記起的是會蠱術的栗剛才還是會用羅盤的風水先生。

「我怎麼什麼都沒有穿？」姚小娟抬起驚恐的眼睛看著面前的栗剛才。據她後來說，她在那一刻根本沒有注意到門外還站著幾十個人。她在慌忙之中發現自己身上一絲不掛，頓時意識回到了以前經常做的夢中。在那個夢裡，她也是這樣赤裸著身子。在那個夢裡，她面對的也是這樣一個男子。

也許人在極度恐慌的時候思維會轉得非常快，她說那一刻她想到了很多很多……她想到了夢中的自己跟這個男人繾綣的時候，想到了那個夜裡在爺爺家跟這個男人聊天的時候，又想到了此刻她跟這個男人擁抱在一起。她說，在那一刻，她感覺自己處在一個時間的漩渦，這個漩渦不停地旋轉，她也跟著不停地旋轉，一會兒離開這個時間點，一會兒回到這個時間點，讓她分不清什麼時候是虛幻，什麼時候是真實，什麼時候是前世，什麼時候是今生。

她說，她彷彿看見那個漩渦的最中央有一塊石頭，那塊石頭上面倒映著她的過去和未來。

她像看電影一樣看著石頭上面的影像變幻不定。而那塊石頭一會兒在觸手可及的地方，一會兒在深不可測的漩渦底部。她在心裡問道，那就是我的三生石嗎？

她低著頭看著旋轉的漩渦，看得頭暈眼花。

很快，她在栗剛才的懷抱裡暈倒了。

栗剛才畢竟是個男人，沒有姚小娟那麼脆弱。他將姚小娟靠牆扶好，然後緩緩站了起來，對著模模糊糊的人影說道：「老爺，你終於還是找過來了。」

他的腳下，濃墨一般的液體迅速凝固，然後稻草灰一樣散開來。這下爺爺看清了，那是一群密密麻麻的怪蟲，外形如小地虱，卻長著比地虱多好幾倍的細長的腳。那濃墨一般的液

244

體之所以看起來像凝固了，是因為這些「小地虱」瞬間都僵死了。不知是牠們剛才爬得過於激烈，還是牠們本身就非常脆弱，地上留下了許多找不到主體的細長的腳。

「這些就是傳說中的蠱蟲嗎？怎麼這麼不經事？」一個膽子稍大的人躲在爺爺背後嘀咕道。在陶罐摔破的時候，已經有一半人嚇得掩面躲開了，但是剩下的人見爺爺還在場，便壯著膽子看戲。當然了，其中幾個人的眼睛仍是朝赤身的姚小娟骨碌來骨碌去。

就在這個時候，誰也沒有注意到另外一個人也擠了進來。那人就是爺爺在老河那裡碰到的乞丐婆婆。只有那隻曾跟她搶過饅頭的黃狗似乎還惦記著她，甩著枯草一般的尾巴跟著擠進了人群。

51

之前門口也站著一隻狗的，這下子，兩隻狗一起對著屋內狂吠起來。但是牠們都只是虛張聲勢，不敢衝進屋內。

不過此時屋內的人哪裡還有心思去顧及兩隻狗的吠叫。

面對著突然從陶罐裡冒出來的「老爺」，栗剛才有些緊張了，他的兩隻手不停地顫抖，下巴上已經凝聚了一大滴將落未落的汗珠。但是細心的人可以發現，栗剛才的指間又有「墨汁」一樣細細流出來，這次的「墨汁」又細又長，彷彿幾根女人的頭髮纏繞其上。

而那個「老爺」彷彿受了什麼壓力，身子漸漸變矮，雙手卻像在熱空氣中融化的麥芽糖一樣墜墜地拉長了許多。爺爺一下子就認了出來，它正是頭天晚上來找爺爺的生報鬼。只是此時的它比晚上要虛幻一些。

「曾經欠下的債，遲早是要還的。」雖然栗剛才的臉還在抽搐，但是聲音已經平靜了下來。他的手指的「女人頭髮」越來越多，一開始只是中指上有，漸漸地十根手指上都出現了那種奇怪的東西，「你故意吸引她來把你當鬼仔養，就是為了接近我、報復我。我猜得不錯吧？」

生報鬼緩緩地點點頭，張開大嘴，露出長長的、參差不齊的牙齒。那不是人的牙齒，也不像是狗的牙齒，但是它的每一顆牙齒都像是狗嘴中位於門牙之側並高於其他牙齒的犬牙。

爺爺說，其實人類很久以前也有這樣的犬牙，只是現在已經退化得差不多了，但是有些人還是勉強能看出來。

門口兩隻仗勢欺人的狗一看見生報鬼的牙齒，嚇得立即轉身拔腿就跑。那隻黃狗連帶身子撞在乞丐婆婆的腿上，幾乎將乞丐婆婆絆倒。

爺爺張開雙臂，側頭對背後的眾人說道：「大家盡量後退一點，不要離他們太近。」

眾人立即向後退了三、四步。又有幾個膽小的人嚇得悄悄走開了。

爺爺悄聲對其中一人道：「你去別家借一個衣槌來，我要使用。」

那人急忙悄悄離去。

「雖然我不小心失手將你打死，但是你也潑開水燙傷了我的大腿。」說著，栗剛才撸起褲管，大腿內側一大塊紅彤彤的胎記便顯現出來，「所以，你要我還命，我也要你還痛。」

栗剛才的手還在不停地抖，「女人頭髮」此時像手套一樣包住了他的手。

在爺爺還沒有弄清楚栗剛才手上的東西是什麼的時候，爺爺身後的馬寶貴卻認了出來。

馬寶貴的家族一直從事養殖業，畫眉村的大多數池塘和水庫都被他們家承包了。馬寶貴的老父過世時，請了外地的風水師相地，然後按照風水師勘測出的地理位置，將父親安葬在他家漁塘附近的一個角落。

幾年過去了，生活一切如常。

有一年，馬寶貴跟往年一樣，將魚苗放入父親墳墓旁的漁塘裡飼養。由於別的原因，馬

寶貴頭幾年沒有在這個漁塘裡放養魚苗。

往後幾天，在餵飼料時，馬寶貴都看見魚兒在水裡游來游去。

然而，到了漁產季節，下網一打撈……天啊！漁池裡竟然沒有半條魚！馬寶貴雖然覺得有點怪怪的，但也沒有深入去追究。他以為是漁塘圈不住魚，那些魚都跑到附近的河道裡去了。

可是後來接連兩三年，漁塘裡都發生同樣的情況。餵飼料的時候明明看見魚兒爭食，可是漁產季節卻捉不到一條魚。

有了一次吃虧的經歷，他在第二年放養魚苗的時候，特意請人將岸堤加固築實，避免水裡的魚逃到其他地方。

又過了幾年，更奇怪的事情發生了，馬寶貴家族中開始有人暴斃，一個接一個，先是他的哥哥，接著是嫂子，然後是他大伯……

馬寶貴開始覺得惶恐不安，便找道士來看陽宅及陰宅風水。當道士來到了漁塘邊，就問漁塘是否有異狀。馬寶貴一五一十地告訴道士，池中的魚會無緣無故失蹤。

道士聽了點點頭，命人去拿石灰，便叫馬寶貴將他父親的墓開棺。

馬寶貴自然不會同意。但是後來聽人說，之前他請的外地的風水師其實是個騙子，根

248

本不懂得勘地，凡是那個風水師勘過的地，使用的人從來沒有好過過。

馬寶貴之前不請爺爺勘地也是有原因的。當地的人如果是遇到其他的事，倒是願意叫爺爺幫忙，唯獨這勘墳地使不得。按照當地人們固有的思維，總以為本地懂風水的人絕對不會勘出好的地理位置來。因為他們相信本地的勘地人肯定會將好的風水寶地留給自家，而將其他不怎樣的地方說成是好地方，讓其他人使用。

一個村子本來就巴掌大小的地方，風水寶地受地域的約束很難找到，一旦有的話，懂相地的人自然不會讓其他不懂的人得逞。所以，馬寶貴沒有請爺爺，爺爺也理解。

可是如今道士要他將父親的墓開棺，他為難了。

迫於無奈，他只得去找爺爺，問爺爺拿主意。因為外地的道士在，爺爺不好露面，怕道士知道請他的人求助於另外的人，讓道士覺得沒有顏面。爺爺便在家裡掐算了一番，點頭說，開棺倒是可以，但是要換個日子。

馬寶貴又急忙問哪個日子可以。

爺爺便告訴他一個適宜動墳的大凶日子。像這種事情，是不能在黃道吉日進行的。

馬寶貴聽了爺爺的話，在指定的日子裡掘開了他父親的墳墓。

令人意想不到的是，馬寶貴的父親已死了這麼多年，棺材裡的屍體竟沒有腐爛！只是

屍體的手指上多了一圈一圈的頭髮一般的黑線。

道士立即做了一些儀式，並將屍體火化。

事後道士告訴馬寶貴，他父親因吸收魚的精華而成了民間俗稱的「蔭屍」，久了就會對其家人不利。

52

馬寶貴悄悄告訴爺爺說，栗剛才手上的那毛髮一般的東西，跟在他父親屍體上發現的黑線一模一樣。

「難道他不但養蠱蟲，還養屍蟲？」爺爺心中暗驚，兩眼死死盯住栗剛才的手。屍蟲是比蠱蟲恐怖許多倍的東西，它是蠱師尋找到新埋入土的屍體後，用培養蠱蟲的辦法培養屍體，從而形成的一種新的傀儡。相對於先前提到的養鬼仔來說，養屍蟲就相當於「追魂骨」。

雖然爺爺不清楚養屍蟲的具體細節，但是誰都知道，養屍蟲就意味著要掘人家墳墓，這跟「追

魂骨」一樣是令人恨之入骨的。幸虧旁邊許多人都看不出栗剛才手上的「女人毛髮」是屍蠱

術，要不然不用「老爺」動手人們就先將栗剛才打趴下了。雖然馬寶貴看出那毛髮跟他父親

屍體上的黑線相似，但是他不知道這就是蠱術中最危險的屍蠱術。

　　果然，先前時有時無的氣味消失了，取之而來的是一股強烈的惡臭。有道言：「屎臭三

分香，人臭無抵擋。」意思是說屎尿臭且有三分香，人的屍體發臭是抵擋不住的。栗剛才手

上發出的臭味，正是屍體發爛一般的惡臭。

　　對面的「老爺」似乎也察覺到了一絲危險的氣息，它後退了幾步，躬著身子齜著牙。「老

爺」肯定沒有想到當年只會拿著一個羅盤測風水的風水先生，現在卻已經是一個令人聞之喪

膽的蠱師了。

　　門口的狗吠叫得更加激烈。

　　乞丐婆婆擠到了人群中間，但是無法擠到最前面來。她滿臉焦慮地想再往前走一些，但

是前面的每個人都如被人提起了脖子的水鴨一般，直挺挺地立在原地一動也不動。

　　就在這時，「老爺」率先發動了攻擊。它大吼一聲，甩起麥芽糖一樣的雙手朝栗剛才衝

過去。它的嘴巴張開來，幾乎有一個木澡盆那麼大，雙手直取栗剛才的脖子。所有人都可以

看出「老爺」的意圖——雙手掐住栗剛才的脖子，讓他動彈不得，然後一口咬下去。

只見栗剛才急忙提起一隻戴著「手套」的手來，一把抓住「老爺」的手，手上的黑線像迅速生長的樹藤一般延伸到「老爺」的手上，並且緊緊纏住。

但是這並沒有阻止「老爺」的動作，因為栗剛才只抓住了它的一隻手，它的另一隻手順利地掐住了栗剛才的脖子，並且按住了他的咽喉，使得他的眼睛像子彈一樣從眼眶中突出來，臉上青筋暴起。

「老爺」見獵物得手，手臂一抖，藉助栗剛才的力量騰空而起，緩緩落在栗剛才的面前。

它竟然藉助栗剛才的力量就可以騰空，可見「老爺」的重量確實跟煙差不多。

「老爺」的臉上掠過一絲邪惡的笑，張開大嘴朝栗剛才咬來。這一口咬下去，幾乎要將栗剛才的半個腦袋啃掉。一旁的姚小娟驚叫失聲。有幾個膽小的觀眾甚至用手捂住了眼睛，避免看到血淋淋的一幕，免得每天晚上做噩夢。

可是人們意想之中的事情並沒有發生。

栗剛才的另一隻手掐住了「老爺」的脖子，硬生生阻止了「老爺」的大嘴接觸他的腦袋。

可是「老爺」的嘴由於慣性還是咬了下來。只聽得如同瓷器碰撞一般的聲音，然後大家看見幾顆巨大的牙齒從「老爺」嘴裡崩了出來。

激烈吠叫的兩隻狗立即從人群的腳底下竄出來，叼住一顆牙齒就跑了。也許牠們以為這

252

是人們賞賜的骨頭呢！

爺爺說，那個「老爺」幾乎沒有重量，那就證明它還沒有形成完全的形態，一般人抓它的時候也就如抓煙、抓霧、抓風一樣。但是栗剛才輕易抓住了，發揮作用的正是他手上的黑線。黑線是屍體上形成的，「老爺」也是由屍體演化而來，它們都是屬於死亡靈的，所以相互之間能夠發揮作用。也許栗剛才早就料到會有這樣的一天，所以事先學好了屍蟲術。但是「老爺」顯然沒有預料到這樣的情況。

不過，栗剛才依然不見得能佔便宜，因為「老爺」僅僅崩掉了幾顆牙齒而已，大部分牙齒還完好無損。栗剛才雖然阻止了「老爺」的第一次攻擊，但是不見得能阻止第二次攻擊。並且栗剛才除了能捏住「老爺」煙霧一樣的形態之外，似乎再也沒有別的有效的辦法可以擋它。

本來大家都以為「老爺」會蓄勢再咬栗剛才一口的，可是接下來的情況卻大大出乎人們的意料。

「老爺」騰出先前掐在栗剛才脖子上的手，然後在栗剛才的大腿內側處輕輕點了一下。那裡正是栗剛才紅色胎記的所在處。

栗剛才立即發出痛苦的哀嚎，在地上滾成了一團。

爺爺看出，這是點醒人的前世記憶的方法。栗剛才因為「老爺」的輕輕一點，記憶回到了被開水燙到的時候。胎記本身就是前世留下的記憶，如果前世造成這個傷口的人再在胎記處重複前世的動作，甚至不用重複前世的動作而只是輕輕地碰觸一下，那麼前世的痛苦就會在今生重複。

這個事情不是第一次發生了。姥爹在世的時候就碰到過。清朝滅亡的那一年，鄰村有兩個年輕的習武者打架，一個習武者一拳打在對手的胸口上，被打的人當場死亡。因為當時處於混亂的時代，打人者沒有被送到官府，而是由村裡幾個年長的老者來評判。老者內部發生了爭執，一方說打死人要償命，另一方說人不是被打死的。老者中也有習過武的，檢查被打死的人後，發現被打的人並沒有傷筋傷骨，更沒有嚴重的內傷。但對立方的老者認為很多人見到死者被打，不償命難以服眾，雙方爭執不下。後來掌管土地廟的老婆婆出面澄清，說是他們兩人前世就是仇家，在前世的時候，打人者就用鐵槍捅死了被打者，那鐵槍捅到的地方恰好是胸口。如果沒有錯的話，死者的胸口肯定有個槍口大小的胎記。誰料這對前世冤孽在今生又碰頭了。而這次被打者死亡，只是因為打人者碰觸到了被打者的胎記而已。

53

主持公正的老者翻開死者的衣服，果然發現一個圓溜溜的槍口大小的胎記。

所以，如果你有胎記，而前世造成這個胎記的人又碰觸到你的胎記的話，那就相當危險了。所幸這種事情發生的機率微乎其微。

「老爺」顯然深諳其道。這輕輕一點，雖然不能像兩個習武者那樣要了另一方的性命，但是回味被燙的感覺也不是栗剛才輕易就能承受得了的。

我小的時候，鄰家有一女孩叫小甜，長得亭亭玉立，清秀文雅，本是一個美人胚子，可惜左臉上有一塊黑色印記，濃濃地幾乎鋪佔了半邊臉。我們小孩子不明白本是漂亮的小甜臉上為什麼會有大塊黑色，疑惑、同情，又有些害怕。她也似乎很不好意思見人，總是默默地躲在屋裡。

有一天，大關奶奶神秘地告訴我們，小甜臉上那是胎記，是她前世的爸媽為了這世能找到她特意畫上去的。大關奶奶還說，凡是十二歲前夭折的孩子，神仙老爺都會讓他們投胎轉世，這輩子繼續做人，有些不幸失去孩子的父母就會在死去孩子的身上塗抹各種印記，期望小孩投胎新生後還能被他們找到。但是，前世打上去的胎記在投胎轉世時會轉移位置，並且

是反向轉移。也就是說，塗在臉上的印記，轉世後會在屁股上出現，塗在屁股上的則會在臉上出現，手上的會出現在腳上，背上的會出現在胸部……我立刻醒悟，也就是說，小甜前世的爸媽故意在她屁股上塗了墨汁。大關奶奶說是的，那是因為他們實在太疼愛她，希望這輩子能夠順利找到她，可是他們愛得太自私，明明知道轉世後胎記會反向轉移，還要塗在屁股上，這樣他們找起來方便了，可是小甜這輩子多可憐。說完，大關奶奶還重重地嘆了口氣。

不知道為什麼，從那一天開始，我就不再可憐小甜了，相反還很羨慕她，因為她前世的父母那麼疼愛她。此後很長一段時間，我都喜歡守在小甜家門口玩，我想看看她前世的父母是否會找過來，可是最終也沒見過。直到幾年後的一天，小甜父母突然帶她去了廣州，再回來時我們驚訝地發現，小甜臉上的胎記不見了，兩邊的臉上都是白皙的皮膚。鄰居們都替小甜高興，原來是廣州有大醫院用雷射幫小甜去除了胎記。小甜滿臉燦爛地笑，我卻有些失落，心裡想，小甜前世的父母再也找不到她了，他們肯定會急壞的，他們那麼愛她。

就在那幾年，鄰村有個五歲的小男孩不幸溺水夭折。我站在大人堆裡看到男孩的母親哭泣著拿出墨汁和毛筆要往他屁股上畫，有老人立即上前說：「不能畫那，妳真疼他就不能讓他轉世後破相，畫腿上吧！到時候在胳膊上也好找。」男孩母親就默默地在他腿上留了顆心形圖案。也是從那天開始，只要有誰家抱出新生的孩子，我就會仔細地觀察他的胳膊上是否

256

有心形胎記，可是始終也沒見到。我於是常常想那個男孩投胎去了哪裡。

其實我自己的左手臂上也有胎記，不過顏色是淡淡的，像濺了墨水沒有擦乾淨的斑斑點點。小時候的我經常在眼前浮現我前世的父母跪在我身後畫胎記的樣子，他們傷痛欲絕，儘管滿懷期待能再次見到我，但還是只在我的腿部畫了一些有點落色的東西，因為他們希望我投胎後不會因此變得難看。

那些曾經的記憶，都讓我覺得胎記是一個神秘兮兮的東西。而只有在爺爺講到栗剛才與「老爺」爭鬥的時候，我才對胎記產生一種恐懼感。

之後的很長一段時間裡，我生怕任何人碰觸到我手上的胎記，因為我不確定斑斑點點的胎記從何而來。萬一那不是前世的爸媽畫的，而是像栗剛才那樣經歷過巨大痛苦留下的，而且碰觸到我的胎記的人剛好是上輩子的人，那我豈不是要再一次承受巨大的痛苦？

所幸我的擔心是多餘的，到現在為止，我還沒有經歷臆想了無數遍的恐怖畫面。

我猜想，栗剛才在之前也臆想過無數遍同樣的恐怖畫面，甚至他學習蠱術就是因為他預料到這一天遲早會到來，所以特別學習了屍蠱術。

但是「老爺」比他要狡猾得多。

看著栗剛才痛苦地蜷縮在地上，「老爺」的臉上顯出一絲得意而邪惡的笑容。

栗剛才早已喪失了戰鬥力，巨大的痛苦使他的臉變得扭曲。他將所有的力量都用來嚎叫了。一旁的姚小娟聽到栗剛才的嚎叫，嚇得如老鼠一般蜷縮著身子，雙手抱住膝蓋，發冷似的一顫一顫。馬老太太急忙上前抱住姚小娟的腦袋，彷彿想借點自己的溫度給她。

「老爺」一步一步走近栗剛才，它的兩隻手握在了一起，如同兩塊融化拉長的麥芽糖末端黏在了一起。

栗剛才大汗淋漓，臉上的肌肉不停地抽搐，他勉強仰起頭來看著「老爺」一步步靠近，歇斯底里地叫喊道：「來吧，來吧，弄死我吧！我才不怕你！」他兩手緊緊掐住自己的大腿，像兩把鐵鉗子要掐斷一截鋼筋一般。

「老爺」見栗剛才這般叫喊，臉上露出一絲不屑的笑意，麥芽糖一般的手緩緩伸至栗剛才的脖子。

「不要！」旁邊赤著身子的女人彷彿在這一刻才覺醒，才發覺自己心愛的人處於危險之中，「老爺，住手！是我主動勾引他的，就算你有怨恨，也應該找我算帳才對！」

不僅僅是「老爺」突然一愣，在場的所有人都被姚小娟的話驚了一下。誰也沒有料到她會說出這樣的話來。

就連擠在人群中的乞丐婆婆，此刻也停止了往前擠的舉動。人群外面突然傳來了狗的嗚咽。

258

54

要不是最周邊的一個人驚叫道：「狗死了！」就算狗的嗚咽聲再大，恐怕其他人也不會注意到那兩隻嘴角流出黑色淤血的狗。

剛才還鮮活的兩個生命，此刻就成為兩具沒有靈魂的屍體。

足見「老爺」的牙齒有多麼的毒，如果栗剛才被它咬到，肯定立即會中毒身亡。

就在眾人去看兩隻死亡的狗時，乞丐婆婆才得以擠到更前面的地方去。

「老爺?!」乞丐婆婆抹了抹嘴角殘留的幾顆麵包渣，驚喜交加地喊道。她的手和腳抖動起來，激動得不知如何是好，「老爺，是你嗎？你怎麼到這裡來了？」

眾人還沒有弄清楚狀況，栗剛才就開口道：「夫人？」

乞丐婆婆立即朝栗剛才瞥了一眼，又是一驚：「風水先生，我叫你給我們家勘風水的，你勘好了嗎？要是你不是我們娘家人，我斷斷不會信任你呢！風水先生都把最好的寶地留給自己人。」

乞丐婆婆搓了搓手，走近「老爺」，輕聲問道：「你幹嘛要打他呢？他是我介紹來的風水先生，又是我娘家的人，打了他恐怕我不好向娘家的親戚交代哦！」她的腳步走得巍巍顛

顛，說話完全是一副當家人的模樣。

「老爺」顯然沒有想到突然會出現這麼一個人。它瞪大了眼睛，上上下下將乞丐婆婆打量了一番，一副難以置信的樣子。

這時，乞丐婆婆的目光落到了姚小娟的身上，她將皮膚裸露的年輕女人溫和地打量了一番，像是欣賞一件屬於自家的家具一般。乞丐婆婆嘴裡發出嘖嘖的聲音，像是讚嘆這件家具的精緻。

馬老太太覺得這個乞丐婆婆對她孫女不夠尊重，將手一揮，大聲喝道：「看什麼看？怎麼跟那些男人一樣？妳自己年輕的時候沒有看夠嗎？」說完，馬老太太又低頭抱住姚小娟，盡量遮擋別人的視線。

乞丐婆婆似乎對馬老太太的責罵充耳不聞，轉身對「老爺」道：「哎，其實呢，我跟你說實話吧！我早就知道風水先生跟她偷情啦！只是我沒有告訴你而已。設身處地地想一想，你一把老骨頭了，她還是一朵初春開的花，這本身就很委屈她了。她能不紅杏出牆嗎？再說了，她來我們家後肚子一直沒有動靜，大概跟你這個枯木是生不了孩子了，要她也沒有什麼用了。」

「老爺」似乎聽懂了乞丐婆婆的話，不點頭也不搖頭，兩隻眼睛直直地看著乞丐婆婆，

260

真像是一個晚年的老公公在聽同樣晚年的老婆婆絮絮叨叨。

「我們都是要入土的人了，黃泥巴都埋到胸口上了，你還要為難他們幹什麼呢？」乞丐婆婆朝「老爺」揚了揚手，「我原本是想讓她幫你生個兒子，然後再讓她走的。現在孩子生不了，不如順她的意，我們也算做了件積德的事情。」

這時爺爺才明白，原來這個乞丐婆婆是「老爺」前世的原配夫人。並且她在前世跟栗剛才是一個村的。乞丐婆婆定然是在看見「老爺」的一瞬間記起了上輩子的事情，並且懵懵懂懂地以為現在還是他們存活的上輩子。所以她才絮絮叨叨地跟「老爺」講道理，替「風水先生」和「小妾」求情。

難怪她之前見到村裡人抬著姚小娟的時候，不要錢卻要苦果。也許她那時候就在苦果身上聞到了曾經熟悉的氣息？

乞丐婆婆的話發揮了作用，「老爺」的形狀開始發生變化，身形漸漸縮小，再縮小，然後縮成一個地蚤子那樣大小，「老爺」繼續變小，乍一看還有幾分像先前栗剛才放出的蟲蟲。然後，那個像蟲蟲一樣的「老爺」在地上爬了一個圈，像是在跟誰告別，最後迅速地鑽入了牆角的一個裂縫裡。

乞丐婆婆愣愣地看著「老爺」變成一個「地蚤子」，也許是過於驚訝，她忘記了阻止或

者拉住它，直到「老爺」溜進裂縫裡之後，乞丐婆婆才尖叫起來：「老爺，你要到哪裡去？

你要到哪裡去──」她失控地朝那個牆角撲過去，額頭撞在牆壁上，頓時暈了過去。

所有的人都呆住了。

足足有兩分鐘之後，人們才感覺到自己的呼吸，才感覺到自己的存在。

栗剛才用力地揉了揉眼睛，又用力地眨了眨，恨不能將眼珠子伸到那個不足放進一根指頭的裂縫裡，看一看那個「老爺」是真的走了，還是潛伏在黑暗裡。

姚小娟跟栗剛才的神情基本相同。

抱住姚小娟的馬老太太則將目光投向了一旁的爺爺。爺爺嘆了一口氣，朝馬老太太微微點頭，示意可怕的「老爺」是真的走了。

「真要感謝這個乞丐婆婆呢！多虧了她。」馬老太太看著暈倒在牆角的乞丐婆婆，眉頭漸漸舒展開來，慶幸道。

馬老太太的話倒是提醒了大家，馬寶貴急忙喊道：「快扶起這個乞丐婆婆看看，這樣年紀的人摔一跤可不是什麼小事。」幾個人連忙跑進屋裡去扶乞丐婆婆。

馬老太太連忙從一位好心人手裡接過一床被單，將姚小娟裹起來。栗剛才也從緊張中緩過來，急忙走到姚小娟的身邊，卻又不知道該做什麼，該說什麼話，只是一味地呲嘴跺腳。

262

馬老太太對他的態度有所好轉，也許是因為知道了這個男人跟姚小娟在上輩子是情侶，不過她僅僅多看了栗剛才兩眼，然後推搡著姚小娟離開這個是非之地。

姚小娟轉過頭來看了栗剛才，說道：「你等我穿衣服了回來。」

栗剛才點點頭。

幾個人扶起了乞丐婆婆，有人掐住了她的人中，可是她沒有醒過來。馬寶貴叫他們幾個抬這個婆婆去鄉村醫生家。

幾個人抬著婆婆離開了，只剩栗剛才站在空空的房子裡。他側頭看了看牆角那道裂縫。

後來他說，當他面對那個裂縫的時候，彷彿面對著進入另一個世界的通道，在那裡，「老爺」還在等著他。

55

而要進入那個世界也很容易，只要他將那個裂縫挖開，然後鑽過去就可以了。

他說，那種感覺非常奇怪，讓他感到一絲絲的新奇和嚮往，又感到一絲絲的恐懼和畏縮。

突然之間，他覺得他在現在這個世界所遇到的所有事情都有了一種因果，而他在現在這個世界所做的事情又冥冥之中導致了另一種因果。

就在這時，他的背後響起一個聲音：「我懂得你現在的感受。」

因為栗剛才是看到其他人一一離開這個房間的，所以這個聲音突然響起免不了嚇他一跳。他急忙將目光從那個裂縫上移開，掩飾道：「我現在的什麼感受？」

說完，他抬起頭來看了一眼這個突然出現的人。這個突然闖進來的人是個老頭，留著花白的鬍子，頭髮稀少蒼白，但是比較長，有一點脫俗的氣質，好像隱居辟穀的道士。

辟穀又稱「卻穀」、「斷穀」、「絕穀」、「休糧」、「絕粒」等，即不吃五穀，是方士道家當作修練成仙的一種方法。道教認為，人食五穀雜糧，要在腸中積結成糞，產生穢氣，阻礙成仙的道路。《黃庭內景經》云：「百穀之食土地精，五味外美邪魔腥，臭亂神明胎氣零，哪從返老得還嬰？」同時，人體中有三蟲（三屍），專靠得此穀氣而生存，有了它的存在，使人產生邪慾而無法成仙。因此為了清除腸中穢氣積除掉三屍蟲，必須辟穀。為此道士模仿《莊子·逍遙遊》所描寫的「不食五穀，吸風飲露」的仙人行徑，企求達到不死的目的。

這個老頭笑了笑，說道：「雖然你懂一些蠱術，但是說到底你還是食五穀雜糧的人，有

264

五穀雜糧，就免不了體內有三蟲⋯⋯」

栗剛才不耐煩，打斷他的話，問道：「別扯些無關緊要的東西，你直接說吧！」

老頭仍舊笑道：「體內有三蟲，就容易產生邪慾。你的前世也是因為這個，今生還是因為這個。你一面懺悔，一面受不住邪慾的誘惑。兩者之間無法達到一個平衡。」

栗剛才沉默無言。

老頭走近栗剛才，繞了一個圈，接著說：「我還是要繞圈子，給你講個鬼故事吧！有一群人去登山，其中有一對感情很好的情侶在一起。當他們到山下準備攻頂時，天氣突然轉壞了，但是他們還是執意要上山去，於是就留下那個女的看營地。可是過了三天，那個女的都沒有看見他們回來。那個女的有點擔心了，心想可能是因為天氣的原因吧！等呀等呀，到了第七天，大家終於回來了，可是唯獨她的男友沒有回來。大家告訴她，在攻頂的第一天，她的男友就不幸死了！他們趕在頭七回來，心想他可能會回來找她的。於是大家圍成一個圈，把她放在中間，到了快十二點時，突然她的男友出現了，渾身是血地一把抓住她就往外跑。這時她男友告訴她，在攻頂的第一天就發生了山難！全部的人都死了，只有他還活著⋯⋯」

雖然剛剛還見到了前世冤孽的「老爺」，但是聽了這個老頭的故事後，栗剛才還是毛骨

慄然，後背出了一層冷汗。

老頭瞟了栗剛才一眼，聲音低沉地問道：「如果你是那個女的，你相信誰？」

栗剛才呆住了。

半晌無話。

老頭捋著鬍子道：「告訴你吧！你現在其實就是那個女的，在懺悔與恐懼之間無法選擇。這就是我所知道的你現在的感受。你說，我猜得對嗎？」

栗剛才長長地嘆了一口氣，說道：「是啊……」

老頭見他承認，滿意地點頭。

栗剛才突然想起了什麼似的，猛地盯著老頭，問道：「你是誰？為什麼要跟我說這些？

我們以前認識嗎？你怎麼知道我啊？」

老頭哈哈大笑，聲音發聲振聵，讓栗剛才有種想捂住耳朵的衝動。但是後來經過那個房子的人們都說，從頭到尾就沒有聽到有笑聲從裡面傳出來。

「你居然不知道我？你忘記了嗎？」老頭與栗剛才對視著。

栗剛才能看見老頭眼角的魚尾紋一直延伸到鬢角裡面去了。那一道一道的紋路，彷彿是通往無盡之處的小路。而鬢角的頭髮，就恍惚是密林的樹叢，遮掩了小路的走向。栗剛才禁

266

不住一陣神遊，想變成一個極小的東西爬進他的頭髮裡，看看那條小路到底走到哪裡。

「你還記得你滿十二歲的那個日子嗎？」是老頭的一番話將栗剛才從神遊中拉了回來，

「你在剛剛滿十二歲的時候見過我的，那是剛剛好，一點也不多，一點也不少。」老頭繼續耐心地提示道，彷彿他是一位教師，而面前站著的是他最心愛但是智商顯然沒有預期那麼高明的學生。他循循誘導，只為讓這位學生說出正確的答案。

「你……你說的是我十二歲生日的那天晚上？剛好半夜十二點的時候？」栗剛才臉上的肌肉跳動起來。

他怎麼能不記得？

就是在他剛好十二歲的那天晚上，時間是半夜十二點，一個陌生的老頭來到了他的床前，而他恰好在那個時候睜開了眼，對面的牆上掛著一個老式的擺鐘，時針和分針都在垂直向上的位置。他看得清清楚楚。

那個陌生的老頭莫名其妙地問了他一句：「喂，你得了嗎？」然後一臉慈祥地看著他，像一個爺爺看著親生的孫子。栗剛才出生之前，他的爺爺就因病過世了，他從來沒有見過爺爺，但是在那一刻，他恍惚之間見到了他的爺爺，甚至聞到了親人身上那種特有的氣息。

「得了。」彷彿是自己，又彷彿是其他的力量，促使他莫名其妙地回答了這兩個字。

自那時之後，他突然喜歡上了蟲子，並且無師自通地瞭解了蟲蟲的性質。他只要把手指點在地上超過一分鐘，就會有很多螞蟻之類的小蟲爬到手指上來。

56

除此之外，他還知道了很多原來不知道也沒有人給他解釋的事情。

比如說，他突然知道了金蠶蟲害人的方法：能使人中毒，胸腹攪痛，腫脹如甕，七日流血而死。

他知道篾片蟲的害人方法：是將竹篾一片，長四、五寸，悄悄地把它放在路上，行人過之，篾跳上行人腳腿，使人痛得很厲害。久而久之，篾又跳入膝蓋去，中蟲的人便會漸漸腳小如鶴膝，其人不出四、五年，便會一命嗚呼。

他知道石頭蟲的害人方法：將石頭一塊，放在路上，結茅標為記，但不要給他人知道。行人過之，石跳上人身或肚內，初則硬實，三、四月後，更能夠行動、鳴啼，人漸大便秘結

268

而瘦弱，又能飛入兩手兩腳，不出三五年，其人必死。

他知道泥鰍蠱的害人方法：煮泥鰍給客吃，食罷，肚內似有泥鰍三五條在走動，有時衝上喉頭，有時走下肛門。如不知治，必死無疑。

他知道中害神的害人方法：中毒後，額焦、口腥、神昏、性躁、目見邪鬼形，耳聞邪鬼聲，如犯大罪、如遇惡敵，有時便會產生自盡的念頭。

他知道疳蠱的害人方法：將蛇蟲末放肉、菜、酒、飯內，給人吃。亦有放在路上，踏著即入人身。入身後，藥末黏在腸髒之上，弄出肚脹、叫、痛、欲瀉、上下衝動的症狀來。

他知道腫蠱的害人方法：壯族舊俗謂之放「腫」，中毒後，腹大、肚鳴、大便秘結，甚者，一耳常塞。

他知道癲蠱的害人方法：取菌毒人後，人心昏、頭眩、笑罵無常，飲酒時，藥毒輒發，憤怒兇狠，儼如癲子。

他知道陰蛇蠱的害人方法：中毒的，不出三十日，必死。初則吐瀉，然則肚脹、減食、口腥、額熱、臉紅。重的面上、耳、鼻、肚有蟲行動翻轉作聲，大便秘結。加上癲腫藥，更是沒有治好的希望。

他還知道生蛇蠱的害人方法：中毒的情況，與陰蛇蠱害人相似，但也有些異點。即腫起

物，長兩三寸，跳動，吃肉則止；蟲入則成形，或為蛇，或為肉鱉，在身內各處亂咬，頭也很痛，夜間更甚；又有外蛇隨風入毛孔來咬，內外交攻，真是無法求治。

他一時之間如頓悟般知道了許多，彷彿他自己身中過種種的蠱蟲，並且切身感受到了種種的痛苦。但是他不僅僅知道這類的蠱，還彷彿他釋放過這類的蠱，彷彿每一種蠱蟲的害人方法他都經歷過——不但是彷彿他釋放過這些，還知道診斷是否中蠱的方法。

第一種方法，用金或銀製成的針刺進病人的皮膚黑腫處，若金（或銀）針變色，則可診為蠱毒；如果沒有變化，則表明沒有中蠱。金銀遇蠱變色，有可能蠱中含有砷元素或者其他化學元素，它們與金銀接觸後便起化學反應，在金銀的表面生成黑色薄膜。

第二種方法，嘴角內放一塊熟的雞蛋白，如果雞蛋白由白變成黑色，則是中了蠱毒所致，必須採取治療措施；如果沒有變色，則說明沒有中蠱。他還記得這方法來自明朝張介賓的《景嶽全書》：「煮雞蛋一去皮，加入銀釵一雙，含納口內，一飲之頃，取視之，若黑即為中蠱。」他還知道此種方法和前述一樣，也是根據雞蛋中的蛋白質與蠱毒中的某些化學反應來判斷，一般情況下，蛋白質跟硫接觸，是會發生化學反應而變黑的。他還知道他從來沒有去過的桂西的壯族農家，人們平時也喜歡把一些雞蛋殼塞進牆壁空隙中，據說這樣做可以防止蠱毒侵入家中。

第三種方法，讓患者口含幾粒生黃豆，數分鐘後，如果口中豆脹皮脫則表示中了蠱毒，要趕快醫治；如果豆不脹、皮不脫，則表示沒有中蠱。他知道這個方法來自明朝樓英的《醫學綱目》：「驗蠱之法，含一大豆，其豆脹皮脫者蠱也；豆不脹皮不脫者，非也。」

第四種方法，驗患者的唾液而斷定是否中蠱。這個方法來自唐朝的孫思邈《千金方》：「欲驗之法，當令病人唾水，沉者是蠱，不沉者非蠱也。」還有明朝的張介賓在《景嶽全書》中也有與此相類似的記載，說：「一驗蠱之法唾津在淨水中，沉則是，浮則非。」

第五種方法，讓患者舔舐蕉心，從而斷定是否中蠱。如果誤吃了別人放的蠱毒，晚上八點左右用刀將一小芭蕉樹攔腰砍斷，然後用舌頭舔蕉心，第二天早晨去看，如果被砍斷的芭蕉樹又吐新苗，就說明不是蠱毒；否則，說明你是中蠱毒了。

如此種種稀奇古怪的知識，他都在回答了一聲「得了」之後獲知，如同這些知識是原本就存儲在他的腦海裡似的，現在只是被某種力量激發出來了。這種感覺非常的奇妙，讓他膽顫心驚、不知所措，又讓他沾沾自喜、摩拳擦掌。他很想去試一試腦袋裡的東西，只有試驗一次，才能確定這些突如其來的知識是不是貨真價實。

但是他踟躕不定，畢竟蠱蟲是害人的，搞不好就會要了人命。他與人無仇，不能隨便找個人就下手試試。於是，那晚離奇的經歷和古怪的想法，他都有意淡忘，就當他從來都沒有

經歷過這樣的事情一樣。

可是，這些禁忌都在他情竇初開的時候被打破了，他喜歡上了一個同齡的女孩，於是，很多年前的那些古怪念想再也抑制不住，他想起了那個老頭，還有那個能讓所有女孩子主動喜歡上他的情愛蠱。

就這樣，他開始了他的養蠱之路。

從他學會蠱術到今已經有十多年，那個老頭的印象在他的腦海裡越來越模糊，模糊得像在當年的印象上加蓋了一層毛玻璃。而今這個自稱為十幾年前出現的老頭突然出現在栗剛才的眼前，真讓栗剛才一時半會兒分辨不出真假。

57

「你的意思是……」栗剛才乾嚥了一口唾沫，戰戰兢兢地道，「你就是我剛好滿十二歲那天晚上出現的老頭？你就是教我蠱術的蠱師？」

栗剛才曾經一度到處尋找過那個神秘兮兮的老頭，可是方圓百里沒有一個人認識栗剛才描述的老頭。不過他從道聽塗說中知道，一般的蠱師帶弟子是非常辛苦的，必須教徒弟認識一隻一隻的小蟲，並告訴徒弟哪些蟲可以做蠱，哪些不可以，然後又必須教徒弟學會怎樣利用這些小蟲入蠱，不同的小蟲入的蠱有什麼不同之處，怎樣害人，又怎樣解蠱等等。總之，教蠱是件非常麻煩的事情，就是弟子聰明，一個師父要想把他的全部教給弟子，至少也得三五年時間。

但是，教蠱還有一個極端的例外。特別厲害的蠱師根本用不著教育弟子。特別厲害的蠱師只需去一趟他看中的弟子家裡，簡簡單單地問一句：「你得了嗎？」如果弟子有緣，那麼就會回答「得了」或者「我得了」之類的話；如果弟子無緣，那麼就會不明就裡地詢問「我得了什麼呀」或者「你什麼意思」之類的話。

如果弟子的回答是肯定的，那麼那個蠱師就會領悟許多從前沒有接觸過的蠱術，傳承師父的手藝——雖然也許這算不上什麼手藝。而那個弟子能學會多少蠱術，那就要看那個弟子的天賦和秉性了。那個弟子能學會好的蠱術還是不好的蠱術，那就要看那個弟子的心地是善還是惡。善者領悟好的蠱術偏多，而惡者領悟壞的蠱術偏多。

老頭微笑著點點頭，說道：「人之所以在世上，是因為欠著別人的，或者是別人欠著你

的。所有的恩恩怨怨，都只是為了償還或者是索取。如果該償還的都償還了，要索取的都索取到了，那就應該離開啦！」

栗剛才似懂非懂。

「由於上輩子的事情，你是不可能跟姚小娟安安穩穩待在一起的。如果你們在一起，那個老爺還會來找你們的麻煩。我也知道，那些你下過情愛蠱的姑娘，都不是你真真正正喜歡的人；如果是真真正正喜歡的人，你不會下蠱去讓她喜歡上你。你說，我說得對嗎？」老頭深深地看了栗剛才一眼，這個眼神，又讓栗剛才想起了他的爺爺，他未出生就已經死去的爺爺。

「也正是因為這些，我才在你十二歲的那個夜裡教你蠱術。」老頭繼續說道，「這樣才能在今天挽救你的性命。」

栗剛才驚訝地看著面前的老頭，眼睛裡閃爍著迷惑的光芒。

老頭呵呵一笑道：「但是我也只能救你這一次，往後就不行了。所以，我今天來是要帶走你的。」

「你要帶我到哪裡去？你怎麼確定我願意還是不願意去？」栗剛才更加驚訝了。他下意識地連連後退幾步，似乎害怕這個老頭子瞬間將他帶走。可是他的後背已經挨上牆壁，沒有

更多的後路可退。

老頭慈祥地點點頭，說道：「是的，我不能左右你的意願。但是我相信，在我說過這番話之後，你一定會同意我的。是嗎？」

栗剛才想了想，道：「你說得確實有道理。我上輩子就欠老爺的，這輩子應該還清，不應該繼續上輩子的錯誤。當然，在我看來，這不是錯誤，但是老爺會認為這是我的錯誤的延續。但是，我為什麼要相信你的這番話呢？」

老頭笑道：「孩子，我過早地去世，就是為了保護你呀！」

栗剛才如遭晴天霹靂，傻住了。

接下來他們之間再談了些什麼，栗剛才沒有說給爺爺聽。但是，爺爺知道了結局——栗剛才答應了老頭，答應跟著他從姚小娟的世界裡消失。

栗剛才是在眾人抬走乞丐婆婆，馬老太太帶走姚小娟之後找到爺爺的。那時候已經接近黃昏，太陽的光已經很微弱了，如同火灶裡即將熄滅的木炭。幾隻烏鴉在爺爺家的地坪裡走來走去，並沒發出不吉祥的叫聲，只是一味默默地啄食地上的穀粒或者沙子。

栗剛才一邊看著地坪裡的烏鴉，一邊給爺爺說他遇到那個老頭的事情。

爺爺知道，蠱術中有一種讓自己死而復生的蠱術。中這種蠱的人在一段時間裡表現出死

人的症狀，能夠迷惑所有的人。但是一段時間過後，他能夠重新活過來。這樣做的原因有很多種，有的是為了避債，有的是為了避難，還有的是為了隱密地保護其他的人。顯然，栗剛才的爺爺正是因為第三種原因才這麼做的。

栗剛才還告訴爺爺，他的離開，也是為了更好地保護心愛的人——姚小娟。

第二天早上，當乞丐婆婆和姚小娟都恢復之時，有人在村裡的池塘裡發現了栗剛才的屍體。池塘的水將他泡得如發了脹的麵包，鼓鼓的像是要爆炸開來。

村裡人都以為他是因為上輩子跟大戶人家的小妾偷情而含羞溺水而死，於是將他運回他的村裡草草埋葬了。

後來，奇怪的事情在姚小娟身邊不斷地發生。只要她唸叨過想要什麼東西，如一根紅頭繩、一條燈芯絨褲、一碗紅豆湯等，那些東西便會在她不經意間出現。假如有誰跟她吵了架，那個人便莫名其妙地開始生病，直到姚小娟主動去看望，或者不再生氣為止。她家的田地經常在沒有人的情況下鬆了土，她家的櫃子裡再也沒有蟑螂，地板下再也沒有老鼠，做啥啥都順利，種什麼都豐收。

找馬老太太跟姚小娟說親的人仍是絡繹不絕，家裡的門檻都被媒人踩得矮了好幾公分，但是姚小娟沒有看上任何一個。馬老太太自從經歷了那件事之後，也不再強迫姚小娟任何事

276

58

情。甚至她見了爺爺也不再追問孫女的姻緣，只講些長舌婦、長舌男經常說的家常事。

馬老太太說，她的手氣也突然之間紅得不得了，跟其他老婆婆、老太太打麻將只有贏錢的份，亂打都亂和牌。

栗剛才消失不見的前段時間，姚小娟偶爾會向爺爺問起栗剛才到哪裡去了。爺爺就會微笑著告訴她：「栗剛才由於上輩子的愧疚，決定遠遠地離開這裡了。」

姚小娟將她的小嘴一撇，皺著眉，幽幽地說道：「可是我覺得他就在我身邊呀！」

爺爺聽了，只是微微一笑，搖頭不語。姚小娟自然是不敢懷疑爺爺的，所以她問過幾次之後，就再也沒有提及栗剛才這個人了。

但是姚小娟也沒有按照馬老太太先前希望的那樣，盡早找個婆家嫁出去，她依舊形單影隻，用馬老太太的話來說是「油瓶倒了都沒有個幫忙扶起來的人」。

令村裡人大為驚訝的是，沒料到一年多之後，沒有結婚的姚小娟居然生下了一個胖娃娃！更讓大家詫異的是，馬老太太抱重外孫子的時候沒有半點責備和埋怨，只有一臉的喜慶。這很不符合馬老太太平日裡的風格。

那個剛剛生下的胖娃娃就像一包散裝的白砂糖，放在哪裡都吸引蟑螂、地虱、蠍蠍等令人討厭的小蟲子。馬老太太拍壞了五、六個蒼蠅拍，那些小蟲的屍體堆成了小山，可是那些小蟲仍然前仆後繼，彷彿有一種視死如歸的氣魄，源源不斷地從家裡的各個角落聚集到剛剛出生的胖娃娃身邊來。

馬老太太怕那些小蟲爬進娃娃的鼻子裡、嘴巴裡、耳朵裡，於是想了個辦法，將一個竹籃懸吊在房樑上，然後將娃娃放在籃子裡。雖然這樣仍有一些蟲子想方設法爬上房樑，又順著吊繩爬下來，但是情況比在地面的時候好多了。

那些日子裡，似乎全村的小蟲子都在自覺地向姚小娟的房間會聚。往日裡其他人家在剩飯剩菜上要罩一個紗網，但是那段日子裡想找個蟑螂玩玩都找不到。特別是喜歡捉土蠍蠍玩的小孩子們，他們想盡了方法，把他們熟悉的地方掏了個遍，就差把自己家的牆角給挖了，可是他們全都一無所獲。

後來，爺爺聽馬老太太抱怨每天拍打小蟲子拍打得手腳發軟，就建議她在家的四周撒上

278

生石灰粉。馬老太太照辦了，蟲子果然少了許多。而那些捉土蠍蠍的小孩子們終於大呼小叫地發現驚喜了。

但是還有一個問題，那就是一旦這個娃娃超過了石灰線，恐怖的一幕就會重新上演。這令馬老太太頭痛不已。爺爺寬慰她說：「妳忍一忍，等孩子滿了十二歲就好了。」

就這樣，姚小娟的事情也告一個段落。爺爺在這件事情裡沒有參與過多精力，並且這段時間裡找爺爺的人不多，爺爺的身體似乎稍微康復了一些。在我放假回來看他的時候，他又興致勃勃地給我講一些過去的事了。

不過他的精神方面顯得有些頹廢，遠遠不及身體方面的康復程度。才去舊愁，又添新憂。奶奶過世的舊愁才稍稍減少，新的憂慮又來了。

爺爺雖不跟我明說，但是每次潘爺爺來，我都能看出端倪。爺爺在心底裡覺得對不起舅舅，他把很多時間花在這些詭異的事情方面，但是沒有獲得很多的收益，所以他沒有辦法給舅舅建一棟可以用來結婚辦喜宴的樓房。在日積月累的風吹雨打中，這間老房子垂垂欲傾。這間老房子已經不能給舅舅帶來任何榮耀。而潘爺爺對舅舅的各個方面都非常滿意，覺得他的女兒可以託付終身，但是除了一個方面——那就是房子問題。

潘爺爺以前擔任過村裡的書記，很愛面子，所以他提出這樣的要求是理所當然、情理之

279

中的事情。他好喝幾口小酒，這也是他在當書記的時候留下的嗜好。

有一次，潘爺爺在爺爺家吃晚飯，跟舅舅喝了幾口穀酒，然後搖搖晃晃地哼著小曲準備回文天村。舅舅見他有了幾分酒意，便要留他住，可是他口不擇言地說什麼不住青瓦泥牆的房子，然後皺著眉頭抬腳就走。舅舅也不好再攔。

潘爺爺走到文天村跟畫眉村之間的那座山上時，忽然發現爺爺在他前面走路。他抹了抹眼，還真沒有看錯，走在前面的人的的確確是剛才在飯桌上的人。當時他酒氣沖頭，就認為是爺爺怕他酒醉了摔倒，故意在前面引路照看他。

於是，潘爺爺揮了揮手，喊道：「岳雲哪，你不用照看我，我還健旺著呢！不會被一塊石頭、一條樹根絆倒的。放心吧！你回去吧！」

前面的爺爺不說話，也不回頭看看潘爺爺，只是低頭繼續往前走。

潘爺爺見他不理自己，頓時有些生氣，提高了嗓音喊道：「你這個老頭子怎麼這麼倔呢？莫不是剛才說了房子的問題，你到現在還生我的氣吧？可是你不想想，我當了這麼久的書記，如果女兒嫁給一個連新房子都沒有的男人，這不是讓我臉上掛不住嗎？」

前面的爺爺仍然不說話，還是不快不慢地往前走。

潘爺爺有些惱了，指著前面的人影道：「你好歹答理我一下嘛，我當書記的時候可沒有

人敢這樣對待我！」

前面的爺爺還是不說話。

潘爺爺急了，大聲呼喊道：「你這個老頭子居然不理我！看我們誰走得快，我追上你了可要跟你論論道理！」說完，潘爺爺加快腳步，想追上前面的爺爺。

前面的爺爺腳步不加快也不減慢，悠哉悠哉地往前走。但是整個過程中，他都不曾回頭看一眼。潘爺爺追了好一會兒，發現爺爺還是就在前面不遠，距離沒有減少一點，也沒有增加一點。

潘爺爺不甘心，繼續加快腳步去追前面的爺爺。追了半個多小時，潘爺爺終於支撐不住了。

59

就在潘爺爺打算放棄的時候，前面的爺爺忽然站住了。

剛剛一直感覺倒還好，爺爺這樣一站住，潘爺爺反而有種不祥的預感，不敢徑直走上去了。他雙手扶住膝蓋，一邊喘氣一邊問道：「我明明看見你走路的，我怎麼跑也跑不過你？」說這話的時候，額頭的汗珠都滾到了睫毛上，如同一株小草上的夜露，晶瑩剔透。

前面的爺爺沒有回答他。

潘爺爺看見他的腦袋在慢慢往後轉，往後轉。前面爺爺的腦袋每多轉動一點，潘爺爺的心跳就加快一倍。

前面的爺爺像是發覺了潘爺爺在看他，忽然迅速一轉，腦袋朝他看了過來。

那竟然是一個倒臉！

臉確實是爺爺的臉，但是鼻子、眼睛、嘴巴、耳朵都是倒著的！

潘爺爺當時嚇得三魂丟了、六魄散了，眼前一黑，就地栽倒……

而在同時，爺爺坐在老河邊的一座小山上，俯瞰著這個小小的畫眉村，這個他生活了一輩子的地方，這個他的父親也生活了一輩子的地方。他雙手抖抖索索地掏出一根香菸來，然後抖抖索索地點上，然後嘴巴抖抖索索地吸菸，吐出一個抖抖索索的煙圈來。

我遠遠地看著爺爺。

我是傍晚吃過晚飯之後來到畫眉村的。雖然我跟潘爺爺是相向而行，但是我沒有碰到

282

他。那天，學校臨時舉辦了一場跟兄弟學校進行籃球比賽的活動，所以中午才往家裡趕。趕到家裡已經是下午四、五點，我仍不甘心，吃了晚飯就往爺爺家裡跑。換在平時，媽媽肯定要攔下我，但是那段時間學業非常緊湊，高考的氛圍也比較濃了，媽媽不想再約束我，所以那天她沒有說什麼，只是在我出門的時候叫我多加了一件衣服。

到了爺爺家裡後，我發現爺爺不在。後來有人給我指了爺爺出去的方向，我便順著小道找到了這座小山面前。

也許我還走在小道上的時候爺爺就發現了我，但是他默不作聲。換在平時，他早就向我招手吆喝了。也許爺爺確實沒有發現我，他看著前方入了神，眼神前所未有的空洞。

我沒有叫他，只是隔著一段距離靜靜地看著。

我順著他看的方向，可以看見畫眉村的每一家燈火，唯有爺爺的房子淹沒在灰暗裡，像是並不曾存在過。

天黑得真快，我剛到爺爺家時，天還挺亮的，走到這裡，居然就黑得如同沉浸在墨汁裡。

我甚至能看見空氣如墨汁一般在流動翻湧。這是我第一次有這樣的感覺，非常特別。

我看著爺爺手裡的紅點漸漸靠近嘴巴，那根菸已經快燃到盡頭了。

我哽咽了一下，輕輕喚道：「爺爺……」

他一動也不動，眼睛仍然看著前方。

我擔心露水太重，會凍著爺爺，便提高了嗓音再次喊道：「爺爺……」

他終於了有反應。他輕輕地嘆出一口氣，看了看我，說道：「亮仔，你來啦！來，扶我一把。」他朝我揮了揮手。在他揮手的時候，我忽然覺得自己跟爺爺的距離拉長了許多許多，長到我幾乎不相信自己可以走過去。那種感覺，很難用言語表達出來。反正那一刻，我覺得爺爺已經不是這個世界的人了。

「一法通，萬法通。事憑中，理憑公。大戶窮，一包膿。鹽罐封，走了風。要得窮，翻祖宗。會做客，莫勞東。貓屙屎，自家墧。有好客，無好東。來無影，去無蹤。無智名，無勇功。以成敗。論英雄。吏、戶、禮、兵、刑、工。來是去風，去是來風。人不相同，皮肉相同。早酒三鍾，一日威風。有風無風，燈盞朝胸。開一扇門，是一扇風。男為一春，女為一冬。針大的眼，碗大的風。瞞病必死，瞞帳必窮。成家機匠，敗家裁縫。穀貴傷民，穀賤傷農。殺人有賞，救人無功。書囊無底，打法無窮……」爺爺冷不防唸起了一連串的口訣，全部是我聞所未聞的東西。

「唉，有什麼用呢？」爺爺又嘆了一口氣，搖頭不迭。他將菸頭扔在地下，然後一腳踩滅。

我定了定神，走了過去，扶住他的肩膀，像扶一個不會走路的小孩子一樣，幾乎是拽著

他將他從潮濕的平頭石上扶起來。

我知道爺爺為什麼發愁了，但是我找不到一句寬慰的話。

我猜是在我扶著爺爺往回走的時候，潘爺爺才慢慢醒過來的。潘爺爺張開雙手亂摸一通，手被粗硬的

稻禾樁劃了一道。強烈的痛感促使他迅速蹲了起來，原來他躺在一塊稻田裡。幸虧這個季節

的稻田裡沒有水，要不然恐怕潘爺爺別想再次爬起來。剛才看見的星星點點是夜空寂寥的星

星。他轉頭看了看四周，不知從哪裡傳來一陣陣的水聲。

他腳下一用力，想快點離開這裡，沒想到腳下一滑，跌倒在地。他感覺腳底踩到了一個

硬物，順手一摸，抓到了一個圓圓硬硬的東西，拿到眼前一看，原來是個龜殼。潘爺爺心裡

納悶，十幾年前這裡就不見烏龜的蹤影了，這稻田裡怎麼會留下這個東西呢？稻田的主人年

復一年地翻田耕田，難道耕牛和犁刀就從未碰觸到過這個東西嗎？

潘爺爺不敢多想，慌忙丟下龜殼，腳下生風地往家裡的方向跑，連頭也不敢再回一下。

在接下來的幾天裡，潘爺爺下不得床，渾身虛軟。

爺爺聽說親家病倒，便提了一隻老母雞去探望。潘爺爺一見爺爺便跪地求饒。旁邊的舅

舅和未來的舅媽看得一愣一愣的。

爺爺連忙扶起潘爺爺，細問箇中緣由。潘爺爺便將當晚的遭遇講給爺爺聽了。

爺爺聽完潘爺爺的講述，然後掐指一算，臉上浮現一絲笑意。

60

舅舅見爺爺微笑，忙問這是怎麼一回事。爺爺告訴說，龜殼還有一種俗稱叫「敗將」，這說明是以前跟他交過手的鬼類向他表示為「手下敗將」，並順便將潘爺爺欺負了一番。

爺爺感嘆道：「它們並不瞭解我的心思，我並不想在親家面前逞能。」

舅舅忙問道：「它們？它們是誰？」

爺爺嘆了一口氣，沉默不語。從此以後，爺爺的眉頭越來越緊，像一把遺失了鑰匙的鎖一樣解不開。

不久之後，我參加高考了，成績還算不錯，被東北的一所重點大學錄取。當我把鮮紅

286

的錄取通知書送到爺爺手裡時，爺爺的眉頭很難得地鬆開來。他緊緊握住我的胳膊，搖晃著道：「亮仔呀，這在先前時候應該是算中榜啦！」

他哪裡知道，現在的高考可比不得原來的金榜題名。並且近年擴招的幅度越來越大，考上大學根本就沒有什麼值得炫耀的了。看著爺爺那張欣喜非常的臉，我真想走過去湊到他的耳邊輕聲道：「爺爺，現在真不是您生活的時代啦！」

拿到大學錄取通知書後，我還有兩個月的時代啦！」

在這兩個月的時間裡，舅舅結婚了。雖然潘爺爺滿臉的不如意，但是他沒有任何阻攔地讓女兒走進青瓦泥牆的老屋裡。

舅舅結婚，爺爺自然特別高興，也顯得特別精神。但是在我看來，爺爺瞬間又蒼老了許多。舅舅結婚之後，脾氣立刻變化了許多，跟爺爺說話不再用請求的語氣，而是轉換為一種命令的語氣，好像他才是這間老屋的主人。雖然我的心情比較難過，但是我能理解舅舅的心理。結婚的人跟沒有結婚的人就是不一樣，結了婚就要負擔很多以前沒有的責任。結婚之前，家裡的所有都需要爺爺來打點決定，舅舅只能扮演一個兒子的角色。結婚之後，舅舅升格為丈夫，而在農村人的意識裡，丈夫就是家中的頂樑柱，就算丈夫頭上還有長輩，那也只能算是一張吃飯的嘴，甚至算是「上有老，下有小」的拖累之一。

在這短短的兩個月裡，爺爺也改變了許多。除了鄰里鄉親家裡走失了家禽來找爺爺掐算一下方位，爺爺不拒絕之外，其他請幫忙的一概人等再也不答應。甚至某家生了一個孩子，孩子的爸爸或者奶奶記下了幾時幾刻來找爺爺判個八字，爺爺也只是粗略地說幾句「這是一個好八字」或者「這是一個勞累命」之類的話。

舅舅結婚後沒有在家待很長時間，因為他答應了要在一定的時間裡建一棟樓房，他在潘家面前立了誓言的。舅舅走了之後，舅媽不習慣在畫眉村生活，於是收拾了一些東西回娘家住去了。舅舅一年半載難回來一次，她也一樣。

這樣，剛剛熱鬧過的老房子很快就變得冷冷清清，根本不像是剛剛住過新人的房子。

在大學開學前的日子裡，我隔三差五地去爺爺家一趟，陪他說說話。但是他沒有以前那樣喜歡在我面前講故事了。

「我昨晚做了一個夢呢！夢見你奶奶在地坪裡晾被子，用棍子在被絮上打得啪啪作響。

弄得空氣中滿是灰塵。我就喊了，老伴哪，妳輕點拍囉，這灰塵要嗆死我嘞！你奶奶就在外面回答我，老頭子呀，我不用力拍，被絮上的灰塵怎麼能乾淨呢？要不，你過來幫我忙？」

爺爺跟我講他最近經常做的夢，「等我從夢中醒過來，我才記起，原來你奶奶已經過世啦！

我就想呀，她為什麼說那樣的話呢？莫不是要我早點過去陪她吧！」

288

我打斷爺爺的話，假裝生氣道：「爺爺，你可不要這麼說，您辛苦了一輩子，該留點時間來享享福哦！」

爺爺眉頭一揚，道：「享福？我恐怕是沒有福可以享。我做了那麼多不該插手的事情，就算有點福氣，也要被反噬作用抵去了。」

我連忙說道：「爺爺，等我大學畢業了，我會讓您享清福的。只要您多活幾年，讓我有時間、有機會讓您享福！」

爺爺笑了。我想，很多爺孫之間都說過這樣的話吧！都是在說這話的時候挺感動，可是後來能做到的實在太少。

爺爺摸了摸我的頭，平靜道：「亮仔，我在後年會有一個關，這個關比較難過。如果事情不好，我後年就會去世；如果運氣好點，我就能多活三、四年，再多也沒有。」

我心情非常沉重，因為爺爺說的話向來靈驗得很。我擔心身體虛弱、心情又不怎麼好的他抵抗不住命中的關。

爺爺像是看出了我的心思，勉強扯出一絲笑：「你安心地去學習，不用擔心我。記得放假了來看看爺爺就好了。」說完，他從兜裡掏出一個紅色的摺疊成三角形的布給我，鄭重地對我說：「去大學的路上，你把這個東西帶在身邊，這樣爺爺就能時時刻刻感覺到你，並且

能保你去來的路上平平安安。」

我接過那個東西，點點頭。他明知自己三、四年後會遇到命中的關，且不知道能不能度過，卻還掛牽我這點小事。我心頭一熱，說道：「爺爺，你後年的關怎麼辦？」

「這個你也不用太擔心。」爺爺道，但是他的語氣不是十分肯定。說完，他朝遠處望去，不知道他要看什麼。

爺爺的一句話，勾起了我許久以前的一段回憶。雖然我不知道那麼久遠的事情跟爺爺命中的關有什麼關聯⋯⋯

爺爺淡然一笑，說：「你還記得你思姐跟一隻黃鼠狼精的事情嗎？」

「難道你有解救的辦法了？」我不安地問道。

一位同學問道：「有人說相由心生，但也有人說人不可貌相。到底哪個對哪個錯？」

「好了。今晚講得比較多了。」湖南同學伸了一個懶腰，看上去有點疲憊。

湖南同學道：「畫虎畫皮難畫骨，知人知面不知心。有很多人都會用面來掩飾心。但是你只有直達他的心底，才能反觀他的面相。」

萬蠱狼情

61

零點。

「你們有誰知道『結草』的典故？」湖南同學問道。

一位喜歡歷史的同學背書一樣地回答道：「西元前 594 年，秦桓公出兵伐晉，晉軍和秦兵在晉地輔氏交戰，晉將魏顆與秦將杜回相遇，兩人廝殺在一起，正在難分難解之際，魏顆突然見一老人用草編的繩子套住杜回，使這位堂堂的秦國大力士站立不穩，摔倒在地，當場被魏顆所俘，使得魏顆在這次戰役中大敗秦師。晉軍獲勝收兵後，當天夜裡，魏顆在夢中見到那位白天為他結繩絆倒杜回的老人。老人說，我就是你把她嫁走而沒有讓她為你父親陪葬的那女子的父親。我今天這樣做是為了報答你的大恩大德！原來，晉國大夫魏武子有位無兒子的愛妾。不久魏武子病重，又對魏顆說：『我死之後，一定要讓她為我殉葬。』等到魏武子死後，魏顆沒有把那愛妾殺死陪葬，而是把她嫁給了別人。魏顆說：『人在病重的時候，神智是昏亂不清的，我嫁此女，是依據父親神智清醒時的吩咐。』後世比喻感恩報德，至死不忘。」

「嗯。記性不錯！今晚的故事跟他說的這段歷史相似……」

十五年前，我還是一個不諳世事的小孩子，懵懵懂懂，不懂得人間的情與愛。但是當我第一次稍微懂得的時候，那件事情卻如藏在鮮花叢中的貓骨刺，狠狠地扎痛了我，痛到了心裡面。

那件事情，還得從我堂姐思思開始說起。嚴格說是她與一隻黃鼠狼精的事情。

堂姐思思，是我伯伯家的第四個女兒，思思正是取其諧音「四四」而來。我叫她思姐。

思姐十五歲就出外打工，逢年過節偶爾回來一次。每次回來，她就帶著我跟弟弟兩人去村裡的小賣部買零食。

她每次回來，不只是給我帶來美味的零食，還給我帶來一些稀奇古怪的故事。

她說，她最討厭的動物就是黃鼠狼了。有次傍晚，牠來伯伯家的雞籠裡偷雞，剛好被思姐逮個正著。思姐一腳踩住黃鼠狼的尾巴，踩得牠「咕咕」亂叫。牠情急之下放了一個臭屁，臭得思姐好幾天連連打噴嚏。

黃鼠狼還喜歡放臭屁。有次傍晚，牠來伯伯家的雞籠裡偷雞，剛好被思姐逮個正著。思姐一腳踩住黃鼠狼的尾巴，踩得牠「咕咕」亂叫。牠情急之下放了一個臭屁，臭得思姐好幾天連連打噴嚏。

但是思姐沒有報牠的一屁之仇。

思姐說，她看那隻黃鼠狼嚇得渾身顫抖，心生惻隱，便將牠放了。

思姐將腳抬起，看著黃鼠狼被她踩傷的尾巴，甚至覺得自己做得太過分了。思姐看了看被黃鼠狼拽了一地血的大花雞。那是伯母準備為她慶生的「大餐」。十五年前的鄉下，只有生日那天才能吃到鮮嫩的雞肉，喝到美味的雞湯。

「你走吧！我不打你。」思姐對仍在瑟瑟發抖的黃鼠狼說道。

那隻黃鼠狼也許是被思姐踩得太用力，尾巴已經失去知覺了。思姐抬起了腳牠卻不知道趁機逃跑。

思姐俯下身，摸了摸黃鼠狼的毛，說道：「別這麼害怕啦，我說了，我不打你。你走吧！」

思姐說，牠真是一隻貪心不足的黃鼠狼。牠聽了思姐的話，似乎明白了這個踩牠尾巴的人的意思，緩緩爬起身來。

牠居然不徑直離去，卻再次走到那隻已經嚥氣的大花雞面前，一口咬住大花雞的脖子，要將大花雞拖走。

牠用請求的眼神看了看思姐，似乎要徵求她的同意。

思姐嘆了一口氣，揮揮手道：「行，你要就拿走吧！反正你咬過的雞，我們是不敢吃了。

快走吧！待會兒被我媽發現，肯定把你打死，烤了做燻肉。」前幾次大花雞被黃鼠狼偷吃，

伯母就咬牙切齒地說過，一旦逮到那隻偷雞的黃鼠狼，一定要扒了牠的皮，賣給做狼毫筆的販子；一定要烤了牠的肉，過年過節當作雞肉吃。

黃鼠狼聽了思姐的話，居然立起身子，兩個前爪合在一起，給她做了一揖！

思姐目瞪口呆。

還沒有等思姐從驚訝中回過神來，那隻黃鼠狼就拖著大花雞逃跑了……

「妳家裡的雞都被黃鼠狼偷吃了，那牠以後就不會再來了吧？」我一邊捲起舌頭咬著思姐給我買的酸棗，一邊問道。

換了我，早把那隻偷吃的黃鼠狼打死了。思姐真是心慈手軟，偷東西的就是小偷，怎麼可以對小偷也有憐惜之情呢？

「不是。從那次之後，我經常見到牠。」思姐道。那時候的思姐也是涉世未深的毛頭女孩，雖然相較其他沒有出外打工的同村女孩子，她多了一分說不清的不同，但是本質還是跟那些初中在校女生一樣的。思姐讀的書少，小學畢業就停學了。伯伯家裡有四個女兒、一個兒子。伯伯和伯母還是有著根深蒂固的重男輕女思想，所以我的四個堂姐讀書都不多，年紀最小的堂哥在小學成績不錯，但是到初中之後變得平平，後來初中畢業也停學了。這種重男輕女思想在十五年前的鄉下太常見了，所以思姐也沒有任何怨言。

「經常見到牠?為什麼?」思姐的答案出乎我的意料。

「我也不知道為什麼。但是每次特殊的時候,牠都會出現。不過牠不會靠我很近,只是遠遠地看著我。」

思姐說,從此以後,每次她傷心的時候,那隻黃鼠狼就會出現,兩隻眼珠子望著傷心的思姐。要嘛在遠遠的山崗上,要嘛在高高的草垛上,要嘛在半夜的窗臺上,總之,牠不靠近思姐。

三年之後,當我變得思姐那麼大時,思姐已經出落成一個漂亮的大姑娘了。如果不論身高的話,那就可以用「亭亭玉立」來形容思姐了。思姐人長得不夠高,稍顯有點矮,但是比大姐、二姐要漂亮。

到了這個時候,媒人就自然而然地出現了,將伯伯家的門檻都踩矮了一截。

可是思姐一一回絕。

這個時候,伯伯和伯母早就應該想到,思姐也許是在外面有了心儀的人兒,但是伯伯和伯母認為她是眷戀外面的花花世界,如果嫁出去了,就只能在鄉下乖乖地種田帶孩子了。他們猜想這才是思姐不答應的原因。

說來也奇怪,自從思姐那次放走黃鼠狼之後,伯母養的雞再也沒有被偷吃過。

在我十五歲的那個夏天，在城裡打工的思姐回來了，說是要幫家裡收稻穀。但是這次回來沒有讓伯母像以往那樣笑瞇瞇。

照道理說，思姐每次回來都會給家裡一小筆錢，伯母應該喜笑顏開才是。可是這次，伯母對誰都是一副兇巴巴的樣子，心情很不好。

思姐帶我出去玩的時候，也是一副心事重重的樣子，給我講故事的時候也是懶懶的。

我聽媽媽說，好像是思姐對伯母說了一些不該說的話，似乎跟思姐的終身大事有關。媽媽說，半夜還聽到思姐偷偷哭泣。在伯伯的四個子女中，媽媽最喜歡的也是思姐。媽媽聽到了哭聲，就爬起來，想去安慰安慰她。

我們家跟伯伯家僅一牆之隔。

媽媽走到思姐的房間門口時，被窗臺上一個飛速掠過的影子嚇了一跳。是黃鼠狼的身影！

媽媽情急之下，順手摸起一個土塊朝黃鼠狼扔去。土塊正中黃鼠狼的背部，打得牠咕咕慘叫。但是牠翻了一個身，迅速消失在茫茫夜色之中。

這時，聽到動靜的思姐打開門來……

「妳打牠幹什麼？」思姐看著黃鼠狼逃竄的方向，用充滿責備的語氣說道。她的眼角還

有殘留的淚水。

媽媽拍了拍手上的灰土，說道：「牠經常來偷雞，剛才沒打死牠就是好事了。大半夜的，妳哭什麼呢？有什麼心思，跟嬸子說一說，別憋在心裡嘛！自家人聽到了還好，如果別人聽到了，還以為咱們家出了什麼大事呢！」

62

思姐抹了抹眼角，勉強擠出一絲笑容，說道：「沒事。就是心裡覺得委屈。」

媽媽看人的眼光很準，試探地問道：「思思，是不是因為妳要相親的事？」

思姐點點頭。

「妳媽這是為妳好啊！哭什麼呢？女大當嫁，這是免不了的事情。」媽媽勸道。雖然這時是夏季，但是晚上的露水重，還是讓人覺得有些冷。媽媽縮了縮肩。

「嗯！」思姐嘴上這麼說，其實還是一副受了委屈的樣子。

媽媽知道她還沒從心底裡接受，又說道：「妳是鄉村裡的姑娘，比不得城裡那些姑娘。妳雖然現在在城裡打工，但是遲早還是要嫁回鄉里的。趁著妳現在條件好，說媒的人多，還可以挑選選。妳知道的，鄉村裡的女孩一旦超過年齡，說媒的少了不說，還要防著人家在背地裡說三道四。」

媽媽說得不假，隔壁的文天村原來有一個聞名鄉里的美女，她也曾在外打工，到了適婚的年齡還是一個說媒的都看不上，到了二十五、六歲還沒有訂下婚事。最後不知從誰的口裡出了傳聞，說是那個美女之所以不想嫁人，是因為她家裡已經有了別的男人。還說那個男人是從她家鏡子裡走出來的，白天不出來，只有晚上三更的時候出來跟她交媾。有三、四個單身男人說，某夜經過她窗前，還聽到了女人和男人發出曖昧的喘息聲。

後來，那個美女家再也沒有來過說媒的人。而那個美女發瘋似的見到玻璃或者鏡子就砸爛。

又有人說，是那個鏡子裡的男人背叛了她，找更年輕的女人去了，所以她才會見到玻璃或者鏡子就要砸爛。鏡子是另一個世界的通道，她這是在抱怨發洩。其實倘若她真的不想再見到那個男人，大可不必將鏡子砸碎，只需要用毛巾覆蓋就可以。

媽媽擔心思姐重蹈覆轍，所以婉言相勸。

思姐咬了咬下唇，半天才憋出一句話來：「嬸子，其實我已經喜歡上一個人了。」

「哦？」媽媽沒有料到思姐會說出這麼一句，微微驚訝。

「他是外地人，跟我在一個城市打工。我跟我媽說過了，我媽很氣憤，說我不懂事，要我不再出去做事了，待在家裡好好尋一門親事。」思姐哽咽起來，「我堅持還要出去。」

我媽就說，出去也行，但是要訂婚了再出去。」

媽媽不知怎麼勸她才好。

思姐說：「這幾天我媽看見我就板著臉，我想著想著，就忍不住哭起來。」思姐的臉上滑下大顆大顆的淚珠，但是她極力抑制自己不要哭出聲來。

媽媽輕撫思姐柔弱的肩膀，嘆息道：「孩子，想哭就哭出來吧！這都是為了妳好，想開點。有情。如果我是妳媽媽，我也不希望妳嫁到很遠的地方去啊！這也是沒有辦法的事句話是這樣說的，人離家鄉格外賤。萬一那邊的人欺負妳，幫妳說話的人都沒有半個。」

「可是我喜歡他啊！」思姐還是極力抑制，但是淚珠還是像斷了線的珠子一樣滾落下來。

第一次陷入戀愛的人，總是容易不顧一切。媽媽也是這樣。當年媽媽跟著我爸爸的時候，就受了爺爺的阻攔。所以媽媽很能體會思姐的心情。媽媽只好勸道：「好好睡覺吧！

300

等明天了我去勸勸妳媽。」

思姐點點頭。

媽媽將思姐勸到床上睡好，這才走出門來，然後返身將門閂好。媽媽後來跟我說，她剛剛閂上門，就又聽見了思姐嚶嚶的哭聲。

問了門，媽媽轉過身來，看見了兩團豌豆大小的綠光。媽媽暗暗吃了一驚，因為發出綠光的不是別的東西，正是剛剛被土塊打中的黃鼠狼。媽媽只聽老一輩人說狼的眼睛在晚上會發光，但是現在滿山找幾隻兔子都難，哪裡還容得下狼。媽媽沒有親眼見過狼發光的眼睛，但是聽都沒有聽說過黃鼠狼的眼睛也能發光。

伯伯家正對面的一里多遠是一片梯田，那隻黃鼠狼就坐在田中的草垛上。

媽媽心裡一陣恐懼。她就地抓起兩三塊堅硬的石頭，提防牠突然跑過來。可是就在媽媽低下頭去撿石頭，然後抬起頭來的時候，那兩點綠光消失了。

天上的月亮很淡，像滴在黑布上的一滴米湯水。

媽媽藉著這點月光，朝那個草垛看去，黃鼠狼已經不在那裡了，附近也不見牠的蹤影。

一瞬間，牠就像空氣一樣消失了。

但是牠好像隨時都能出現在某個地方。

媽媽心中打起鼓來，惶惶不安地快步回到家裡，似乎生怕牠跟了過來。爸爸擺擺手：「妳怕是看花了眼吧！哪有眼睛會發光的黃鼠狼？快點睡吧！」

媽媽將睡夢中的爸爸推醒，告訴爸爸剛才發生的事情。

那天晚上，媽媽做了一個夢，夢見思姐的眼睛變成了黃鼠狼的眼睛，見到雞就撲過去，張嘴直咬雞的脖子，咬得鮮血淋漓。村裡各家各戶的雞都不得安生，被像黃鼠狼一般的思姐趕得到處跑，雞毛、雞血都撒了一地。媽媽跑過去拉住思姐，思姐轉過頭來，一臉的雞血，猙獰可怖。思姐笑嘻嘻地對媽媽說：「我不是思思，妳搞錯了，我姓黃，我不是童家的人，我姓黃嘞！」說完張口就要咬媽媽。媽媽嚇醒了。

第二天，媽媽去勸了伯母，自然是沒有任何作用。

我姓黃？黃鼠狼可不是姓黃嗎？媽媽摸了摸臉，都是冷汗。

思姐這次回來是最不開心的一次。天天跟在她尾巴後面的我最清楚不過了。思姐說，那晚我媽媽走後，那隻黃鼠狼又來到了窗臺上，默默地看著她，兩隻眼睛發出微弱的螢光。

思姐對牠說道：「你走吧！再被人看到，又要扔石頭砸你的。」

但是那隻黃鼠狼沒有走，懶洋洋地躺在窗臺上，默默地看著思姐。

思姐也不驅趕牠，兀自睡了。第二天的陽光從高處打下來，落在窗臺上，那裡已經沒

302

有了黃鼠狼的影子。伯母打掃環境的時候，在窗臺上發現了幾根染血的雞毛。伯母很納悶，家裡已經沒有養雞了啊！

63

思姐原本打算收割完水稻就回城裡的。但是伯母再三要求她多待兩天。思姐問伯母為什麼要多待兩天，伯母支支吾吾。

思姐以為伯伯和伯母捨不得她，便將收好的行李重新放回，順便幫伯母曬稻穀。

那是一個夏季的午後，我坐在自家門檻上，透過熾熱的陽光看著思姐心不在焉地看守地坪裡的稻穀。偶爾有鄰家的雞、鴨跑過來啄米，她就舉起掃帚裝腔作勢，嘴裡喊出「戚戚」的驅趕聲。雞、鴨受了驚嚇，就跑出地坪，去附近的草叢裡尋覓食物。

黃燦燦的稻穀如一顆顆金子般鋪在地坪裡，充分享受陽光的蒸騰。那時候村裡還不曾有水泥地坪，曬穀時為了防止稻穀跟沙粒混在一起，農人就用牛屎蕩地，牛屎硬了結了殼，

其功效如水泥地一般。

思姐坐在屋簷下的陰影裡，像她身邊的貓一樣無精打采。那隻貓在她的腳旁，不住地打哈欠，陽光對牠來說只有催眠的作用。牠不時地用藍寶石一樣的眼睛看看對面的我，牠的瞳孔此時縮小成一個「1」字。晚上我見牠的時候，瞳孔是圓溜溜的「0」字。

突然，那隻貓渾身一驚，逃難似的跑到屋內去了。

昏昏欲睡的思姐被貓的動作驚醒，卻看見金燦燦的地坪對面走來一個俊男子。男子背著一把一米多長的獵槍，手中提著一個血淋淋、毛茸茸的東西。

那個男子朝思姐走了過來，兩隻眼睛瞇成了一條縫，不知是因為看到了思姐發笑，還是因為陽光太強烈的緣故。他手裡的東西還在抽搐，猩紅的血滴落下來，染髒了地坪裡的稻穀。

「妳是思思？」那個男子瞇著眼睛問道，揚了揚手中的東西。思姐看清楚了，那是一隻中彈的黃鼠狼。

思姐從椅子上站了起來，點點頭：「是啊！我就是。」

「哦！」那個男子見思姐承認了，邁開步子朝前走。

思姐攔住即將走進大門的男子，迷惑地問道：「你是誰？你怎麼知道我？你來幹什

304

麼?」

男子將血淋淋的黃鼠狼扔在思姐家的堂屋裡,將背上的獵槍取下來放好,回答道:「我是來送禮的。呶,這隻黃鼠狼送給你爸媽喝湯。我追著攆了兩個山頭才打中牠。」

思姐看了地上的黃鼠狼一眼,心裡一陣痙攣。

「你爸媽呢?」男子問道,探頭探腦地朝裡屋看。

思姐有些不高興,淡淡道:「幹嘛給我爸媽送禮?他們還在睡午覺呢!」那隻貓蜷縮在堂屋的角落裡,瑟瑟發抖。

男子仔細將思姐打量了一番,笑道:「妳不知道嗎?我是來相親的。本來我家裡和妳家裡說好了選個良時碰面的。但是妳媽說妳性子倔,所以叫我先過來看看妳。」男子見他的獵槍上染了一點灰塵,小心翼翼地用袖口將灰塵擦乾淨。他很愛惜他的槍。

思姐沒好氣地說:「看了也沒用,過兩天我就去城裡打工,不會在家裡待太久。」

那隻黃鼠狼還在抽搐。那獵槍是散彈槍,一槍打出去,就是一把散開的鐵蛋子。黃鼠狼大面積受傷,已經看不清原來的面目。

思姐很擔心,莫非這個男人打到的就是經常來到窗前陪伴她的黃鼠狼?

伯母手捏一把蒲扇走了出來,見了地上的黃鼠狼,嚇得後退了兩步,再一見這個男人,

馬上滿臉堆笑：「哎喲，原來是許秦哪！來來來，快來屋裡喝茶。」

後來我才知道，許秦是離我們村大概三十多里的一個偏僻山村的獵人。二十四歲，正處在本命年。俗話說：「本命年犯太歲，太歲當頭坐，無喜必有禍。」也正是因為這個，許秦的家裡想藉喜事沖沖煞氣。

他家裡還勸他這年頭少打獵，一則是山上的野生動物日漸稀少了，以往一晚上可以打四、五隻兔子或者獐子，現在一個晚上能碰到一隻兔子或者獐子就算幸運了。二則還是因為本命年的事，手頭少染血事。

但許秦不聽。

這不，半途來相親的路上打了一隻黃鼠狼。

伯母瞪了一眼呆立在旁的思姐，厲聲喝道：「還不去屋裡給客人倒茶？」

思姐心不甘情不願地端來一杯涼茶，遞給許秦。

許秦接了茶杯，嗅了嗅鼻子，神色頗為奇怪地問伯母道：「伯母啊，您家裡是不是經常遭黃鼠狼的騷擾啊？我怎麼聞到一股黃鼠狼的屁臭味呢？」

伯母說道：「你不剛剛帶來一隻黃鼠狼嗎？也許就是牠發出的味道吧？」

一旁的思姐搓了搓手。

許秦喝了一口涼茶，搖頭道：「不對。這味道不是我帶來的黃鼠狼發出的。這味道好像很久以前聞到過，有點似曾相識的感覺。」

伯母不可置信道：「哎，你這人怎麼弄得玄玄乎乎的啊？」

許秦一本正經地說道：「伯母，我不是開玩笑哦！這黃鼠狼的氣味我以前真的聞到過。那是好幾年前，我曾碰到一隻黃鼠狼，瞅了一眼就開槍。子彈明明打中了，但是牠還是活溜溜地跑掉了，並且逃跑的時候放了一個屁。我打獵很少空手回家，很大程度上還得益於有個靈敏過人的鼻子。我的鼻子聞氣味，比眼睛看人還要準。」

許秦兩隻眼睛滴溜溜地到處掃描。

伯母的眼睛跟著看他看到的地方。

「我不但可以確定這個氣味沒有錯，還可以確定……這隻黃鼠狼經常來您家。您得好生看管家裡養的雞，莫叫狡猾的牠給偷走了。」許秦說道。

伯母眨了眨眼，道：「我家裡也沒有雞了啊！」話剛說完，伯母拍了一下巴掌，驚道，「前幾天我在思思房間的窗臺上發現幾根帶血的雞毛。難道牠真的經常來我家？你真行啊，這些你都能知道！」

許秦得到伯母的讚許，喜形於色。

思姐不滿道：「那有什麼？反正我們家沒有養雞，隨牠來來去去唄。」

許秦放下茶杯，正色道：「那可不行。這黃鼠狼能從我的槍口下逃脫，已經不簡單了。

我估計牠不是一隻普普通通的偷雞的黃鼠狼。」

伯母不解，問道：「許秦，你這話是什麼意思？不是普普通通的？」這時又有幾隻雞、鴨踏入了曬穀的地盤，但是伯母和思姐都沒有理會。

許秦聲調降低了許多，細聲細氣道：「這恐怕是一隻修行了幾百年的黃鼠狼精……」

64

「黃鼠狼精？」伯母詫異道。

「妳不相信吧？」許秦早就知道她們不會相信他的話，「呵呵，如果我不是獵人的話，我也不會相信呢！但是如果一個人經常半夜在山林間穿梭的話，逐漸就會發現很多常人發現不了的詭異事情。」

他看了看四周，像是怕別人聽見似的，悄悄對伯母和思姐說道：「其實啊……在隱密的角落裡……有很多我們不知道的事情在發生……」

伯母的情緒受了他的感染，也神經兮兮地左顧右盼。

「妳們想想，幾乎每個獵人都會養一隻狗，對不對？」許秦問道。

伯母和思姐點頭。

「一個獵人如果少了兩樣東西，他就不是一個完整的獵人。一樣是獵槍，另一樣就是狗。」許秦伸出兩根指頭，緩緩說道，「但是妳們一定不知道，還有些獵人……養了另外一樣東西……」

許秦見思姐主動詢問，頗為高興：「另外一樣東西，是犬神。」

「犬神？」思姐皺起眉頭。

雖然思姐對這個來相親的獵人沒有任何好感，但是注意力被他的話深深吸引。思姐忍不住問道：「還有什麼東西？」

「犬神不是神，是狗的幽靈。要養犬神其實不是很難，在事先捆結實了的狗面前放置美味食物，但就是不解開繩索給牠吃。牠越拼命掙扎，想吃食物的慾望就會越集中。然後用鋒利的刀猛地一下砍下狗的頭，丟到很遠的地方，那隻狗的死魂就要作祟，就可以被養

作犬神。」許秦兩眼發光地說道，好像他正在做著這件恐怖的事情。

思姐聽得汗毛直立。

「狗是最忠實的動物，所以即使獵人這麼做，牠也不會背叛牠曾經的主人。有了犬神的獵人，那就比一般用槍驅狗的獵人厲害多了。如果在夜晚打獵的時候遇到什麼不乾不淨的東西，犬神就可以發揮一般狗類發揮不到的作用了。」許秦得意洋洋，彷彿他就擁有這麼一隻古怪的犬神。不過伯母和思姐都沒有注意到，這個男人來的時候只帶了獵槍和獵物，身後卻沒有跟著一隻吐舌頭的狗。

「這樣對狗是不是太不公平了？」思姐總是擁有一顆善心。

「這有什麼不公平的？打到獵物了，我照樣給牠供奉肉食，一點不比牠生前少。生來是老鼠，就要躲著貓；生來是一隻雞，遲早成為主人碗裡的一盤菜。如果這些都是不公平的話，那就從來都沒有公平存在。」許秦不以為然。

思姐斜了他一眼，道：「牠死了，你還給牠肉食？」

許秦點頭：「是啊！從表面上來看，牠吃過的肉跟其他肉沒有任何區別，但是如果咬上一口的話，你就會發現牠吃過的肉已經完全沒有味道了，啃起來像啃泥土一樣寡淡寡淡的。」

思姐鼻子哼了一聲，譏諷道：「說得好像你養了一隻犬神一樣。」

許秦對思姐的譏諷置若罔聞，大大咧咧道：「我幾年前打了牠一槍，牠一直沒有來找我復仇，就是畏懼我。今天既然來到伯母家。」他朝伯母獻上一個諂媚的笑容，繼續說道：「那就讓我幫伯母逮住這隻黃鼠狼精做為見面禮吧！用黃鼠狼精燉湯，喝了延年益壽，滋陰補陽，是一般黃鼠狼的百倍、千倍營養呢！黃鼠狼的肉本身就有一定的藥用價值，能治白血病、肝炎、貧血及各類血液病症。牠是治療白血病的絕妙偏方，每日吃黃鼠狼肉一次，連服七日便有成效。這是牠的大用處。小用處呢，用牠煎油，可以塗瘡疥、殺蟲。牠的心、肝可以治心腹痛。呵呵，由此可知，黃鼠狼精的肉就比得上千年人參啦！」

伯母喜得兩眼瞇成一條縫，連連叫好，恨不得現在就去準備煮湯的佐料，只等黃鼠狼精乖乖來下鍋。

「你要捉那隻黃鼠狼精？」思姐半信半疑地問道，「你不是說過，你的獵槍打到牠還是讓牠逃走了嗎？牠有百年的修行，你才活了二十多年，你能鬥過牠？」

許秦回答道：「到時候妳就知道了。」

伯母喜孜孜道：「那也好，今晚就在這裡吃晚飯吧！妳跟我們思兒溝通溝通。一回生二回熟。」說完，伯母去廚房取下懸掛在牆頭的籃子，換上破舊的黑布鞋，去林場山附近

的菜園裡摘菜。

坐在自家門檻上的我，看著伯母提著竹籃像賊一樣迅速溜走。

這毒辣辣的太陽當頭照著，去摘什麼菜！

思姐見伯母走了，便丟下許秦，回到門口看守曬穀場，將幾隻在地坪裡肆意吃食的雞鴨趕得遠遠的。

許秦落了個冷臉，但不灰心，提著一個小凳子走出來，在思姐身邊坐下，獻殷勤道：

「妳就坐在椅子上吧！我來幫妳趕這些貪吃的東西。」

「貪吃？牠們再能吃，也吃不過一個人的飯量吧？」思姐冷冷道。

許秦聽出話裡有話，知道她是想驅趕他走。不過他不明白，我留下來是要給妳逮住偷偷騷擾妳的黃鼠狼精的，沒有功勞也有苦勞，不至於這樣討厭我吧？

難道……

不可能的，如果她喜歡上了一個黃鼠狼精，就不會這麼急著要回城裡。許秦這麼想。

許秦想著法兒跟思姐有一搭沒一搭地聊著。

在不甚愉快的氛圍裡，天色不知不覺暗了下來。周圍的房子頂上冒起了炊煙。思姐踮起腳來望，還是沒有看到伯母的身影出現……

伯母是我們一大家子中最講究按時定點吃飯的人。

思姐喃喃道：「不應該啊……」

天色更暗了。遠處的山那邊聚集了大團大團的烏雲，像吸飽了墨水的棉花一樣沉甸甸的，似乎要掉下來。

65

「該不是在誰家裡坐著聊天，忘記時間了吧？」思姐自我安慰。

在許秦的幫忙下收起了地坪裡的稻穀，又等了一刻，伯母還是沒有回來。思姐終於坐不住了，拿了手電筒就要去找伯母。這時天已經完全暗了下來。

許秦連忙起身，順手拿起他的那杆獵槍。

他在腰間解下一個鐵壺，喝了兩口，遞給思姐。

思姐看了看那個鏽跡斑斑的鐵壺，問道：「這是幹什麼？」

「喝兩口。」許秦搖了搖鐵壺。裡面有液體晃蕩的聲音，「這是我常帶在身邊的穀酒，晚上出去打獵的時候喝上兩口，暖身子。」

思姐覺得這個男人真是莫名其妙：「我是去找我媽媽，又不是去打獵！」她將這個男人的鐵壺推開。

男人接下來的話讓思姐心驚肉跳。

「我覺得伯母可能在摘菜的時候遇到什麼事情了。」許秦雙眉一挑，然後雙肩一聳，將齊眉高的獵槍披在了身後，一副整裝待發的模樣。

「笑話！」思姐冷冷譏諷道。她按開了手電筒的按鈕，但是手電筒沒有發出光。思姐拍了拍舊手電筒，手電筒終於發出一道不甚明亮的光。思姐轉動手電筒的頭部，將照在地面的光點調到適合大小。

「直覺。」許秦像是在反駁思姐，又像是在自言自語。

思姐懶得理這個神經兮兮的獵人，在手電筒的照耀下走出門。許秦跟在後面出來。

順著從家裡去菜園的路上，一家一戶地問了過來，沒有人說見過伯母。思姐的心這才懸了起來。

「不會是遇到山姥了吧？」許秦一直跟在思姐的後面，開始一聲不吭，現在見快走出

314

村頭了，他才冷不防說出一句話來。

「山姥？」思姐本不想跟他說話，但是現在走到了沒有人家的村頭，心頭有點害怕，便勉強答了許秦的話。

「山姥是居住在山中身體粗壯的老婆婆，她不是鬼，當然也不是一般的妖精。很難說清她到底是什麼，但是她有一種奇異的能力，她能看出人的內心所想。這是她最為妖異恐怖的地方。」許秦道。

思姐嚇了一跳，但是故作冷靜，說道：「你別以為在這個時候說這些東西就能嚇到我。就算有山姥這種怪物，也不會出現在這裡。我在這裡經過幾百幾千次了，從來沒有見過你說的那種老婆婆。」她一邊說，一邊左看看右看看。陰風陣陣，寒氣似乎要將整個人穿透。

思姐站上一個較高的樹樁上，踮起腳瞭望林場山中菜園的所在處。

恍惚之間，思姐看見大概就在菜園的地方，有一團綠瑩瑩的東西。

思姐回頭看著背著獵槍的許秦，問道：「你敢不敢跟我去我家的菜園一趟？」

許秦嘴角一彎，笑道：「有什麼不敢的？我可是獵人哪！還會怕這個？」思姐不確定他是不是也看到了那團綠瑩瑩的東西。

他們兩人走到菜園，卻也沒有發現伯母。而且，思姐連之前看到的綠瑩瑩的東西也沒

有找到。

正在思姐猶豫之間，菜園旁邊的小林子裡發出一陣草驚動的聲音，像是有什麼動物突然跑過。轉眼看去，卻什麼東西也沒有看到。

許秦卸下背上的獵槍，從腰間的兜裡掏出一把火藥，從槍口倒進去，然後又掏出一把鐵蛋子，也從槍口倒進去，最後用一根小鐵棍對著槍口捅了幾下。

「妳站在這裡不要動，我去那裡看看。」許秦指著剛發出聲音的地方，然後端起獵槍躡手躡腳走進了一片昏暗的小林子裡。

思姐等了兩三分鐘，既沒有聽到槍響，也沒有聽到許秦走出來的腳步聲。正在猶豫要不要走進那個小林子的時候，思姐突然聽見黃鼠狼的叫聲——咕咕咕，咕咕咕……

「黃鼠狼？」思姐微微驚訝。那隻黃鼠狼陪伴她度過了許多個夜晚，她當然能聽出熟悉的聲音。

思姐往前走了幾步，絆到一個生硬的東西，那東西發出水波蕩漾的聲音。思姐低頭一看，原來是許秦裝酒的壺。或許是他急於捕獵，一時粗心，將它掉落了。思姐將酒水壺撿起來，繼續朝黃鼠狼的方向走。

走進小林子之後，她才發現一切都是徒勞。因為小林子裡的樹葉密集，沒有一點光線，

伸手不見五指。她將手電筒拿出來，推開了開關，可是手電筒沒有發出光。思姐使勁地拍

打手電筒，它還是無動於衷，根本不理會思姐的心情。

咕咕咕，咕咕咕……

黃鼠狼的叫聲就在前方不遠。

思姐此時有些後悔進這個小林子了。萬一這聲音是什麼東西模仿引誘她的呢？她想起

許秦之前說的話來：「如果一個人經常半夜在山林間穿梭的話，逐漸就會發現很多常人發

現不了的詭異事情。其實啊……在很多隱密的角落裡……有很多我們不知道的事情在發生

……」

思姐慢慢後退，想原路返回菜園。

卻不料後腳跟絆到一塊大石頭，思姐的身體失去平衡，摔倒在地。「哎」的一聲，酒

壺跌落，撞在了大石頭上，如同火柴梗劃在了磷面上，冒出一連串火花，可惜火柴梗沒有

燃起來，轉瞬即逝。

來不及揉跌傷的腳跟，思姐急忙爬向火花閃現的地方，雙手在草叢中摸索酒壺。

酒水壺很快就找到了，可是等到站起來的時候，思姐這才發現，剛才的一摔讓她失去

了方向。漆黑一片，分不清東南西北。

側耳一聽，先前的黃鼠狼叫聲也不再響起。

她只好按照自己的感覺來走。磕磕絆絆中，居然走出了小林子。但是，此時腳下的路顯然不是剛才那條。周邊的環境也十分陌生，彷彿到了另外一個世界。

「許秦！許秦！」思姐大膽叫了兩聲。

沒有人回應，回應她的是一陣拂面而過的涼風。周圍樹枝隨之颯颯作聲。

腳下的路羊腸一般細小，兩邊是齊腰的荒草。

順著這條小路往前看去，好像盡頭有一點微光。

循著微光的方向，思姐邁開了腳步。但是她每走一步都覺得不踏實，好像腳下的路是飄著的一樣。

微光漸漸靠近，居然是一個小木屋。

這林場山中，何時住了這樣一戶人家？思姐心頭猶疑。也許是我長期在外打工，不知道有人搬到這裡居住吧？

思姐走到小木屋前，遲疑了半天，終於抬起手來，在木門上敲了三下。

「咚咚咚。」

屋裡沒有任何響動。倒是木屋前的荒草叢中一陣窸窸窣窣的聲音，好像驚動了某個深

夜酣睡的動物。

思姐定了定神，又在門上敲了三下。

「吱呀——」

木門開了。門口站著一個沒了牙齒的老婆婆。

思姐嚇了一跳。剛才沒有聽見老婆婆的腳步聲，難道她一開始就站在門後等著？

66

思姐仔細打量老婆婆的相貌。這個老婆婆的頭上插著缺了幾個齒的木梳子，不修邊幅，她的手裡提著一個煤油燈盞。燈盞上有一個玻璃罩，濃黑的燃燒不充分的煙從玻璃罩冒出，這使得她手裡的燈盞像一隻即將逃跑的墨魚。豆大的燈光飄忽不定。老婆婆的臉在燈光的映照下也變得飄忽不定。

「那個……」思姐環顧四周，完全不知道自己身在何處，如果眼前有一條熟悉的路的

話，她萬萬不願在此多作逗留，「我迷路了……」

「哦，進來吧！」老婆婆嚅動乾癟的嘴，返身往屋裡走。

思姐有些膽怯了，心想這種模樣的老女人，簡直像個老妖婆。

這時，老婆婆突然停住了腳步，回過身來，冷笑著，露出閃著金光的牙齒，對思姐說：

「妳是不是在想，這個老婆婆邋裡邋遢，簡直像個老妖婆？」

思姐嚇了一跳，心想：「她只是長得不討人喜歡，應該不至於趁著我迷路把我吃掉吧？」

老婆婆笑了笑，燈光在她溝溝壑壑的臉上跳躍。她的嘴巴有些漏風地說道：「妳現在心裡想著我會不會把妳吃掉，是不是？」

思姐嚇得臉色蒼白。

老婆婆呵呵笑道：「妳猜得不錯。在妳前面不久，有另外一個人闖到我這裡來。我本來打算吃掉那個人的，可是現在看看妳，我改變主意了。妳的肉肯定比那個人的肉要可口得多，我敢打賭。」

思姐想轉身逃跑，可是此刻她的腳已經不聽使喚了。

老婆婆皺眉道：「妳想逃跑？已經晚啦。只要妳一跟我說話，妳就著了我的道，逃不

320

掉了。」老婆婆擠出一絲笑容，朝思姐招招手，「乖乖地跟進來吧！」

思姐的腳好像自己有了思想，很聽話地抬起來，一步一步跟著老婆婆朝屋內深處走。

走到屋中央，思姐看見一個直徑兩米的大鍋，鍋底燒著柴棍，鍋裡煮著開水。思姐焦急不已。莫非老婆婆燒這麼一大鍋的水就是為了將我煮了？

老婆婆點頭道：「妳猜得不錯，我不喜歡像野獸一樣吃生食。」

思姐在鍋旁邊居然看見了伯母。伯母被一把草繩捆著，昏迷不醒。思姐急得大叫：

「媽，媽……」

伯母雙目緊閉，沒有一點動靜。

老婆婆笑道：「原來妳們是母女倆啊！也好，也好，將妳們兩個一起煮了，黃泉路上也好有個伴。不要像我這個老太婆一樣，孤苦伶仃。」說著，老婆婆從角落裡撿起幾根木柴，扔到火堆裡。木柴立即發出「劈劈啪啪」的聲音，火勢更大了，鍋裡的沸水翻滾著。

完了，完了。恐怕我要成為這個老妖婆的一頓肉湯了。思姐害怕得不得了。許秦說到山中有山姥，我還不相信，沒想到立即就碰上了。真是倒了大楣。

「有什麼倒楣的？」老婆婆雙目陰冷地盯著思姐，「除了十年前有一個小男孩來過這裡，其他人還沒有機會來我這裡呢！妳算是撞大運啦！」

思姐想起十年前的一件事。那時，有幾個玩伴來林場山玩躲貓貓，玩到傍晚準備回家的時候，思姐幾個玩伴中少了一個人。當時他們沒有太在意，以為那個走失的人是提前回了家。可是回到家後，那個玩伴的家長找來了，詢問他家孩子怎麼還沒有回來。這下幾個人慌了神，急忙跑到林場山附近去找。他們找到月亮出來，還是沒有發現那個玩伴的蹤影。

幾天後，在他們玩過躲貓貓的地方出現了一具白骨……

老婆婆看穿了思姐的心思，點頭承認道：「那就是我幹的。十多年沒有嚐過人肉味啦！我吃了好多蘑菇和野菜，今天終於又可以開葷了。」

思姐心裡一陣痙攣。

「在我們山姥的眼中，人肉是分三、六、九等的。其中老人的肉叫做『饒把火』，意思是說這種人肉老，需要多加把火；小孩叫做『和骨爛』，意思是說小孩子肉嫩，煮的時候連肉帶骨一起爛熟。這兩種都不太對我的胃口。年輕女人的肉叫『不羨羊』，意思是說這種人的味道佳美，超過羊肉。」老婆婆舔舔嘴唇，垂涎三尺，「我今天就要嚐嚐『不羨羊』的味道。」

老婆婆將瑟瑟發抖的思姐打量了一番，擠出一個難看的笑容，說道：「妳長得不錯，可以說是個美女。我們吃美女的辦法有許多種。有的是把美女放在一個大缸裡，外面用火

煨烤，直到把美女烤熟；有的是把美女放在一個鐵架子上，下面用火烤，像烤羊肉串似的；

有的是把美女的手腳捆綁起來，用開水淋在身上，然後用竹掃帚刷掉美女身體外層的苦皮，

再割下肌肉烹炒而食；有的是把活美女裝在大布袋裡，放進大鍋裡煮；有的是把美女砍成

若干塊，用鹽醃上，隨吃隨取；有的是只截取美女的兩條腿，或者只割下美女的兩個乳房，

其餘部分扔掉。妳喜歡哪種？」

思姐後退幾步：「我……」

老婆婆不等她說完，擺擺手道：「我不喜歡那麼麻煩，我一般直接把人丟進鍋裡煮熟。

我生前不會煮飯做菜，任他什麼菜，都是丟進開水裡煮。所以我兒子、兒媳老說我做的菜

不好吃。」老婆婆又往鍋下面丟了幾根木柴。

思姐聽她說到兒子、兒媳，腦袋裡突然靈光一閃。她急忙插言道：「老婆婆，您的兒子、

兒媳都住在哪裡呢？我小時候經常到這裡來玩躲貓貓的，也許我跟你兒子、兒媳曾經是好

朋友呢。」思姐想藉人情讓老婆婆放過她。

老婆婆果然神色發生了變化，語氣也變得親切：「我兒子姓莫，兒媳姓陳。妳認識

嗎？」

思姐一愣。因為這裡沒有姓「莫」的人家，但是她聽說過有關莫家的傳說。

清順治九年，南明將領李定國率兵攻巴陵，城中糧盡，清軍守將就殺居民為食。有個姓莫的人家，兒子被抓去當兵，戰死沙場。兒媳婦與婆婆相依為命，守將要殺食婆婆，兒媳陳氏叩頭請求替婆婆死，守將說：「真是一位孝順的好媳婦！」就答應了她的要求。婆婆哭著阻攔說：「我兒子已經為您打仗戰死沙場了，幸好兒媳婦早有孕在身，不至於讓我莫家絕後，求將軍留下我兒媳。我已經是半身入土的人，即使活著又有何用？請把我吃了吧！」

守將不耐煩道：「妳一把老骨頭了，吃起來也沒有味道。」於是烹食莫家兒媳，把她的骸骨交給她的婆婆帶回家安葬。巴陵縣城被圍困八個月，守軍吃掉民眾近萬人，其中大部分是婦女和兒童。有的小氏族從此斷後絕跡，其中包括本來就只有十幾戶的莫家。

兵亂過後，這位莫家婆婆有一天在路上遇見了清軍守將，就跪下向他下拜。守將感到驚訝，問：「妳拜我幹什麼？」那婆婆說：「我的兒媳和孫子都安葬在你的肚裡，他們都沒有墳墓。如今清明節臨近，我不朝著你的肚子下拜又到哪裡去拜呢？」

324

67

從此以後，莫家婆婆像水蒸氣一樣從人間蒸發了，再也沒有誰見過她。不過，從順治九年到如今的三、四百年中，這個地方或有小孩或者老人突然消失，幾天後在失蹤的地點就會出現一堆白森森的骨頭。

原來這些失蹤的人都被這位老婆婆吃掉了。

思姐心想道，這麼多人都被她吃掉了，自己要從這裡逃出去，恐怕是癡人說夢。

正當她這麼想的時候，老婆婆的木屋外又響起了敲門聲。

老婆婆和思姐都一愣。

「山姥在家嗎？」門外一個聲音問道，尖聲尖氣的。

思姐心裡一陣失望。她還以為是許秦找過來了。

「在呢！」老婆婆很自然地回答道，門外的來者應該跟老婆婆比較熟。莫非也是山裡的另一種怪？

門外的來者聽到老婆婆回答，便推門而入。一陣山風隨之進入木屋裡面，從思姐的臉龐上掠過。思姐聞到了一絲熟悉的味道。

「咦？怎麼多了一個生人？」來者看見思姐，驚訝不已，不過來者的驚訝似乎有些刻意和誇張。

在來者打量思姐的同時，思姐也打量了來者一番。這個剛剛進來的人長相很奇怪，尖嘴猴腮，脖子長腦袋小，眼睛圓圓，身子像被什麼力量拉長了許多一般不協調，而手腳卻很短，特別是手指，除了大拇指之外，其他四根手指居然是一樣長的，像是正常人的手被一刀切齊了一樣。

老婆婆向來者解釋道：「今天運氣好，終於來了個年紀又輕、皮膚又好的美女。我等了三四百年，盡吃了些『饒把火』、『和骨爛』。如果你也想試試『不羨羊』的味道，那就留下來一起吃一頓。」

來者擺手婉拒道：「山姥，妳又不是不知道，我不吃人肉的，我還是喜歡新鮮的雞肉一些。」

老婆婆笑道：「也是，人類對你有恩呢！上次你被一個獵人打傷了，為了偷雞養傷，被人家捉到過。但是人家沒有打你，不但放了你，還讓你帶走了被咬死的大花雞。我就不一樣啦，我兒媳和孫子都被人吃掉的，我必須吃回來。」

思姐突然記起那絲熟悉的味道來，那是陪伴她度過很多個夜晚的味道。而那小腦袋長

326

脖子的模樣，不正是無數次在窗臺上凝望她的黃鼠狼的縮影嗎？

老婆婆說的偷雞的事情，不就是自己放過黃鼠狼的那次嗎？思姐心中一陣驚喜，但是她知道，山姥姥說過，她好不容易等到一回「不羨羊」的人肉大餐，豈能輕易放過？於是，思姐面不改色地盯著鍋下的火焰，細細聽著來者跟山姥姥的對話。

可是接下來，來者沒有一點勸止山姥姥烹食思姐的意思。

「是啊，那當然要回來。」來者附和山姥姥說道，「加把柴，把火燒得更旺一些吧！」

山姥姥見來者並沒有阻止她吃人的意思，十分高興。她邀請來者在大鍋旁邊坐下，甚至有幾分歉意地說道：「真是對不起啊！你不喜歡吃人肉，我又不喜歡吃雞肉。我沒有事先準備好一兩隻雞給你開開胃口，只能讓你坐在這裡看著我吃了。」

來者擺擺手，笑道：「山姥姥何必這麼客氣？我們是一百多年的鄰居了，不必拘泥這些小禮節。」

山姥姥的嘴角流下了黏稠的唾液，不知從哪裡摸出了兩根三尺來長的大竹筷子。她拿著筷子在煮沸的大鍋裡攪動，說道：「上一次吃人肉已經是很久以前的事了，這次居然遇到『不羨羊』，讓我忍不住流出口水來。」那筷子的底端削得尖尖的，筷子觸到黑漆漆的鍋底，發出「刺啦刺啦」的雜訊。

來者走到山姥身後，拍拍她的背，說道：「山姥呀，妳看，『不羨羊』是好不容易才能碰到一次的，妳就這樣馬馬虎虎地煮了吃掉？那多麼浪費啊！」

山姥將大竹筷子橫架在鍋沿上，回過身來，好奇地問道：「說得也是。那依你的意思，我應該怎麼吃了她？」

來者指著思姐手裡的酒壺，說道：「您看，她手裡拿的是獵人打獵時用的好東西。」

「好東西？」山姥斜睨了眼看著思姐的手。思姐呆呆地站著，不知道該怎麼好。

「是啊。獵人肚子餓了，想吃肉了，就一邊烤肉吃，一邊喝那個。」

「酒？」山姥問道。

「是的。」

「我不喝那個。我生前沒有喝過那東西，聽說很容易醉人的。」山姥搖頭。

思姐在心裡默唸許秦的名字，希望他能破門而入，然後一槍將這個怪老婆婆打倒在地。

她甚至想像著許秦的槍口冒出青煙的樣子，也許這個時候的他才是瀟灑的，才是容易令女人心動的。

來者嘆了一口氣，勸道：「山姥，您這就錯啦！人們總說酒肉穿腸過、朱門酒肉臭、酒肉朋友，和尚也是既戒酒又戒肉，可見酒和肉是不能分離的。只有酒喝又有肉吃的時

328

候才是最暢快的。今天您運氣好，得了年輕女人的肉，運氣更好的是，這盤中餐還自己帶來了好酒。您怎麼能拒絕酒肉，拒絕好運氣呢？」

「說得不錯。」山姥喜笑顏開，急忙走到思姐前，一把奪走酒水壺。

來者迅速從兜裡掏出兩個酒杯來，大聲道：「山姥，不瞞您說，我就是衝著這壺酒水來打擾您的。我也早聽說獵人的酒水不一般，比常人喝的都要甘醇爽口。我知道您家裡沒有酒杯，所以我事先都準備好了。為了我們鄰居這麼多年，更為了您今天的好運氣，來，來，來，我們先乾一杯！」

山姥樂得忘我，馬上將兩個酒杯斟滿，爽快地仰脖飲下一杯。

來者趁山姥喝酒的時候，偷偷將自己杯子裡的酒倒在了地上。

「酒果真是個好東西！不過嗓子火燒一般，得喝點人血解渴。」山姥說完，拿起鍋上的筷子，用尖端在昏迷的伯母的肩膀上戳了一下。伯母的肩膀立即流出蚯蚓一般彎彎曲曲的血跡。山姥二話不說，趴在伯母的肩膀上，肆意地吮吸流出的鮮血。

思姐嚇得大叫。

山姥完全不理思姐，吸了好一會兒兒，終於將嘴巴移開，打了一個飽嗝。

來者已經倒好了第二杯酒，遞給山姥，說道：「混合酒的味道，血的味道就鮮美了

吧？」

山姥點頭，又利索地喝下了第二杯。

兩杯下肚，山姥立即不省人事了，趔趔趄趄走了幾步，跌倒在地。

來者連喊了四、五聲「山姥起來喝酒」，見老婆婆撲地不起，急忙丟下酒杯，走到思姐面前：「趁著她醉了，妳快逃走吧！」

思姐愣了一下，但立即回過神來，急忙解開伯母身上的草繩，然後將伯母背在身上。

「妳還要帶她走？她對妳不好啊！」來者制止道，「並且妳背著她的話，跑起來就慢多了，說不定山姥待會兒醒了，妳們還沒有跑遠呢！」

「可是她是我媽啊！」思姐大聲道。

來者拉住思姐的胳膊，說道：「妳讓她被山姥吃掉，那樣妳就可以自由追求妳的所愛了。不是嗎？」

「不是。」

「她再怎麼對我不好，但還是養育了我。就像我只給你吃過幾隻大花雞，你就會冒著危險來救我。是不是？」思姐反問道。

這是思姐意料之外的答案。

「那是為什麼？」

「因為我……」

正在這時，一聲槍響。

「嘭——」

思姐看著眼前的黃鼠狼精身上綻開一朵又一朵的血花。那些血花像被第一陣春風拂過，越開越大，在她眼前迅速怒放。

68

思姐轉過頭來，看見門口的一個人，還有一桿冒煙的槍。

「快走！我們撞邪了！」許秦將獵槍甩到背後，朝屋內的思姐喊道。屋內的乾柴還在熊熊燃燒，血紅的火光撲在許秦的臉上，彷彿那是黃鼠狼精身上濺過去的血，只要許秦抬起手來摸一摸臉，就能將臉弄花了。

思姐看著紅彤彤的許秦，有些發愣。

許秦皺了一下眉頭，朝思姐的腳下看去，恍然大悟：「哦，原來伯母也被山姥騙到這裡來了啊！妳不用愁，我背得動她。」但是他不跨進門檻，只是在門口招手道：「妳先把伯母弄到這裡來，然後由我背她回去。」

彷彿是這句話提醒了思姐，她這才感覺到背上還承受著一個人的重量，兩腿幾乎軟了下來。思姐咬了咬牙，兩手用力將伯母往上一摟，歪歪扭扭地走到小木屋的門口。許秦等思姐跨出了門檻才將伯母移到自己的背上，然後兩人一起急忙離開這個詭異的地方。一路荒草叢生，磕磕絆絆，並且許秦不選沒有草的地方走，盡選攔腰的蒿草地走。

思姐頗不滿意地抱怨道：「有好道你不走，偏偏要走沒有路的地方！」她很想回頭去看看那個黃鼠狼精怎麼了，被許秦那杆獵槍的散沙子一般的子彈打中，不死也丟了半條命吧？但是目前的情形不允許她調回頭去。且不說許秦不會答應，媽媽還在昏迷中，那個被酒灌醉的山姥說不定已經醒了呢！再去可能就是自投羅網。

「我們剛才就是走了好走的路，才中了山姥的邪。那些好走的路，就是為了引我們去那間小木屋的陷阱。」許秦氣喘吁吁地說道。就是沒有任何負擔，要在這蒿草地穿梭也實為不易，何況背著一個人。「這山姥不但會設置道路引妳主動上鉤，還會模仿各種聲音，

吸引妳的注意力。我以前碰到過她，知道她的伎倆，所以她故意製造動靜騙我離開，然後向妳下手。」

思姐很後悔之前沒有聽許秦的話留在原地。她後悔不是因為剛才虛驚一場，而是因為

黃鼠狼精……

「我離開妳不到一分鐘就覺得不對勁了，回來後見妳不在原地，事情就猜到了七八成。」許秦稍微停了一下，將馬上要滑下來的伯母往上一抖，繼續絆著堅硬的蒿草前進。「每逢端午節，家家戶戶的門楣上都要插上蒿草，能避邪驅瘟。所以我帶妳選有這種草的地方走。就算周圍沒有蒿草，也要選看起來最難走的方向，不然怎麼走都會繞到山姥的小木屋前面去。我剛才在門口不進去，也是擔心進去之後迷失方向走不出來。她的小木屋裡既沒有草，又沒有分得清難走易走的路，一旦進去了，就很難走出來。也許妳走進的是那個門，走出來還是那個門，但是外面的景物完全不一樣了，妳都不知道自己身在何處。所以我一槍打到她之後，叫妳自己把伯母弄出來。不然我們倆都要被困住。」

思姐想告訴他，他一槍打中的不是山姥，而是同樣來救她的黃鼠狼精。但是話到了嘴邊，她又咽了回去。說了又有什麼用呢？

回到家裡之後，思姐感覺心裡有一種說不出的不舒服。

她第二天就提著行李去了打工的城市。但是她沒有直接去上班的地方，而是急匆匆地趕到了另外一個工廠。那個她心愛的男子所在的工廠。指引她去找心愛男子的，是說不清楚但蠢蠢欲動的第六感。

她不答應伯母給她說媒，確實是因為她已經有心儀的人了。在這之前兩年，她邂逅了一個同齡的男子。那個男子對她非常好，對她的關懷無微不至。思姐也對那個男子產生了好感。

只是那個男子從來不吃肉，尤其不喜歡吃雞肉。

他的身體不是很好。每當天氣變得濕冷的時候，他就渾身疼痛，非常難受。思姐很擔心他的健康，有次偷偷在蔬菜湯中加入了雞肉，但是他發現後毫不留情地將思姐臭罵了一頓。思姐氣哭的時候，他又溫柔地安撫她，向她道歉。

令思姐意外的是，工廠的人說她男友這幾天沒有來上班。由於他平時不怎麼交際，其他人也不清楚是怎麼回事。

思姐頓時心中一個咯噔，不顧長途坐車的勞累，又跑往男友的租屋。

到了租屋，思姐被眼前的情景嚇了一跳。往日見到她就驚喜不已的那個人，此時不但

沒有出來迎接她，反而躺在床上一動也不動。

思姐緩緩走到他的床邊，輕輕喚了兩聲他的名字。

他無精打采地睜開眼來，說：「我等妳好久了，妳怎麼才來啊？」

思姐揭開他的被子，發現他的身上到處是血。

「呵呵，我早就應該告訴妳，我就是那隻黃鼠狼。」他疲憊地說道，「妳在城市，我就陪著妳打工；妳回到鄉下，我就是那窗邊陪著妳。」

思姐雙腿一軟，在他的床邊跪下，淚流滿面，搖頭不送。

「可惜我不能永遠陪著妳了。上次我挨了那個獵人一槍，是妳讓我偷走了雞，讓我活了下來。這次再挨一槍，算是還給妳的了。但是我去山姥的木屋救妳，不是為了答謝妳的大花雞，而是因為我……喜歡……妳。」

「不要說了，我帶你去醫院，你可以活下來的……」思姐抓住他的手，要拉他走，可是怎麼拉也拉不動。

「不用了，我知道自己的傷勢。我百年多的修行都救不了自己，醫藥又怎麼救得了我呢？」他說道，嘴邊掛著一個淒淒的笑，「我等著妳來，就是想告訴妳，妳可以跟那個獵人結婚，但是千萬不要跟他生兒子。」

「不要說這些了，我給你去叫醫生。」思姐見拉他不動，便起身要去叫人。

他一把拉住思姐的手，哽咽道：「聽我說完，他曾經用非常惡劣的手段飼養過犬神。那犬神可以保他黑夜裡在深山老林穿梭自如，但是他也要付出相應的代價，做為交換條件，養犬神的人如果有兒子，那麼他兒子的靈魂必定要反過來服侍犬神。妳只可以跟他生女兒。記住了嗎？」說完，他的手便像水田裡被割倒的稻草一般，垂落了下來……

69

黃鼠狼精死掉之後，思姐是如何地傷心，又如何心灰意冷地辭職回家，這些事情思姐都沒有跟我說起過。我也無從知道。

我所知道的是，某個放學的傍晚，我看見村頭走來一個人，無精打采，兩手空空，彷彿是秋風中的稻草人。當時我正在屋前的地坪裡跟鄰居小孩玩耍，沒有仔細看，以為那人是個無家可歸的流浪者。很長一段時間裡，有個流浪者經常在我們村附近閒逛。家裡人都叫我們

小孩子離那個人遠一點，說是那個流浪者是個瘋女人，她把自己的孩子咬死了，卻發瘋說別人把她孩子藏起來了，見人就問她的孩子在哪裡。

等到那個人朝我這邊走了過來，又走到伯母家的大門前時，我才在昏黃的燈光下認出那是思姐。

那時，伯母和伯伯正在堂屋裡準備豬的晚食，伯母用菜刀將地瓜的葉子和藤剁爛，伯伯則將剁爛的碎碎片片倒進滾燙的糠水裡。

伯母和伯伯見門口突然出現的思姐，都嚇了一跳。伯母差點將自己的手指剁掉，伯伯驚慌之間不小心將手伸進了糠水裡，燙得齜牙咧嘴。

「爸，媽，我回來了。」思姐說完這句，就倒在了門口。

伯母、伯伯急忙扔下手中的工作，跑到門口，將軟塌塌如一把割倒的稻草般的思姐抬進屋裡。

我也急忙拋下一起遊戲的鄰家小孩，跑進思姐的房間。

我剛走到思姐的床邊，就被伯母攔住。

「別看別看，快去幫我叫醫生，等你姐姐好了再來看她。」伯母催促道。伯母自己則立即去廚房裡煮薑湯餵思姐。

我從伯母胳膊下面的空隙裡看到了思姐的臉。那是一張枯黃枯黃的臉，如同冬季還掛在樹上的枯葉，輕輕一捏便會碎成粉。我從來沒有見過誰的臉變成這副樣子。我心中害怕，生怕思姐真的像枯葉一樣碎掉，彷彿她的身體是瓷的，此刻小的磕磕碰碰都已經經不起。

我慌裡慌張地跑到村前的小山坳裡去叫醫生。

所幸的是，醫生說思姐沒得什麼大病，就是有些心力交瘁，受了打擊，好好休養一段時間就會恢復。

醫生看完病出來，偷偷對伯母、伯伯說道：「我看你們兩位老人家早給思思做打算吧！一個弱女子在外總是不安全的，假如這次出事是在外地，誰來照顧她？」

伯母聽得出來，赤腳醫師是勸她早點讓思姐嫁人。

思姐說，等她身體稍好之後，伯母便天天在耳邊吹風，說什麼「女大當嫁」、「要不媒人越來越少對象越來越難挑」的話。

伯母的心中已經定下了金龜婿，那金龜婿不是別人，正是獵人許秦。在伯母看來，許秦不但相貌令人滿意，家境也不錯，更別提還曾救過她一命。

思姐當然不答應。

但是此時非彼時。思姐這次突然從城裡回來，並且一回來就病倒了。這讓村裡的人產

生了無限的遐想。流言蜚語也紛紛浮出水面，說什麼思姐在城裡做了什麼壞事被人家開除啦，得了病不敢說偷偷回來啦等等。這一下子，以前來踏門檻磨嘴皮的媒人忽然就不見了許多。不過許秦並沒有聽進去那些流言，每次打了好獵物都拿來給伯母，叫伯母煮湯給思姐喝。

也許是選擇少了，也許是往事淡去，也許是出於感恩，反正由於種種原因，思姐最後讓許秦將結婚戒指套在了她的無名指上。

思姐說，每當夜深人靜的時候，她就傻傻地看著月光舖灑的窗臺，期待著不可能出現的影子。

一年之後，思姐生下了一個女娃娃。許秦的家裡很不滿意，堅持要思姐生第二胎，並偷偷賄賂醫院的相關醫生，一定要先鑑定肚子裡的孩子是男孩才生下來。

許秦本想幫思姐說些話，無奈年過六旬的婆婆死也不答應。許秦只好唯唯諾諾地承應下來。

又過了兩年，思姐終於如願以償地生下了一個男娃娃。許秦全家歡喜不已，特別是婆婆，天天摟著男娃娃喊著「小心肝」、「小祖宗」、「小獨苗」之類的話。伯伯與伯母也喜笑顏開，以為思姐從此可以在許家挺直腰桿。在他們那一輩人的眼裡，還是只有男孩才

能接下延續香火的重任。女孩嘛，終究是「嫁出去的女，潑出去的水」。

可是還沒有等眾人從巨大的歡喜中緩過神來，一場巨大的悲劇就發生了。

男娃娃在滿月的那天無緣無故猝死！

婆婆頓時昏倒在地，一個月不能下床。伯伯和伯母也在家中以淚洗面。

許秦在同村人抬孩子的屍體出去埋葬時，一頭撞向門前的大柱，頭破血流。思姐更不用說了，形容枯槁，呆若癡人。癡得旁邊

我跟著本行親戚去看望她的時候，發現她的身體如同失去了三分之一的水分一般，雙目深陷，雙頰凹陷，甚至連雙耳都有一種被霜打過一般，好像一不小心就會垂落下來。

有個婦女及時拉了一把，不然許秦早已命歸西天。

事雖至此，許秦的老母親仍不死心，過了不到一年，還是要求思姐給她老人家生下一個繼承香火的男娃娃。

某日，思姐挺著肚子從醫院檢查回來，看見門口有一人一狗，好像專門為她等候多時。

奇怪的是，狗是直立的，人是半蹲的。人的脖子上有一根鐵鍊，鐵鍊的一端被旁邊的狗爪拽著。其情形像極了獵人要出門打獵，只是剛好人狗位置顛倒。

思姐嚇得呆立原地，只聽得狗嘩啦啦地晃了一下鐵鍊，說道：「哎，看來我跟許秦的協議要破裂了。他媳婦的肚子裡居然懷了個黃鼠狼種。狗是狼的親舅舅。雖然黃鼠狼不是

340

真正的狼，但我也算是半個舅舅吧。我怎麼下得了手呢？」

然後，那狗對旁邊的人喝道：「起來！」那人就從半蹲變為站立。那狗又兇狠狠地叫道：「走！」那人便乖乖地在狗的前面開路。

那狗斜睨了思姐一眼，似乎是很生氣，但並沒有對思姐怎樣。嘩啦啦，那人脖子上的鐵鍊拉直了，牽動狗的爪子。那狗便大搖大擺地離去了。

十月懷胎，終於等到一聲啼哭。孩子誕生了。

這個孩子順利地滿月，又順利地滿週歲，讓思姐和許秦懸著的心終於有了著落。

只是，這個孩子見到雞就要撲上去撕咬。長大以後雖然得到一定的控制，但是每次見到人家吃雞肉或者喝雞湯，他就要流出三尺長的口水來……

湖南同學的故事講完了，但是牆上鐘錶的秒針還是一如既往地往前走動……

國家圖書館出版品預行編目資料

每個午夜都住著一個詭故事7前世今生／童亮著.
－－第一版－－臺北市： 宇河文化出版；
紅螞蟻圖書發行，2013.9
面 ； 公分－－（Strange；7）
ISBN 978-957-659-943-9（平裝）

857.7 102014655

Strange 7

每個午夜都住著一個詭故事7 前世今生

作 者／童 亮
發 行 人／賴秀珍
總 編 輯／何南輝
執 行 編 輯／韓顯赫
美 術 構 成／Chris' office
校 對／楊安妮、賴依蓮、童亮
出 版／宇河文化 出版有限公司
發 行／紅螞蟻圖書有限公司
地 址／台北市內湖區舊宗路二段121巷19號(紅螞蟻資訊大樓)
網 站／www.e-redant.com
郵 撥 帳 號／1604621-1 紅螞蟻圖書有限公司
電 話／(02)2795-3656（代表號）
傳 真／(02)2795-4100
登 記 證／局版北市業字第1446號
法 律 顧 問／許晏賓律師
印 刷 廠／卡樂彩色製版印刷有限公司
出 版 日 期／2013年9月 第一版第一刷

定價 220 元 港幣 73 元

本著作物經廈門墨客知識產權代理有限公司代理，由北京讀品聯合文化傳
媒有限公司授權出版、發行中文繁體字版。

ISBN 978-957-659-943-9 Printed in Taiwan